My Life in Africa

人在 **非洲**

贾志红 / 著

山西出版传媒集团
山西经济出版社

坐着驴车去赶集

乌力与他的小伙伴

厨娘卓丽芭的舞蹈

捕到 Capitaine 的渔夫

法蒂姆和她的妹妹

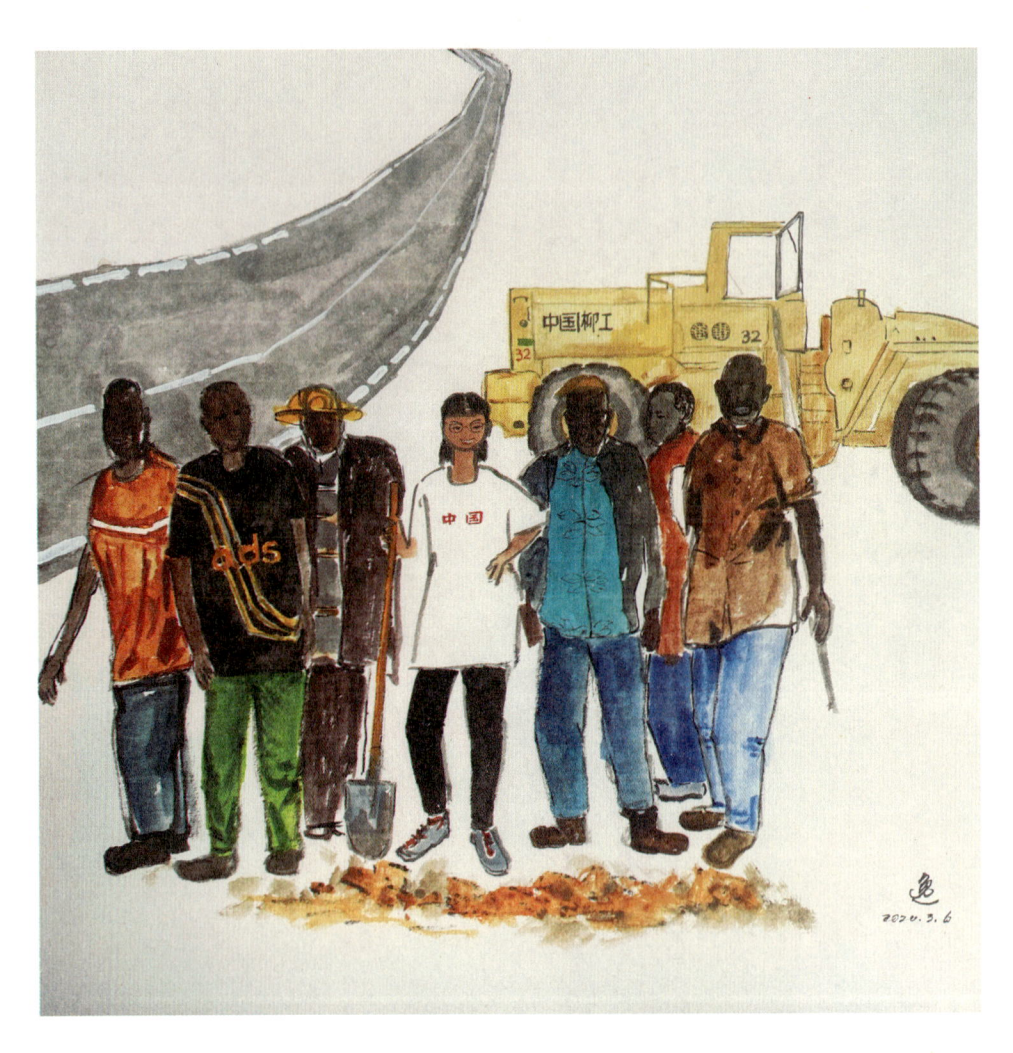

我和我的非洲工友们

阿咪消失在季节河畔

特拉奥雷的梦想

目录
contents

序　1

尼埃纳姑娘　1

蓝羽鸟　16

翅膀　29

美丽的名字　37

恩古哈拉的九重葛　41

嗨，库姆　54

基塔有条季节河　68

去卡伊，去卡伊　83

奔跑，奔跑　96

古斯古斯　109

迁徙的树　114

鼠，鼠，鼠　122

姓特拉奥雷的人　126

月光之舞　138

乌斯曼不唱歌了　151

巴拉丰木琴　155

尼日尔河落日　169

黑金缎带　191

序

我在一个四月辞别祖国、辞别满城的花香前往非洲工作。那时，我定居的城市正被富贵华丽的牡丹花簇拥着走向春天的荼蘼。

打开非洲地图念叨一些地名，这个行为在出发前成为我每日必做的事情。地图上的非洲，大部分介于南北回归线之间，赤道横穿非洲版图的腰部，这意味着炎热是这块大陆最显著的特征，我知道我将开启没有季节差异的热带生活。在非洲工作过的老同事告诫我：不要带裙装，一定要长袖长裤，以防携带疟原虫的蚊虫叮咬。

飞行二十多个小时后，我在西非马里首都巴马科落地。走出冷气很足的候机大厅，炫目的太阳令我几乎不能睁开眼睛，那会儿正是当地时间下午两点，一天中最热的时辰，而四月恰恰又是马里一年中最热的月份。热浪像一个等了我很久的情人般，以饱满高涨的情绪迅速紧紧抱住我，又有几分怨意般越勒越紧，令我几乎透不过气。我薄薄的长袖衣服内，有几十条小溪流像毛毛虫般从皮肤下钻出来，汇集、凝聚，痒痒地爬过前胸、脊背，向长裤的腰部冲去。而新的溪流源源不断，我的身体仿佛是溪流之母，大有汇集成江河的架势。好在接我的汽车终于驶来，钻进冷气同样开得很足的汽车内，额头上的最后一条溪流准确地注入我的眼睛。它仿佛长了眼睛，准确又果断，汗液的盐分立刻使我不得不紧闭那只被淹了的眼睛。接我的同事看一眼仪表盘说，现在车外地表温度是五十四摄氏度。我浑身的溪流被冷气遏制，湿透的上衣迅速冷冰冰地贴紧我的肌肤。在冷热的急剧交替中，我打了一个响亮的喷嚏，算是向四月的西非问了声好。

此后的日子，我痴迷于这片大地上的树。一两株独立的树傲然挺拔于旷野，苍凉的背景使葱翠的绿色透出顽强的生机。它们不轻易相连成林也绝不互相疏离，站在彼此的目光之内共沐阳光、分享雨水。在干涸和贫瘠中、在滚滚的热浪如汹涌的波涛久久不愿退潮时，只要有几株树，就会有树下的生活。有倚着树而建的低矮的土坯房、圆顶的茅草粮仓、木栅栏的小院，还会有瘦弱的鸡在栅栏上很灵巧跳来跳去，有悠然的牛羊在曲曲弯弯的村道上慢慢晃悠，有井台上汲水的女人很专注地打量你，有很脏的孩子在残破的院墙下用很干净的目光朝你微笑。当太阳终于恋恋不舍地落下，这些树，它们就会弯下腰身，搂着没有灯火的村庄、搂着矮小残破的村庄，像搂着自己病弱的孩子，沉沉地睡去。又在另一个黎明，在太阳的催促下，惺忪地醒来。

圆而大的树冠像伞一样撑开浓郁的绿荫，四周烈日下焦灼的土地是炙热的海洋，缀满果实的杧果树是这片汪洋中不沉的岛屿。岛上有粗笨的椅子，有木头捆在一起的凉床，有小炭炉上冒着白烟的沸腾的茶水，还有收音机里节奏激昂的歌曲。只要有翠绿的杧果树傲立原野，它就会毫不吝啬地让自己的枝头挂满一茬又一茬的果实，如丰产的女人，无休无止。

我竟然想当一棵这样的树了，在这里，当一棵树一定是美丽而骄傲的事情。就那么单纯明朗地站立在原野，根须深深扎进土壤，枝干栉风沐雨，洒脱地指向长空，豪爽地邀请一只疲倦小鸟，你，小家伙，来，在我的臂弯里歇一歇；叶片向着太阳舒展，对着烈日火热而率真地表白，来吧，亲吻这里，狠狠地。

不用掩饰也不必故作娇羞。生长、自由地生长，这个不变的信条贯穿它的整个生命，然后在一个个如炽的白昼，让一身的繁花盛开如锦。花朵纷纷飘落之时，青涩的果实刚好露出故事的端倪，阳光和风雨将催促情节的展开和蔓延。

异乡人在路上易生苍凉之感和悲悯之心，一路行走，一路凝望，向微小之物灌注感情，无论是内心深处的表白还是某个追忆、经验或者一个故事，都促使我去注视那些细微的伤口、注视锋利的时间雕刻出的伤感，并以我的笔触抚慰它们的存在。平等精神和对生命的怜悯始终是我生活和写作的宗旨。

在非洲，我选择去最偏远的地方。我和我的同事们建造农田大坝、修道路、筑桥梁。他们都是男人，我是唯一的女性。我的同事们送给我的最珍贵的礼物是为我建了一间女厕所。四面漏风的厕所，灯绳上常常吊着一条无毒的蛇，我猜那小家伙喜欢打秋千。我养了几只狗，都是憨厚得犯傻的土狗，它们忠心耿耿，公狗和母狗恋爱生子。我拎着照相机游走在村庄之间，方圆百里的老乡都认识我，人人都熟稔地喊我Madam贾。我口袋里装着廉价的糖，这使我成为孩子们的王。

住土坯的房子，蛇蝎从门口爬过；蚂蚁们会用一个上午的时间在屋子地板上造一座小规模的城堡；细腰蜂在门环上建屋生子，贪玩的蜂妈妈不知去向。我沿着尼日尔河行走一千九百公里，与无时不在的杧果花的香味热恋；我面朝骄阳，没有什么霜和蜜隔离我和太阳，我面庞黝黑、皮肤粗糙，不过我自己并不知道，因为没有镜子告诉我。

我经历着并书写着这样的生活，如一个隐姓埋名者变换身份进入陌生环境，以新的视角去观察苍茫大地、风土人情，重新审视并思考人与世界、人与自然以及人与人的关系。在这个过程中，万事万物以更细腻也更丰富的面貌呈现，我从中获取在安定状态无法获得的生命体验。

在西非的大西洋畔，我碰巧读了一篇关于非洲经济的文章，文章分析了非洲为何不发达。当然众所周知的原因是殖民者长期的掠夺以及自然环境的恶劣，但这篇文章提到的一个非主要原因令我记忆深刻。作者说，看看非洲的地形吧，海岸线大多是笔直的。那会儿，大西洋的海水正拍打着我目力所及的海岸，沿着笔直的海岸线跑步是我每天晨练的内容。可是笔直的海岸线为什么会影响非洲的发展呢？作者接着分析说，没有曲折就没有深入内陆的海湾，没有海湾就没有能躲避风浪的海港，而缺乏良港对贸易乃至对整个经济的发展必然起消极作用。

说起曲折，我不得不说西非大地上的尼日尔河，这条慈悲之河在几千公里的流程中数次调头和急转，在通往海洋的路途中，它不走捷径，而是不断变换流向去润泽干涸之地。我们在非洲修建的一些公路与尼日尔河具有同样的秉性，曲折地到达终点。那是慈悲的曲折，每一次转弯，公路都能触摸到一个偏僻的村庄，而村庄从此告别闭塞。

或许还能联想到人生。如果人生如一条海岸线的话，笔直、顺畅、外观整齐恰恰是我想要避免的。人生当如欧洲的海岸线，它外观破碎而内里丰富，那是海岸线最曲折的一个洲，半岛、岛屿、港湾，多彩的地貌，使温暖的洋流深入它的内陆。欧洲面积只有非洲的三分之一，却拥有更长的海岸线。有了足够的长度和曲折度，才能奢谈丰富、从容这样充满底气的词语。生活就是一艘忙忙碌碌的船，它需要漫长的海岸线，需要不同的港湾。写作根植于生活，生活是写作的源泉。生活有怎样的宽度，写作就有怎样的广度，一个写作者在生活中成长，完善认知。

  我经常站在一棵树的浓荫下练习法语，我在非洲学会的第一句法语是Je t'aime，是"我爱你"的意思。这是停留在人类唇上最美丽也最持久的一句话。我说给树听，说给树上的花朵听。当花朵枯萎，这句话会化作一朵花，盛放不衰。这是树的心意，也是天地的心意。

尼埃纳姑娘

My Life in Africa

一

我在四月的燥热中从马里首都巴马科出发,一路往东。旷野辽阔,越野吉普车如热浪中的一艘颠簸小船。杧果树已经卸下果实。无论是孤立于田野中的单株树还是杧果园里的成片林,卸下果实的杧果树呈现出同样的表情,它们怀抱荒凉、神情木讷,像母亲被掠夺走了孩子。上苍不忍,一个补偿行为正在天空布局:云朵从远方汇集而来,雨水在暗中筹备。被撒哈拉沙漠刮来的风榨干了最后水分的原野正渴盼着西非大地雨季的到来。只要有雨,原野上的植物就能酝酿新的花事,并掀起一番生儿育女的热潮。

踩着星光踏进尼埃纳的基地院子,大树上挂着的一盏大红灯笼正在风中摇摆,红色的微光闪烁着喜庆,俨然中国某个节日的乡村。除了这个院子,周围的旷野是浓黑的。发电机在后院轰隆隆地响,维持着院子里几盏路灯的亮度。趋光的飞蛾和小虫绕着路灯飞舞，它们可能赶了很远的路才找到这片原野唯一的光明。

一条黄狗奔过来绕着我嗅。我站在一间小屋前，同事们帮我把行李拎进屋。小屋是两个同事专门为我腾出来的，他们挪到一间集装箱改建的宿舍里，与其余四个同事分睡三架上下铺。小屋很小，是我的卧室兼办公室。有木窗，没有玻璃，两扇木制窗门紧闭，插着栓子。一台窗式空调固定在另一面墙壁的窗洞里。日光灯的瓦数足够大，角角落落都明亮。黄狗先于我挤进小屋，我轻轻踢它一脚，它迅速明白我是小屋的新主人，夹着尾巴悻悻出去。

总经理老何站在红灯笼下迎接我，其实我知道老何是不欢迎我的，我在国内财务部等候马里签证时，几次听到财务部主任和老何的电话。老何一直请求公司派个男会计师，但是财务部主任态度坚决地说，你就做好迎接女同事的准备吧。老何的队伍已经在非洲完成了好几个工程，许多年，这支队伍没有女同事，男人们过得很恣肆，不会有人嫌弃他们衣衫不整、说话粗鲁。他们在非洲原野过着原生态的生活，无拘无束。

小屋隔壁是餐厅兼会议室，大门贴着福字，中间一张大长条桌。黄狗出出进进，门开开合合。有人踹它一脚，它又夹了尾巴，卧在桌子下。桌子上摆着晚餐，几个大盆菜、一些凉菜、米饭、几样水果。灯光很亮，小虫不断撞击日光灯管，发出轻轻的啪啪声。也有一些撞晕的虫子坠落桌上，或不小心跌进盘子，有人看见就用手指捏出来，看不见就算了。空调嗡嗡响着，出风口的冷气冒着白烟。两个本地姑娘在餐厅和厨房间来来往往，摆盘子、碗，她们穿长裙，戴头巾，丰满、性感。待大家坐定，老何打开一瓶啤酒，说大家欢迎新同事啊，然后他举起瓶子，同事们也纷纷开酒，举瓶子，离得近的互相碰一下。大家都显得拘谨，慢慢地喝，不怎么说话。他们事先被告知工地将要来一位女同事，以后着装要正经，不能穿着内裤在院子里晃悠。这使他们不习惯，对公司执意派女性来工地颇有微词，难道公司没有男会计师吗？不止一个人询问过老何。他们举起啤酒瓶说欢迎的时候，脸上的表情僵硬。我有略略的歉意，我知道西非常年高温，在工地干了一天活，流够了汗，晚上回来好容易冲个凉，谁还愿意正儿八经穿衣服呢？我对老何说，晚上我尽量在小屋待着，不在院子里出现。令我疑惑的是两个黑姑娘也是女性啊，姑娘们合住在菜园旁边的一间小土坯房里，她们做饭洗碗打扫卫生，在院子里穿梭，男人们不顾忌吗？仿佛他们的羞涩只针对同种族的异性。

厨娘们在厨房和餐厅间穿梭，她们端盘子上菜，眼光一直往我身上瞟。路灯的光不够明亮，我捉不住那两束好奇的眼光。晚餐后两个姑娘去餐厅收拾碗碟，她们的手在餐桌上忙碌，眼光依旧不放过我，这次我逮住了她们的眼神。互相微笑之后，我和厨娘古鲁蒂姆、阿娃于这晚相识。肤色、模样与她们不一样的女性首次进入她们的视野，这使她们充满兴奋，边干活边嘀嘀咕咕，晚餐后的收拾打扫时间，被她们故意拖得很长。她们香味缭绕地在我眼前走来晃去，过量的香水味熏得我恍如做梦。当然让我恍惚的原因还有时差，我还没有来得及适应这个国家与中国八个小时的时差。

那天晚上，四月的风吹动小屋门外大树的叶子，也吹动大红灯笼的穗子，黄狗卧在树下，它有个响亮的名字叫虎子，与成千上万只狗同名。我第一次为自己的性别感到歉意，这心里的歉意和夜色一起加深、浓重。好在老何也有心生歉意的事情，饭后在后院散步时他说，条件艰苦，院子里没有女厕所，正在建，预计两周后可以完工，那将是咱们工地的第一个冲水式厕所。说到冲水式厕所，老何的音调明亮了。在非洲原野、在工地，冲水式厕所显然是奢侈品，司空见惯的蓝天和永远干净的空气都不是奢侈品，冲水式厕所才是，而奢侈品冲销了他的歉意。我说没关系，我能凑合。我说这话时，底气很足，我来到非洲以后已习惯了在空阔的原野里、在杂乱的灌木丛中，像当地妇女一样与大地直白地交流。

我表现出来的豪爽打动了老何吗？随后他说话竟然有了一些温柔。他看了看我的鞋，说，夜里不要穿凉鞋或拖鞋出来，小心蝎子和蛇，早点休息，十点钟关发电机，男厕所没人的时候你能用，已经让工人在门里装了插销。说完这一长串话，他在夜色中叹了口气，不经意的，难以觉察，然后就进了一间集装箱，那是他的卧室兼办公室。虎子摇着尾巴跟在他身后，在集装箱的铁门哐当一声关上后，便又无奈地摇了几下尾，卧在老何的门口。虎子是非洲土狗，黄短毛，瘦小，眼神温顺。它仰起头往空中瞅，几只蝙蝠在半空中飞，黑色的影子掠过屋顶。一个黑姑娘的身影闪进灌木丛，窸窸窣窣，夜在低语。

小屋后窗下是密集的灌木，在昏暗的路灯下只能看见深色的影子，有几根爬藤正沿着墙壁奋力往上攀爬。我嗅到一阵阵淡淡的花香，树影朦胧，暗香如精灵游走于黑夜。

另一个早晨，我细细打量那棵挂着红灯笼的树，树高十几米，叶子呈椭圆形，花朵淡白或乳黄色，细细碎碎，在叶子间躲躲闪闪。那时我还不知道此树就是西非著名的乳油树，只是听古鲁蒂姆说，树的名字叫"细"。她正在厨房门口收拾一堆从菜园里刚收割的韭菜，抬手指着树，上下牙齿对齐、嘴唇微微张开，从白得耀眼的牙齿的缝隙间挤出了"细"这个读音，然后她想了想，把菜放下，跑向院子另一端的她和阿娃合住的小屋，等再出来时，手里拿着一个小罐子。她拧开盖子，用食指挑起来一点抹在自己脸上，也鼓励我抹一点。我将食指伸向罐口，乳黄色的油脂表面有坑洼不平的手指头印记。膏体的颜色和凝结的状态像我小时候看到过的祖母炼的猪油。这就是乳油树贡献给人类的乳木果油，它精炼之后将以不菲的价格昂首挺胸进入欧洲许多名牌护肤品的配方名单。

乳油树上羞羞答答的小花在四月底落尽，小青枣一样的果实坐实了花托。我在尼埃纳安顿下来以后，在院子旁边的杧果园散步，去稍远一些的村庄转悠，很快熟悉了方圆五公里的区域。旱季的原野，土黄色是主色调，田地干涸，农作物还没有登场。有半大的孩子们在原野放牛，晨出暮归。他们破衣烂衫，或者不穿衣服，身形大多瘦小，混在牛群中，我常常看不见孩子，只见一根牧牛的鞭子在牛群踏起的灰尘中晃动。

有些日子阳光不很强烈，太阳忙着在一堆堆棉絮样的白云间进进出出，这个天空的君王置威严于不顾，和云朵暧昧地拉拉扯扯，它暂时无暇施与原野更多的恩宠。逢这样的天气，我便会走得更远些，超过了老何给我限定的方圆五公里范围。村民见到我时的吃惊程度与他们的闭塞程度成正比。我路遇一个乡村女人，她大概从未走出过这片土地，也没有看过诸如电视或图片之类的东西，她的全部世界就是村庄，她不知道村庄外还有和她长得不一样的人。远远看到我，她先是愣了一下，继而果断采取躲避措施：藏到一棵乳油树后面。乳油树一般都不够粗大，树干不能完全遮挡她，她的花布裙子在树干外隐隐现现，若是一株树干巨大得如一堵墙的猴面包树，她就能躲藏成功了。那一天，我心血来潮，悄悄绕到她躲藏的树背后，像和一位好友玩捉迷藏般猛然现身。她浑身哆嗦了一下，突然大哭，而后撒腿就跑。其实，我不过是想给她一粒糖。我每次出门，口袋里都装满了廉价的糖，这一招是老何教我的，他说，女同志出门，这样安全些。

尼埃纳小镇上的人就大不一样了，他们见过一些世面，我顶多只能吓哭几个蹒跚学步的孩童。我断定尼埃纳是个小镇。我判别村庄和镇子的标准是看它是否有集市。每个星期日尼埃纳都有集市，整整三条街拥挤着周围村庄的人和他们的产品，牵着牛羊的男人们和顶着盆盆罐罐的女人们来来往往，红土路灰尘弥漫。羊咩咩地叫，牛哞哞地喊，农具、食品、服饰、布匹、锅碗瓢盆应有尽有。热带水果又多又新鲜又便宜，五百西朗能买一袋子大杧果或者半袋子鳄梨。五百西朗是个什么概念呢？这么说吧，在首都巴马科的商店里，五百西朗能买两个苹果；若是折合成电话费，这个金额能让我和国内通话两分钟。杧果和鳄梨这么便宜，其他热带水果也是几百西朗就多的需要袋子装。遗憾的是我始终不怎么喜食热带水果，它们以颜色和芳香取悦于人，我对待颜色鲜艳又芬芳馥郁的杧果像薄情的君王对待正值好年华的妃子，眼睁睁看着她红颜衰退就是不想碰她。

我用各色水果装饰我的小屋。文件柜上摆一个大菠萝，带着叶子的那种，像一个盆栽。菠萝耐放，皮色发黄的时候，气味最香。香蕉要成把的，根根都亮黄，用网兜兜住，吊在屋角。这儿的橙子不好看，皮厚，颜色也不鲜亮，但汁儿的气味像蜜。野生的柠檬是在原野里捡的。我清晨跑步的时候发现一棵柠檬树，树下落了一层果实，捡来放在盘子里，颗颗翠绿，有淡淡的清香。我还把紫色的杧果和黄色的杧果搭配着摆在案头。紫杧果放久了颜色开始变红，若是还不吃掉就会长黑斑。接近腐烂的杧果，外在的芳香不再咄咄逼人，它暗了下去，在这暗中，另一种能醉人的物质悄悄滋生。腰果也是在园子里捡的，是尚未成熟的落果，由浆果和坚果组成。坚果像个小小人儿一样端坐在浆果肚子上，浆果呈鲜红色，汁液饱满、漂亮，它是坚果的奶妈，待到坚果成熟以后，浆果就枯萎失色，乳房干瘪，红颜不再。木瓜的内心比外表美，一个表皮带着斑点的木瓜，切开以后，瓤总是鲜亮的橘红色，黑色的籽像一粒粒小珠，晶莹圆润。

二

古鲁蒂姆每天早晨帮我打扫房间，她怯怯地敲门，轻轻喊一声Madam贾。这是她进入我小屋的唯一机会，除她之外，没有本地员工进来过。她用一块湿布擦地，腰肢弯曲，上肢下肢几乎紧贴，腿绷得笔直，臀部高高翘起，充满节律和力量，像舞蹈，与她在水台上洗衣服时的姿势一样。我的男同事们都爱围观她洗衣服，边看边为非洲姑娘腰肢的柔软而惊叹。这间简陋的土坯房并非因为我而金贵，而是小屋兼具财务办公室功能，整个基地的账目和现金都在墙角的保险柜里。不过，古鲁蒂姆不稀罕那个又大又笨的保险柜，她根本就不认识它。她最关注我的床，一件大红丝绸睡衣和粉红色的蚊帐像梦一样对她具有迷幻的意味。她大概是第一次看见这么美的丝绸光泽，眼睛被这光泽点亮，然后她又望向我，仿佛质疑天天穿牛仔裤和T恤衫的我怎么会是这件讲究的睡衣的主人。她几乎要伸出手去摸一摸它了，又猛然醒悟自己的手是一双正拿着擦地抹布的手。悬挂在蚊帐上的、用丝带编织的中国结也让她爱慕不已。在我眼里简陋无比的土坯房让古鲁蒂姆深深羡慕，她小心翼翼，神色卑怯，好在门口挂着的一幅猴面包树的图片令她终于展露笑颜，她说这是宝宝树，尼埃纳的人都喊这树为宝宝树。

　　我和古鲁蒂姆亲密起来，比和阿娃亲密，是因为她进过我的房间吗？那早晨的、没有来得及散去私密气息的房间。有一天清晨，我盯着她看了很久，看着姑娘细细地擦遍小屋的角角落落，突然觉得这间土坯房的地板配不上她的舞蹈。我想去集市上买一个我惯常使用的、有着长长的木杆的中国式拖把。这也是老何的意思，我知道老何想到的是保险柜。但我始终没有买到带着木杆的拖把，尼埃纳的集市上压根儿就没有这种拖把，他们不习惯使用带着长长木杆的工具，就连农具，比如锄头、镰刀之类，也没有把手。妇女们在田地里依然是弯曲着柔软的腰肢，除草、收割，臀朝天、脸朝地，保持着人类与土地之间古老的交流姿势。

　　古鲁蒂姆乐于赶集，在集市上她能见到她的家人或是村人。他父亲卖一种木制的类似于花盆一样的容器，像超大号的高脚酒杯一样，用整块的木头挖刻而成，边沿和底座雕刻着花纹和图饰。我琢磨不透这种容器用来做什么，也听不懂古鲁蒂姆的解释。老何认识这种木料，他肯定地说这是非洲楝木。非洲楝是大乔木，树高能有五十米。我和老何结伴晨练跑步时，曾经路过一个村庄，村口有一棵巨大的非洲楝，树皮像鱼鳞般开裂。在大多数村头站着杧果树或是猴面包树的非洲村庄中，非洲楝令这个村庄显得别具一格。老何把这个村庄命名为楝村。我们常常给不知名的村庄命名，后来我知道这里是古鲁蒂姆的家，也知道村庄真正的名字叫布拉布古。非洲楝树下，坐着几个做木制品的老人家，用的材质是从这棵大树上砍下的枝干。非洲楝最奇特之处就在于用它制作的器皿或是家具能抗白蚁。老何告诉我这个知识时，我小屋的木门框已经被白蚁吃掉了半个边框。吃掉就吃掉吧，木门以及木门框于小屋而言其实就是个摆设，小屋有结结实实的铁门和铁门框，也有铁制百叶窗和窗框，我毫不担心地观看白蚁们的进食表演，带着娱乐心情计算它们消灭一扇门的时间和速度。

古鲁蒂姆的父亲在一个集市散了的傍晚把没有卖完的货物送给了我。我当作花盆用，种了一棵植物，是一株沙漠玫瑰。它曾在下午五点的阳光下，开放得像真正的红玫瑰一样艳丽，可惜没有多久它就死了，死于我对它的爱。我浇水浇得太勤，而沙漠玫瑰喜欢高温干燥的环境。也或许是死于非洲楝木的气味。自从花盆摆在那里，白蚁嗅到了不祥的气息，主力部队撤离了，小股游击队仍然坚持，但是没挺多久，最后一只白蚁终于不知所踪，木门框停止了破碎，半个框架如历史的遗迹般被悬在墙上。

在集市上穿梭，古鲁蒂姆比任何时候都兴奋，她仿佛和整整三条街的人都熟识。卖油炸小鱼的婆婆递给她两条油滋滋的小鱼，卖花生的小姑娘抓起一把花生塞进她的衣兜，连正在母亲怀里吃奶的娃娃见了古鲁蒂姆也吐出了母亲的乳头，咧着没牙的嘴巴憨憨地笑。

她看中了一块花布，眼光落在那花布上，卖布的小伙子急忙站起，拿着尺子就要来给她量尺寸。小伙子旁边有一台老旧的缝纫机，另一名年长的男子戴着一副老花镜正在缝纫机上制作一件花色艳丽的裙子，他的脚踩在踏板上，缝纫机发出嗒嗒嗒的声音，针在布上游走。

尼埃纳集市上最吸引古鲁蒂姆的是一间用蓝布围起来的理发店。在非洲，理发店用来剪头发也用来"长"头发。西非男子发型简单，无非是贴着头皮把卷曲的绒毛状头发剪掉，他们无奈地选择这种简单而千篇一律的发型。女人们就不一样了，爱美的天性让她们想尽办法弥补由基因带来的关于头发的缺憾。长发飘飘是天下所有女人的梦想，即使是一个偏远而简陋的小镇理发店，也有假发来成全姑娘们的美梦。

古鲁蒂姆能在这间理发店待很久，我逛完一条街来看她，见一个姑娘正在古鲁蒂姆的头发上操作，把她永远也长不长的卷曲头发分成一小撮一小撮，像戈壁滩上一簇簇的草。那个卖布的小伙子在理发店陪着古鲁蒂姆聊天，他不照管自己的布摊儿了吗？他们大概在说一件有趣儿的事情吧，小伙子眉飞色舞，嘴角吹起白沫。我逛完第二条街又来看她，理发姑娘正把一绺一绺的假发接到古鲁蒂姆的短卷发上，将真假头发掺杂着辫成小手指般粗细的小辫子，边辫边抹油，油依然是物美价廉的原生态乳木果油，一根根小辫子在油的润泽下，顺顺贴贴地听任摆布，辫至发梢，系上古鲁蒂姆喜欢的小饰品和五颜六色的塑料小花。卖布的小伙子还在这里，正拿着两瓶可口可乐，他递给古鲁蒂姆一瓶，又拧开另一瓶的盖子，一仰脖子，咕咚咕咚灌下一大口。我逛完第三条街再来看她，辫子工程还没有完工，卖布小伙儿正在唱歌，他的嗓音真美，透亮，却又有一点点疲惫般的沙哑，带着流浪歌手的不羁和苍凉，像我在杧果园听到的一只鸟的鸣唱。我拉着古鲁蒂姆就要走，她要回去做午饭，二十几个人的午餐，阿娃一个人是忙不过来的，这会儿厨房里一定一团糟。中午若是不能按时开饭，老何会发火。古鲁蒂姆沉浸在小伙子的歌声中，她听呆了，愣愣地发着痴。

我推着她走，她顶着半头漂亮的辫子，也顶着另外半头乱糟糟的像鸟窝一样的头发，走过三条街，没有人注意她的头发。我看着她的滑稽模样，忍不住大笑，她也笑，这一笑就醒过神来，顿时神情慌张，一路小跑着回到院子。午后，忙完厨房的活计，古鲁蒂姆重返理发店，另一半的辫子工程在下午完工。

傍晚，集市散了，理发店的主人也将收工，收起那块挂了一天的蓝布，下个集市日，蓝布将被重新挂起，古鲁蒂姆或许会再次光临，也可能，换成阿娃。不，不会是阿娃，阿娃从来不会为头发花钱，她让古鲁蒂姆给她做头发，在乳油树下，慢慢做，她们都不着急，古鲁蒂姆像在一片荒漠种树，一棵棵地种，不慌不忙地种，阿娃便仿佛永远顶着一头半成品辫子在院子里晃悠。

集市带给古鲁蒂姆的快乐在辫子工程完工的傍晚达到顶峰，她容光焕发，满头小辫子根根发亮发硬，这个发型至少要保持一周的时间，也可能更久，甚至洗头也不会破坏它们，因为它们实在是太牢固了。头发的缝隙处，能看见古鲁蒂姆可怜的头皮被紧紧地扯拽着，不知道她夜晚睡觉时，头一旦触碰枕头是否会疼痛？但愿这小小的疼痛不会惊扰她的梦，关于头发的梦、关于美的梦。

卖布的小伙子常来我们院子，古鲁蒂姆和阿娃的小屋便有歌声飘出。我私下里已经把小伙子和古鲁蒂姆配了对儿，就像在杧果园给两只漂亮的鸟配对儿一样。那两只鸟，一定是一雄一雌，它们披着深蓝色的羽衣，停在同一根树枝上，正亲亲昵昵地叽叽喳喳。

三

阿娃对正在建设中的女厕所充满好奇，她干完院里的活计之后，喜欢站在菜园旁的一堆青砖边，看垒墙的工人干活，叽里呱啦用班巴拉语闲聊，有时候还插上一手、帮上一把。砌墙的工人不是干活的好把式，眼看着快砌好了，又推倒，说是不直。这么反反复复，厕所的四面墙总算立起来了，该在房顶铺铁皮瓦了，阿娃盯着铁皮瓦，眼睛里放着光，在羡慕之光落下的那一刻，愤愤不平像小火苗从她的大眼睛里蹿出。她家就在附近的村子里，几间茅草屋矮矮地趴在一棵高大的杧果树下。在她眼里，原野就是最好的厕所，那么好的砖和铁皮瓦，应该用来建造人住的房子。更令她惊讶的是，厕所的地上竟然还铺了瓷砖，朝着菜园的那一面墙上砌了花窗，若不是有一个蹲式的抽水马桶，这间小房子分明就是整个尼埃纳最好的住房。

在菜园里摘菜的阿娃常常走神，她打量厕所的眼睛就像种菜的老头探究菜园里的那口水井，他们心里都有无数个不明白。菜园里的井是我们在尼埃纳打的第四口井，此前的那三口井的水质都不适合饮用。在西非的原野上打一口适合饮用的深水井不是一件容易的事情。我经常站在菜园边看这口井，看它汩汩的流水浇灌着菜园。我知道这井的水质是优良的，再看井便觉得它可爱和珍贵，好像汩汩涌出的不仅仅是水，还有这片土地的善意。当烈日炙烤，当狂风肆虐，幸好有大地释放善良。种菜的老头并不节约用水，他以为这水取之不尽用之不竭，经常把菜地灌得像蓄水的稻田而招来老何的训斥。他实在不是一个种菜的好把式，豆角茄子半死不活，黄瓜布满虫眼，西红柿像鸡蛋那么小。

周围村庄的女人们头顶盆盆罐罐来我们的院子里打水，我惊奇如此重的一桶水能被她们轻而易举地提起、举上，稳稳落在头顶。她们袅袅娜娜来，仪态万方走，临出大门还不忘回眸一笑。老何不吝啬水，只要他在院子里，必会对这妩媚的笑报以回应，点点头或是也微微一笑。我也如此，我站在乳油树下，像看一幕风情剧一样。遇到身材特别美妙的姑娘，我还会跑回小屋拿相机，咔嚓咔嚓拍几张，姑娘们大多很配合，笑得更灿烂。我猜老何和我有相同的观点：这水本就是这方土地之下的蕴藏，本就属于她们。

正是有了井，老何才有底气建造一间带抽水马桶的女厕所。不过，令阿娃叹为观止的抽水马桶常常抽不上来水，更多时候，我需要从菜园里提水来冲刷马桶。姑娘们在厕所启用初期仍然坚持在原野里方便，在我的一再邀请下，她们才极不习惯地和我共享这座尼埃纳原野上最为豪华的厕所。

那么，让我来描述一下我的厕所吧。无名爬藤的枝条从花窗的洞口伸进来，它有很强的攀附力，在墙壁上蔓延生长，因为有井水的滋润，短短几天绿色就能覆盖半面墙，蜂啊蝶啊蝇啊也随之飞来飞去。最忙碌的是细腰蜂，飞进飞出，衔来湿泥在墙壁上筑巢，不久会有宝宝诞生巢中。细腰蜂是贪玩的家伙，平时漂泊流浪，快要临产了才慌慌张张筑巢产卵。那巢也修建得粗糙，就像一团团泥球随意一扔，粘在了墙上。上午几队黑蚂蚁来来往往忙着运送红土，下午一个城堡堂而皇之耸立地板正中。而参加建设的黑蚂蚁越来越多，黑压压成片，大有建造一座城市的架势。最为惊险的是门口的灯绳，一米多长的绿色无毒蛇攀着灯绳荡秋千，有时候是两条，身体缠绕在一起，难解难分，它们在恋爱。我当然没有胆量赶走它们，我蹑手蹑脚绕开，不惊扰它们的恋情，祈祷不要在半夜如厕，不要让我在黑暗中触到它们湿滑的身体。

阿娃常常站在菜园里用无限感叹的语气说，这样的房子怎么能当厕所？她声音大，语气重，落在铁皮瓦上，当当作响。

六月，尼埃纳上空的棉絮云终于连成了片，不再一朵一朵孤独游走。我看着这些云，觉得黑一点的大概是雄性吧，而另一些洁白的是雌性，它们的身体相触、相融后，雨就成了它们的孩子。第一场雨下来，久渴的大地散发着泥土的微腥。

阿娃在院子里滑了一跤，我和古鲁蒂姆扶她回屋，她掀开上衣、解开裙子，指着自己的腰，古鲁蒂姆往阿娃的伤处涂抹万能的乳木果油。那是我第一次如此近地看一个非洲女人近乎全裸的身体，滋润、光滑、S形的婉转起伏。我突然觉得哪里不对劲，尽管凹腰、翘臀和前倾的腹部是她们的身体特征，但是阿娃的腹部过于前倾了，不仅仅是前倾，还明显鼓胀。我盯着阿娃的肚子，古鲁蒂姆停止了往伤处抹油，她察觉了我异样的眼光，阿娃迅速放下撩起的上衣遮住腹部，她们俩都警惕地盯着我的眼睛，神情惊慌，面含乞求。

怀孕对阿娃来说不是羞耻之事，她结了婚，有丈夫、有婆家。令她恐慌的是她隐瞒了怀孕这件事来应聘厨娘。

阿娃，你怎么能够欺骗我们？我有些生气地责怪她，情急之下说的是中文。此时，语言变得不重要，面部表情传达了我的真实情绪。阿娃默不作声，黑亮亮的眼睛望着我，望了好一会儿，然后她嘴角往下一撇，哭起来。她抽抽搭搭地边哭边说，Madam贾，我要挣钱，要挣很多很多钱。

阿娃的眼泪使我心软，我把她怀孕这件事隐藏了起来，像天上的云藏起一场雨，先兜着，实在兜不住再说。其实，我还有一个私心，我想近距离地观察一个非洲女人的孕育过程，若是她能在我们的院子里生下婴儿，让我见证一下尼埃纳的接生习俗那就最好不过了。

阿娃、古鲁蒂姆和我，我们三个人共守着一个秘密。不，不是我们三个人，还有第四个人，那个腹中的胎儿，他（她）默默地隔着阿娃越来越薄的肚皮聆听着他（她）即将来到的这个世界的声音。

我有意给阿娃派最少最轻的活儿，揉面这样的事儿以前是阿娃做的，她揉得细致认真，让揉一百下绝不揉九十九下。还有提水，从水台到厨房有大约五十米的距离，现在这些活儿只好给了古鲁蒂姆，好在两个姑娘交好，古鲁蒂姆并不计较。

阿娃像一只猫，轻悄悄地在院子里隐现。有同事盯住她的背影或是侧影时，我就赶紧掩护，说，你看，咱们的伙食实在是太好了，姑娘们都胖了。

七月的云层越来越厚，越来越重的雨躲在云里，越来越密集的雨没有被云兜住。一个大雨滂沱后彩虹飞架天际的时刻，我们都在院子里望着少见的宽阔彩虹而惊叹，那彩虹实在是太绚丽了，如一架缤纷的天空之桥。我们忘乎所以地欢呼，一扭头，我看见了老何的眼睛正望向阿娃再也藏不住的腹部。

阿娃辞职回家，她依依不舍地走，惋惜再也没有一份可靠的工资收入了。她边打包袱边抽泣，说，Madam贾，等我生了娃娃再来这里干活，我要挣钱，要挣很多很多钱。我请她生下宝宝后抱来让我看看。她点点头，步履沉重地走出院子，又频频回头，向我和古鲁蒂姆挥手。

后来，基地干杂活的厨娘走马灯似地换，我把阿娃忘到了九霄云外。

九月，乳油树上如大青枣般的果实成熟，一粒粒落下。果肉内的那一粒种子是乳油树奉献给人类的精华。女人们走出家门，头顶筐子，去原野捡拾乳油果，鲜艳的衣裙是灌木林和杂草丛里一道道流动的风景。她们起早贪黑，一个季节下来，果实堆满了自家的院落。有走村串户的贩子来收购这些果子，再转卖给专业的工厂。这是一个普通农家一笔不菲的收入。住在附近的妇女们来我们的院子里捡拾落果，我们有三棵高大壮实的乳油树，如充满旺盛生殖力的女人，产下的果子真不少。

我捡起几枚果子，想起几个月前古鲁蒂姆从白得耀眼的牙齿的缝隙间挤出了"细"这个读音的样子，禁不住有些怅然。乳油树下没有了古鲁蒂姆的身影，红灯笼褪色了，走向粉红，在苍白之前我们会摘下它，挂上新的红。

古鲁蒂姆走了，她真的和卖布的小伙子好上了，小伙子的歌声俘获了她，一对儿鸟儿私奔，他们去了大城市锡加索。他们好上了不是她离开这里的原因，老何是不会干涉员工恋爱的。她离开这里是因为我从锡加索的医院里拿回的一张化验单。我们每隔三个月给各个驻地的厨娘体检，主要筛查传染性疾病，比如乙肝、伤寒什么的，当然还有艾滋病。古鲁蒂姆染上了可怕的病，我看到化验单时惊得手都抖了，吓得半天不敢告诉她，她却淡淡的，并不恐惧，是出于强大还是出于无知？或者是习以为常？我无法知晓。她把化验单扔到地上，像扔掉一件和她无关的事物。她说她要和她的歌手一起去锡加索开一家美发店，她要学会做世界上最漂亮的发型。她晃了晃新做的头发，满头的小辫子抖动起来，辫梢的小饰品互相碰撞，叮叮当当，叮叮当当。

…………

我在另一次晨跑中经过布拉布古村，村口的非洲楝被砍倒了，一些村人在树下做木工，其中也有古鲁蒂姆的父亲，他仍然在雕刻那种特别的器皿，他雕得认真，一直没有抬头。下一个星期日，他将去集市出售他的产品。

日子不曾改变，太阳依旧朝升夕落。

有那么一天的上午，艳阳高照，一个戴着花头巾、怀抱婴儿的妇女走进我们的院子，她径直朝我走来，掀开包着婴儿的小毯子，把一个穿着婴儿服的小宝宝亮给我看。那宝宝的脸和露在衣服外面的小胳膊、小腿，肤色都是白皙的，像白种人的孩子。我看着这位母亲，她微笑着，黑亮亮的眼睛望着我，望了好一会儿。

她是阿娃。

我知道一个常识，大约有一半的黑种人夫妻的婴儿，在出生时是白色的，两周后皮肤开始变黑。那么，产后的阿娃刚刚恢复体力就抱着她的孩子来给我看，她记着这个约定呢。

那白嫩嫩的婴儿发出了脆响的哭声，没有眼泪，只是对着宽阔的天空亮了亮嗓子。

蓝羽鸟

My Life in Africa

一

我曾经站在布古尼的街头,在一块很大的牌子上识别一堆法语单词。牌子是马里国家公路局竖起的,写着这条始于布古尼终于锡加索的待修公路的出资方、建设方、监理方等信息。建设方写着我们总公司的全称。法语陌生难记,一些同事工作几个月了,依然记不住公司全称,好在似乎也不需要记住,对业主方、监理方和本地工人及沿线居民,我们只要说公司名称的几个缩写字母就可以了,有时候连字母都不用说,这一带除我们之外没有其他亚洲人承建的工程,东方人的脸就是我们的标识。

在内部我们被称作二〇八,我们去位于首都巴马科的基地中心领用材料,在领料单的单位一栏,要写上二〇八。国内总公司发来的慰问信,大标题的首行也是这部队番号一样的称呼。接着,财务建账了,按项目核算,二〇八频频闪现,这是财务软件界面上不被当作运算数字的数字。

二〇八、二〇八,我们念叨着,这一念叨就是四年。它是这条路的长度,也是这条路的简称,还是一群人被喊了四年的集体姓名。

开工仪式在布古尼举行,当然是在我们的路上。我们很亲昵地把这条路叫作我们的路,亲昵之外还有一些自豪,在异国,"我们的"三个字分明又是有几分霸道的,在这片土地上,除了工程设备,什么都不是我们的,天空、原野以及天空之下、原野之上的一切都不是我们的,但我们依然用"我们的路"来称呼它。老何从首都巴马科的机场接我来工地,三菱越野车一进入布古尼,老何就说,到了我们的路上了。他指着路边的大牌子说,这是起点。然后他下车,站在大牌子下,双手叉着腰,挺胸收腹,让我给他拍张照片。老何是二〇八项目中方总负责人。他站在起点,看着远方,脸上的肌肉因为紧绷而显得严厉。

我第一次站在二〇八公路上,一条坑洼不平的窄窄的路,多年以前法国人留下的路,我们即将重修的路。路原本是宽的,因为老旧,路面的沥青掉落,露出红土路基。高出原野的路基又被往来车辆渐渐压平。路肩塌陷,荒草丛生。曾经宽阔的公路在时间的碾压下日渐细弱,很多路段只剩路心还遗留有沥青的痕迹。西非大地上,一条路正慢慢归于原野。归隐途中,它一层层把自己剖开,袒露于旱季的烈日中或雨季的骤雨下。我在一条破裂的路上认识了路,不是日常所说所见的路,而是路的内里,它的腹腔。底基层、基层、碎石、沥青,这些名词和实物,在四年的时间里,填满我们的日子。

老何用脚跺跺地,说,真是一条好路啊,法国人活干得真好,这么多年了,路竟然还在用,你看这些货车,哪一辆不超载?超高超宽,重得都跑不动了,摇摇晃晃像临产的孕妇,就这样,路居然才坏到这个程度。老何是资深的道路建造师,他由衷佩服他的法国同行,尽管法国同行在这条路重修的投标中是他最强劲的竞争对手。现在老何是胜利者,他站在路上，我们的路上。不过老何难掩痛心，说实际成本比他预期的要高。每每提及这些，老何就想发火。我们得节约、节约、再节约，才能为公司创造利润。这句话是老何大会小会上的开场白，又是结束语，他常常把桌子拍得啪啪响，唾沫星子四溅。这是老何心头的一块伤，这块伤折磨他，而他折磨他的队伍。我在工程开工四个月后加入这支四十九人的队伍，是队伍中唯一的女性。

据同事们讲，总统先生出席了开工典礼。瘦高的马里总统跳上一辆推土机，把他的大手一挥，说了很多豪迈的话，是法语。因为讲述的人多，便有好几个版本，有说总统跳上的明明是平地机嘛，反驳者立刻说，平地机在刚开工时怎么会启用，最先启用的肯定是推土机。我曾向老何求证过，他皱了一下眉头，似乎陷入回忆，在回忆中又想起了更重要的事情，忘了回答我的问题，或许在他眼里，这不是需要回答的问题。

布古尼是这样一个地方，说是这个国家的一个城市，其实大小也就像国内的小镇。几乎没有什么像样建筑。巴掌大一个地方，大街小巷走了几次便知道哪个街边摊的杧果最大最便宜、哪个杧果摊的主人最漂亮，也知道哪一家小铺经常有新鲜牛奶，装在塑料瓶子或是塑料袋子里。我不怀疑牛奶的品质，这一带原野无污染，雨季茵茵的嫩草甚至能让人产生想吃几口的欲望，奶牛们无压力无忧虑地啃食无污染的青草，奶水质量一定不会差。但是我对包装牛奶的那些塑料袋子或瓶子疑虑重重。虽说布古尼小，但对我们这些驻扎在村庄和小镇的人来说，每次去布古尼还是像乡下人进城一样有不小的欢喜。这里有衣着比乡下丫头更干净时尚而丰满的姑娘，我和我的同事们都喜欢看这些姑娘，就那么睁着眼直直地看，不用遮掩和害羞。六十多岁的翁翻译也喜欢看，不过他常常不好意思，常常掩饰，又爱脸红，一张布满细密皱纹的白皙的脸红起来像喝醉了酒。我还喜欢布古尼市政府院子里的一排小叶榄仁，这树的姿势好看，每一根枝丫都像直挺挺伸出去的手，叶子小而密，树冠亭亭如盖。翁翻译对这个院子最熟悉，他经常来这里办理相关公文，送材料、盖章、取材料，遇到小麻烦的时候送小礼物，常常是风油精或清凉油什么的，我们随身总是带很多这些小玩意儿。从布古尼市政府院子出来，穿过一条窄窄的街巷，就到了大路口，路边有一个面包小店，翁翻译说这家的法国长棍好。我们每次去布古尼，他都在这家买几根。一根法国长棍售价大约五百西朗，是我们雇用一个本地工人日工资的四分之一。这个价格对本地人来说显然是贵了，不过，本地人似乎也不怎么爱吃法国长棍，他们更喜欢吃一种油炸面食，一百西朗一大袋子，油渍浸透包装的纸，看起来很香、很能饱腹。

其实我们的路并不经过市区，只是从布古尼擦边而过。布古尼于我们的重要性更在于它的仪式感，在于那块立于起点的牌子。我曾对着起点牌拍过无数照片，旱季的时候，万里无云，天空如洗，阳光照在那些字上，每个字母都烫人似的；而在雨季，每天下午一场暴雨如情人约会一样准时，天河决堤般的水也像情人泛滥的激情迅速淹没牌子下的立柱。时间如走马的灯，各种人物在相同的背景下留下不同的影像，考察的、慰问的、检查的，白皮肤、黑皮肤、黄皮肤。总监班巴先生曾带着他的夫人和四个孩子，在这块牌子下拍过一张全家合影，这是立于旷野之中的牌子见证的唯一的一张全家福吧？总监夫妇高大体胖，总监夫人鲜艳的花裙子和花头巾像原野上的一道彩虹。总监的长子，一个英俊的黑皮肤少年即将去法国学习道路建造，这个家庭将子承父业。少年在父亲担任总监理的工地上，像个有好家世的少爷一样，盛气和英气挑在他的眉尖。他仰起脸，用眼睛的余光扫向他的同胞们，那些在骄阳下流着汗的小工、平地机手、挖掘机手。站在这条路上，他仰脸看牌子，牌子上写着他父亲所在的监理公司，那是一家著名的监理公司。骄傲的少年，像提前来到了他的职场，他日后人生的舞台也会如他父亲一样，是广袤非洲的一条条大道吗？少年表情狂妄，眉尖向上、唇角向下。他太年轻，无法体验未来职业的内涵，他只感到了荣耀，这荣耀来自他的父亲，一个资深的总监理，一个在工地拥有最高权威的道路建造专家。少年看着他的父亲弯下肥胖的腰，给那些小工、平地机手、挖掘机手递烟、握手，态度和蔼。少年的脸上表现出不屑和急躁。他的父亲瞪他一眼，轻声责备他。或许，这才是少年留学之外最重要的功课，他的父亲将亲自教授他。

同事们几乎都和这块牌子合过影。测量工程师小段，给我看他刚到工地的第一张照片，他俊朗、白皙，背后的牌子也是新的，还没有经过严酷的日晒雨淋，白色的底和蓝色的字散发着新油漆的光泽。那时非洲的蓝天和太阳对小段来说也是新的。几个月以后，我们路过这块牌子，小段再次站在牌子下，旁边跟着几个向他学习测量技术的本地工人，他们并排站在一起，一样的白色工装T恤衫，一样剃着光头，我几乎看不出他们肤色的差别，他们眯着眼，对着我的镜头笑，露出同样雪白耀眼的牙齿。

我在一个阳光柔和的早晨再次站在这块牌子下，已经记不清是第几回了。我和老何一起出差去首都巴马科，经过布古尼，当然也经过这块牌子。老何的车在旁边的加油站加油，司机达乌达趁机洗车。从布古尼至巴马科的公路是一条法国人刚建好的路，宽阔干净，没有红土飞扬。洗去泥巴灰尘的车飞驰在这样的路上才更体面，所以，每次路过布古尼去首都巴马科，在这块牌子旁边的加油站洗车几乎成了我们的惯例。老何趁空教我念牌子上的法语单词，但他又突然想起来什么似的，拍了拍脑门，说我们此行去首都的目的是拜会业主方，要宴请答谢马里国家公路局的官员和专家，你还要学会两个祝福的词：干杯和祝你健康。

那天是十二月的一个早晨，原野上飘来杧果花的香味，这香味在离开树的一刹那就被旱季的风掠夺了水分，因更加干燥而愈发具有质感，我喜欢这熏干了水分的花香，它们类似于中国北方麦子熟透以后的芳香。现场还有另一种气味。距此不远的路面上，土方一处正在施工，一边是推土机哼哼着冲向小山包一样的红土，一边是大卡车源源不断运来更多的散发着新鲜土腥味的红土。自卸车卸下红土，工人们像蚂蚁一样迅速爬上土堆，挑拣出红土中夹杂的石头。太湿的红土需要在阳光下暴晒，而太干的则需要水车喷出水一遍遍浇淋。干燥的花香和新鲜的土腥味缠绵在一起的空气裹挟着我们，身边不时走过衣衫褴褛的人，小乞丐抱着一只空碗在车门旁瞪着渴求的眼睛。我们念叨的法语的词义内容离眼下这个现场很遥远，天边一样。

早晨的阳光照着我们的牌子，照着我们的路。我们站在阳光下，并不热，太阳还没有发威，非洲大地还没有被猛烈的太阳炙烤发热，它们彼此温柔有情，太阳正举着酒杯，对着西非大地说，干杯、祝你健康。不过，这款款深情持续不了多久，顶多一小时，之后，太阳便会吐出火舌舔吻原野，大地则报之以遮天蔽日的狂风。它们像极了一对儿恋人，由爱生怨，继而生恨，极尽所能宣泄情绪。

老何神情忧虑，他的表情与他嘴里正说着的词相去万里。红土严重不足，在旱季，水车找水困难重重，花费大、效益低，成本和利润这对兄弟又在折磨老何，其实它们无时无刻不在折磨他。终于，老何扔下那两句法语，去它的干杯和祝你健康，他用湖南普通话说，要找土，找到干湿度恰好的土场是土方处的头等大事，不，是全体人员当下的头等大事。他声音大、语气狠，一旁的达乌达不知道发生了什么，胆怯地望向我们。

二

试验室的技术员蕾拉姑娘走路的样子轻盈得像一朵云，白大褂飘来荡去。她是工人中文化程度最高的，在法语之外还会英语。她还是我见过的本地姑娘中唯一不穿民族服饰的，那些花花绿绿的裙子与她无缘，她永远穿得像个白领员工，工作服白大褂内是深色长裤、白色衬衣或是条纹衬衣，手里也总是拿着一沓子试验单或是一本书。

她也不像本地姑娘们那样穿夹脚趾的拖鞋，她穿皮鞋，鞋头尖而翘，像一艘航行的小舟。瘦弱的蕾拉有丰满的理想，日后要去法国留学，在挣够了学费以后。我们经常在云朵下聊天，云朵令人想到悠远的人和事，令人产生梦幻。那个时候，干旱计划着撤退，而雨水正从远方赶赴这里，天空中的云朵多了起来，但这些早到的云像未孕的年轻姑娘，它们肚里没有揣着雨，却又不想让天空识破，于是它们和天空玩暧昧，既不离开也不洒雨，就那么飘来荡去的，像蕾拉的白大褂一样。

与试验室技术员蕾拉的聊天完全和与厨娘阿娃的聊天不一样。我穿着从集市上买来的班巴拉民族宽大的彩色袍子或是裙子，风吹动我的裙摆，我等着蕾拉夸我漂亮。若是厨娘阿娃，那赞美怕是早就像风一样哗啦啦地刮过来了，蕾拉却从来无视，她压根儿就没有留意还是不觉得这样的民族服装漂亮，我不得而知。其实我也不觉得她穿古板的正装好看，我们都不夸赞对方的服装，不过这不影响我们聊天，我们聊天的时候眼睛都望着云朵。

蕾拉问我是否有家庭，我说有。她问老何是否有家庭，我还说有。她再问试验室的负责人李工是否有家庭，我依然说有。我说四分之三的中方员工，都有家庭。

那么，你们一年休假一次？

是的，但有些人会超过一年。

蕾拉看着飘游的云朵，眼神游离，她说，噢，Madam贾，你们都是了不起的人，可是这是不人道的，夫妻连续分居三个月以上是不人道的。

蕾拉，瘦弱的姑娘，接受过现代教育，有西方式的理念。她从不关注厨娘阿娃关注的事情，她的眼睛总是看着悠远的云朵。虽说蕾拉是二〇八的白领员工，拿着比一般工人高得多的工资，可是要攒够留学的钱，谈何容易。那学费是一个巨大的数字，如果没有富裕家庭或是社会的资助，仅凭蕾拉的工资，需要攒很多年很多年吧。蕾拉的主管李工劝过蕾拉，让她去联系马里高等教育与科学研究部的官员，申请留学资助，或许能获得政府的支持。梦想是一件多么美好的事情，就像低垂的云朵一样仿佛伸手可触，却又怎么都够不着，谁见过能摘下云朵的手呢？留学是我们每次聊天都要涉及的内容，也是每次都无法再继续下去的话题，总是在蕾拉黯然的神色中结束，又会在另一个白云飘飘的时候被再次提起又再次放下。

试验室在尼埃纳的后院，李工和试验室的工人们忙着做红土的各项检测。那个时候尼埃纳的院子是安静的，其他工作面的人都出工了，只有试验室的工人们进进出出。试验仪器从国内空运来的时候，李工高兴坏了，这是他第一次在非洲拥有自己的试验室。他拿着清单，边念边指挥工人摆放：土工电动击实仪放这里，脱模器、压碎试验器靠墙放，分析天平、静水天平，嗨嗨，你们动作轻些。

那是六月的某一天，正是旱季雨季的交替季节，雨还没有正式拉开架势，天空中早来的几朵云在试着酝酿雨水，如初产的孕妇，很是艰难。云朵的形状不停地变幻，仿佛是阵痛带来的抽搐。终于在午后，一场淅淅沥沥的小雨洒湿了地面，而后，云朵就像诞下孩子的母亲，长长地舒了口气，又以轻盈的姿态往远方漂移。我们站在廊下看一场初来的雨，久旱的大地散发出泥土的微腥。

李工命令他的助手蕾拉，还有几个漂亮的本地小伙子，都穿上白色的工作服，系上蓝色的大围裙，在试验室的廊檐下举行一个小小的开工仪式。李工体胖，白大褂被撑得满当当，他喘着气，汗流满面。随后，试验工作便有条不紊地进行开来，样品放在一个个木箱子里，他们在各种仪器前摆弄这些土。后院像个微型的土场，一小堆一小堆，颜色深浅略有差异。

紧接着，又有几件精密的试验仪器从法国采购回来，蕾拉流利地向李工解释使用说明书并演示具体的操作。她训练有素，一副干练的模样，严谨的正装和试验室的那些烧杯、试管、天平是那么协调，彩裙飘飘的我倒像是一个闲逛至此的村姑。

工期的头两年，二○八公路进行全线的土方施工。总工程师老麦说，需要八十万方土。找土，找红土，找干湿度恰好的红土，老何说过这是整个二○八的头等大事。二百零八公里的线路，八十万方的红土需求量，至少要有不低于十个大型土场，且分布均匀。只有如此，才能做到人力物力成本最小化。哦，人力物力成本最小化是口头禅，被老何说烂了，慢慢地也被我们说烂了。老何的狗虎子若是会说话，没准儿也会把这句话吠出来。

餐厅的墙上有一张大地图，老何和老麦在大地图前，像指挥战役的两位军官，他们指指点点，排兵布阵。虎子卧在餐桌下，狗眼滴溜溜，一会儿看着老何，一会儿看着老麦。老何说，老麦，八十万方土啊，从布古尼到杰杰纳这段还比较容易找，但是从尼埃纳到锡加索，地势低，雨季积水，挖掘机不好施工。老麦扶一扶眼镜，盯着地图，胸有成竹地说，地势低不假，但是这一段，路南的地势高于路北，水往低处流，在路南建土场，应该不是问题。老何释然一笑，在老麦肩上拍了一把。那一掌拍得有些重吧，瘦弱的老麦趔趄了一下，虎子夹着尾巴溜出餐厅。

整个非洲原野是一个覆盖着红土的广袤天地。这种赭红色的土是一种发育于热带和亚热带雨林、季雨林、常绿阔叶林植被下的土，黏性大，透水性差。正是这两大特性使得红土在压实后，易成型、水不容易渗入，因而是基层、底基层的最佳用土。但不是所有的红土都适合用于道路建设，只有各项指标都达到要求的红土，才能成为路基，才能与石子沥青一起筑成一条道路，承载车辆的奔跑，承受日晒雨淋，经历时间的碾压。

找土小分队，天不亮就要出门，赶在太阳吐出火舌之前。每人要带一大壶水，不少于五升，否则，原野里跑一天，会焦渴得冒烟。找土有诀窍也无诀窍。有诀窍，是指不能盲目地找，要在茫茫的原野中先看植被，沿着植被的踪迹去寻找。河流沿线或废弃的古河道往往绿意葱茏，土壤的含水率可能恰好符合要求。无诀窍，则是指不能投机惜力，不能仅看地表，要出力气，要掘地三尺。

无边的原野，找土的人是一群有目标的蚂蚁，以二〇八公路的某一个点为中心，以二十公里为半径，散开。再聚拢，带着收获或者烈日下的空茫。他们真想像蚂蚁一样遁入地下啊，地下一定有一个红土丰美的世界。那段时期，人人眼里只有红土，人人都像建造家园的蚂蚁一样，用触须去探寻红土的气息。

我在某一天的晨练中迷了路。从植被来看，似乎是我从未走过的路，不过我明白靠植物来标记环境显然是不可靠的，阳光、雨水以及风总是强迫植物改变模样。但是在西非的原野，不依赖植物做标记又能靠什么呢？广袤的天地间，植物几乎是唯一的路标。好在大多数情况下这种改变是缓慢的，不足以令人错乱，肉眼可见的变化比如说叶子落了，代之以花朵，花朵谢了，果实登场，等等，都在相对的时间内不改变植物的骨骼和姿态，除非天灾或人为的砍伐。我经常晨练的那条路上有棵金合欢树，树冠大而圆，像被高明的园艺师修剪过。那个出差归来的早晨，我恢复晨练，再次跑向那条路。树没有了，旷野寂静，我茫然地站在路口，像置身另一个时空中，是雷电损毁了它抑或是被村民连根砍断？怎么连残痕都没有呢？只有魔术师的手才能做到如此无痕。

我站在路口往远处眺望，似乎有影影绰绰的一片树在路的尽头，是村庄抑或是野树林？我后悔没有带虎子出门，其实也谈不上后悔，只要老何不和我结伴晨练，我是带不走虎子的，除非老何出差，虎子才会短暂地听从我的命令。没办法，狗就是这么灵敏和势利，它知道谁对它具有决定权。这会儿，虎子大概正忠诚地跟着老何在另一条路上奔跑着呢。

我硬着头皮沿着这条小路继续跑步，它像一条布带牵扯着我，将我引入一片林子，而后它就悄悄地松了手。林子起初稀疏，有明显的人的脚印、牛的蹄印。我没有止步回头，我以为这不过是一片小小的杂树林，是附近村民的柴火林吧，那条布带一样的小路一定就在林子的出口处静等着再次牵扯我。

可是，林子越来越幽深，人的脚印、牛的蹄印都被一只神秘的手拂去痕迹，这只手又把形状各异的花摆放在不知名的植物上，或绚丽或幽香。这是花朵向昆虫抛去的诱惑，以帮助植物完成繁衍的大任。那一天，林子中的颜色和气味像迷魂剂一样，看多了、嗅多了使我兴奋和产生幻觉。这一带曾经有过一条小河吗？至少是季节河吧？在降水极其不均匀的西非，只有河道才能孕育如此茂密的林子。我在林子里边快步穿行边紧张地竖起耳朵，鸟雀飞过，树枝颤抖。越往深处走，林子越安静，绿意越葱茏，我也越坚信这里曾经有过一条河流的判断。如果不是孤身一人，如果不是内心略有惊慌，这片林子真如世外桃源般美妙，像童话，像迷失的人误入的仙境。童话世界或者仙境是不会有什么险恶的吧，那天这个念头一直安慰着我、鼓励着我。但我依然不辨方向，在开阔之地我就是路痴，在没有路的林子里更是茫然无措。

像许多童话故事一样，一个精灵出现了，那是一只长尾鸟，披着蓝色的羽衣，鸣叫着，在树枝间低飞、跳跃。蓝色的影子掠过，温和，不妖不娆，不魅不惑。我无缘由地信任这只鸟，它的声音悦耳、镇静。它时隐时现，始终不靠近我也不远离我，引领我朝着一个结果走去。结果正是我心中想的那样，什么危险也没有发生，林子静谧而安详，它善待了我这个闯入者，又平安地把我送出。我循着树木缝隙间的光芒往边缘走，最后终于钻出林子，眼前是一片开阔地，我回到了阳光之下，猛然而现的阳光刺得我眯着眼，提醒我已重返现实世界。

童话似乎落幕了，蓝羽鸟不知去向。

但是，且慢啊，另一幕童话背景在这里已安放多时，一座巨大的蚂蚁世界展现在我眼前。我依然眯着眼，以适应阳光的强烈，也便于更细致地打量这座蚂蚁的城市。它们由错落有致的无数城堡组成，最高的一人多高，挺拔如孩童世界的摩天大楼。每座高楼，布满针眼般大小的蚁穴。建筑精致而牢固，像喀斯特地貌的山峰，也像丹霞地貌的土林，但它们只是蚂蚁的城堡世界，是无数蚂蚁一口一口衔土而建。而建筑材料是细润且色泽极佳的上好红土，我当然认识，二〇八的每一个人都认识质地优良的红土，那是氧化铁的颗粒在阳光下泛出的最动人的颜色。我听李工说过，正是由于含有不容易溶解的氧化铁，才使得红土成为不易因雨水冲刷而破坏的坚固的建筑材料。氧化铁在结晶生成过程中因雨水的作用而一层层包覆于黏粒外，形成一个个的粒团，这使得红土的发育构造良好而稳定。

撇开李工枯燥的专业术语吧，我想蚂蚁们是不知道这些理论的，它们肯定没有试验室，但它们的触须天然地能识别优质的建筑材料，或者说，那灵敏的触须就是它们自带的试验室，是最精密的试验仪器。自然界卑微的动物，具有人类难以想象的智慧和能力。

结果顺理成章，各项检测数据符合要求。一周后，在蚂蚁城堡附近的一片原野上，几部推土机昼夜不歇，源源不断的红土被大卡车一车车运送至工地，平地机启动刮刀，升降、倾斜、回转、外伸，红土均匀摊铺开来，压路机步履沉重地碾过。红土铺在我们的路上了，铺在一条正在长长、长宽的路上。

两个多月以后，蚂蚁城堡土场完成了它的出土任务，推土机撤走了，施工造成的坑坑洼洼被回填、平整，绿化公司来补种了一片桉树，费用当然由我们公司承担，绿化补偿是工程造价的组成部分。像一场战斗，硝烟散尽复又归于宁静。用不了很久，速生的桉树就能在原野上成林。不过，大概不会有蚂蚁在桉树林建造自己的城堡，桉树的气味令许多昆虫望而却步。

　　这段迷路的经历像一个传奇被广为传播，蓝羽鸟也在传播中被描绘成了神鸟。同事们在一遍遍的讲述中不断添枝加叶，童话故事越发完美，他们的嘴巴像一支支画笔，那只鸟被描绘得愈发美丽，羽毛更加丰满，蓝得如绸缎、蓝得如天幕，根根闪烁着神性的光芒。这个故事再度传到我这里时，蓝羽鸟又长出了大红的桂冠，像一轮小太阳，给迷路者指引方向。

　　有一位长者，白须长袍，是这一带有威望的人，经常来看望我们。他说，蓝羽鸟是吉祥鸟，只有做善事的人才能看见它并听见它的鸣叫。说完以后他仰望天空，眼神向往，表情慈祥，仿佛看见蓝羽鸟正鸣叫着飞向远方。

　　迷途被赋予如此美的童话式结局，我也真的相信了那只鸟是神鸟，它镇定的鸣叫一直陪伴着我，如吉祥的指引。

　　雨季将要结束，天空中的云朵越来越少，它们去了远方，在另一片干涸的土地上酝酿雨水，播撒慈悲。蕾拉辞职了，赴法国读书。离开的那天她哭了，拥抱每一个人，而后像云朵一样飘向她的远方。她并没有攒够学费，但她获得了一笔意外的资助。

　　我想，蕾拉姑娘，一定也看见了一只蓝羽鸟吧。

翅

膀

My Life in Africa

厨娘嘎佳站在厨房门口说,明天我们就有很多美味的蛋白质吃了。嘎佳应该是上过几天学的,她知道维他命(维生素)、蛋白质这样的词儿。我经常看见她往自己的碗里放一种揉碎的树叶子,她边扭动丰美的臀边绘声绘色地说,维他命,很多很多维他命。这会儿,这姑娘望着一团团、一片片的飞蚂蚁,和另一个女工阿芙一起,边说边用手做着吃的动作,看着我眉飞色舞地笑。

这是一个雨后的傍晚,一大团乌云刚刚在我们头顶的天空抖落尽雨水,飞蚂蚁就漫天飞舞了。我弄不明白这些小家伙们从哪里出来的,怎么会这么多,嘎佳说它们是从土里钻出来的。我从房间走到十几米开外的水台上打水,飞蚂蚁立刻包围了我,当然它们不是攻击我,只是因为太密集,它们撞在我的脸上、身上,我几乎要屏住呼吸才能避免把它们吸进鼻腔。我的狗壮壮大概也被飞蚂蚁折腾得够呛,我看见它在院子里转圈,摇头摆尾,对着空处一阵乱扑。

暮色渐深渐浓，院子里的柴油发电机轰隆作响，乳油树上挂着的一盏灯亮了，瞬间，灯就被飞蚂蚁密密麻麻围绕住。我不敢开房间的门，非开不可的时候也要先关闭了灯，再开一条小门缝，人能勉强挤出去便行。餐厅的门不知是谁忘记了关，那里立刻被飞蚂蚁占领，密集集、黑压压，几根大灯管被它们撞击得叮咚作响。慌乱中，有人关了灯，它们又蜂拥着往外飞，赶往院子里有灯光的地方。

　　这是非洲大陆雨季特有的情景，暴雨通常在傍晚降落，来得急去得也快。隆隆的雷声还没有走远，飞蚂蚁便在低空中纷纷飞舞，仿佛倾巢出动。夜幕降临以后，它们喜爱灯光，我不知道是不是所有的昆虫都具有趋光性，但飞蚂蚁似乎是格外热爱我们院子里的路灯。我们驻地是方圆几十公里唯一有电的地方，在周围村庄陷入黑暗的时候，明亮路灯照耀下的院子像苍茫原野上的灯塔，吸引着这些小昆虫飞奔而来，我猜想我们的院子大概汇集了这一带所有的飞蚂蚁吧。到了深夜，为了节省柴油，发电机安静下来，路灯灭了。但是飞蚂蚁仍在，在黑影里舞蹈。我黎明前起床去洗手间，走过黑魆魆的院子，弱光的手电筒仍能照见它们，没有傍晚时分那么密集、躁动，显得疲惫。想一想，其实它们何尝是为灯光而舞，它们为自己而舞，灯光只是恰好照见了它们。嘎佳说飞蚂蚁将彻夜飞舞，直至天明。这丫头还说，油炸飞蚂蚁，味道好极了。

　　整个雨季的清晨，收集飞蚂蚁是嘎佳最开心的时刻，她仿佛已经闻到了飞蚂蚁炸熟以后焦香的味道。我也喜欢这些清晨，那是一天中最舒心凉爽的时刻，尤其是雨后的清晨，前一天傍晚的雨带来的爽意还未消失，太阳这个暴烈的君王刚刚苏醒，尚未发威。院里的几棵乳油树叶片油绿，细密的花躲在枝叶间羞羞涩涩地开。这样安静的清晨让我几乎忘记了昨夜飞蚂蚁狂乱的舞蹈，我贪恋这样的清晨，站在院子里，深深呼吸一天中最凉爽的空气。

嘎佳一手提了一只小桶,另一只手拿一把小扫帚,她在地上收集飞蚂蚁,这些小昆虫们刚刚死去。地上一层摞一层,厚厚的,堆积着。没错,是昨天彻夜舞蹈的飞蚂蚁,它们舞蹈了一夜,在黎明到来的时候死去。嘎佳用扫帚拂去飞蚂蚁的翅膀,这些翅膀和躯体已然呈分离状态,显然小昆虫们在临死前主动脱落了翅膀。嘎佳用手把它们褐色的小躯体聚成一捧,放进小桶。在嘎佳和她的同胞们眼里,这是上好的食物。女人们用棕榈油炸飞蚂蚁,看起来焦黄,闻起来喷香,然后,人们围成一圈,边闲聊边用手抓着吃。尼埃纳镇的街边市场,有妇女们卖油炸飞蚂蚁,用塑料袋或者是纸袋子包着,纸袋子上浸透着油。也有走街串巷的孩子们头顶一个小盆,里面装着花生、杧果和油炸的小面食、飞蚂蚁,很低廉的价格,几个硬币就能买一包。

阿芙也来帮着收拾,两个姑娘边干活边叽叽喳喳说话,像鸟一样,早晨的宁静被她们打破。稍晚一会儿,本地工人们就会聚集在院子里,等待大货车把他们送到几公里之外的工地。工人们喜欢与嘎佳和阿芙调笑,他们说班巴拉语,我完全听不懂。好在他们还有丰富的肢体语言,他们说着说着就能舞起来,节奏欢快激越,小伙子们个个身手矫健,有几个人还翻起了跟头。他们乐意在姑娘们面前表现,嘎佳、阿芙很配合他们,笑得灿烂、疯得恣肆。有一个高个的帅小伙,他在一群工人中最突出,他穿得齐整,不像大多数工人邋遢。我认出他是七号水车司机,我记不住他冗长的名字,就随着嘎佳喊他达乌。达乌经常来找嘎佳,收工以后来,能闻出来他洗了澡,没有体味了,也换了干净衣服,衬衣配牛仔裤,骑一辆旧摩托车,身上飘着香水味。他来接嘎佳去参加镇子上的聚会。嘎佳也打扮得美,穿一套鲜艳性感的衣裙,露着肩膀,露着滑润的背。衣裙是在七十公里外的城市锡加索的裁缝铺子里定做的,艳丽的图案,班巴拉民族的样式。平时嘎佳舍不得穿,叠得齐齐整整放在她的花布包袱里。我曾经借穿她的衣服去杧果园拍照，招招摇摇走过村庄，身后跟着一群孩子看热闹，也跟着几条无所事事的狗。雨季的原野一派葱茏，人欢狗叫，煞是热闹。

嘎佳坐在达乌的摩托车后座上，一溜烟就出了院子，留下他们的香水味，混合的、缠绕的、不能分离的。那会儿，晚霞染透天际，黄昏像醉了一样，美得眩晕。

嘎佳的厨艺极好，据说她在首都巴马科的中国餐馆干过活，学了些真功夫，她包的饺子精致、味道好，做的白斩鸡很地道。厨娘中她工资最高，而雇用厨娘，我们公司包食宿，这样，她便几乎能攒下全部的工资。工人们都羡慕她，又因为她漂亮性感而爱慕她。嘎佳常常在厨房做一种用羊肉和米饭煮在一起的当地饭食，撒上她认为有丰富维他命的碎树叶，然后用一个大号饭盒装了，悄悄溜出厨房，偷偷送到工地。我猜那个七号水车司机达乌一定是这盒饭的享用者。如果我没有看错的话，嘎佳和达乌恋爱了。

这是一个秘密，我知道，阿芙知道。厨房和我的房间紧邻，饭香菜香在某个时点具有勾引作用，我坐不住时便去厨房溜达，看嘎佳做饭。她是个天性快乐的姑娘，边做饭边唱歌，边切菜边扭动腰肢。炉子上经常炖着羊肉，香味缭绕，每每这个时候，嘎佳不仅是快乐的，还是兴奋的。她和阿芙，低低地说着什么，又痴痴地傻笑。有几次我们的后勤主管说，厨房有炖羊肉的香气，餐桌上怎么不见羊肉呢？阿芙吓得低下头，嘎佳神色慌张，她看着我，观察我的表情，然后殷勤地给我盛来饭菜。我看着嘎佳惊慌的眼神，像透过一扇没有关严的窗户往里偷窥隐秘的风景。那片风景之地花团锦簇，空气流蜜。

我和阿芙严守着同一个秘密，我们因此常常在目光交汇的某一个时刻会心一笑，随后她眼帘低垂，慢步走过。阿芙是个稚气未脱的姑娘，她十六岁。她的脸十六岁，单纯依然如孩子。她的身形成熟得像二十六岁，丰腴、饱满、婀娜。但无论十六岁还是二十六岁，把她嫁给一个六十多岁的老头都是残忍至极的，况且这老头已经有了三位妻子。本地男人最多可以娶四个，阿芙将成为他最年轻的妻子。阿芙的父亲在一个清晨来领阿芙，像主人来牵温顺的小羊。工人们都很愤怒，看着青春美艳的阿芙头顶着花布包袱跟在她父亲身后，慢慢走出我们的大门，他们眼睛都急红了。但是有什么办法呢，她父亲欠了人家的债，只好以女儿抵债。

有工人倡议为阿芙捐款，单子传到我这里时，已经密密麻麻写了很多签名和许诺的金额。嘎佳拿着那张纸，絮絮地说着，说那笔债务并不高，不过是略大于一头牛的价格，就算是一头好牛吧，而一头牛的债务却要断送一个妙龄女孩的婚姻，这令人惋惜和愤怒。

我握着那张捐款的单子，往院子里望去，阿芙站在乳油树下，她和她父亲被工人们拦了下来，此刻，他们站在那里等着一个结局。那一天的阿芙格外美，早晨的阳光似乎是专为少女准备的舞台灯光，她被这束光罩住，袅袅婷婷，是一朵盛开的花。想到她可能即将进入一个一夫多妻的家庭陪伴某个暮年的男人，我不由得多看了她几眼，回想起她初来我们基地干活时瘦弱单薄如黄毛丫头的样子。厨娘的工资不算多，但是基地管一日三餐，大概就是因为充分的食物供应吧，阿芙敞开肚皮吃饭，在一年的时间里迅速发育，胸脯丰满，臀部上翘，一个标准的非洲美人像画家笔下的人物速写一样，就这样几乎在我眼皮底下速成。

似乎每个月发工资时，阿芙的父亲都会来基地，仿佛来领自己的工资一样应时。不知道这份收入是不是阿芙家唯一的现金收入，但肯定是最重要的收入。

阿芙最后留了下来，她父亲拿着募捐到的钱走了，去还债。我一直把阿芙想象成一只小羔羊，被从狼口解救下来的小羔羊。她该惊恐又该庆幸吧？我甚至想象着她会大哭一场，悲悲戚戚、惊魂未定的小模样伏在嘎佳肩头，等着我们说些安慰的话。但是，没有，我看不出阿芙的异常。这小姑娘从头顶取下包袱，重新回到她和嘎佳合住的小屋，依旧眼帘低垂，长长的睫毛半掩着大而散漫的眼睛，无惊亦无喜。那个在我看来足以颠覆她命运的事件，于她，就好像没有发生一样。她放下包袱就往厨房走去，提一筐菜到水台上洗，动作依然慢悠悠，边洗边和铁丝网外路过的村民闲聊，间或还笑几声，小狗壮壮在她脚边撒欢儿，整个院子似乎从没有发生过什么。倒是我，站在乳油树下，想着这个西非版的杨白劳和喜儿的故事，愣愣的，久久回不过神来。我看着这个小姑娘，她安静、漠然。或许她是糊涂的，她还是个孩子，心里没有婚姻的概念，也不懂什么是爱。也或许她是明白的，大彻大悟。在落后的西非，一个十六岁的、没有受过教育的女孩，她眼里的婚姻无非就是吃喝穿戴，是最基本的生存需要，跟了谁都是一样的吧。阿芙是一株长在贫瘠旷野的植物，她只管生长开花，抓住风是风，噙住雨是雨，观赏、赞叹抑或惋惜、愤怒，那是旁观者的情绪，与她何干呢？

很多个早晨，我贪婪地呼吸着清新凉爽的空气，看着嘎佳和阿芙，她们嬉笑着，用小扫帚扫走那些翅膀。我不知道这种被我称作飞蚂蚁的小昆虫在西非叫作什么，嘎佳和阿芙说了一个班巴拉语的发音，拗口难记，后来嘎佳干脆就叫它们蛋白质，我纠正了她，说还是叫飞蚂蚁吧，你看，它们有漂亮的翅膀。

我请教懂昆虫的朋友，它们到底叫什么？为什么彻夜飞舞、黎明死去？我详细地描述它们，飞舞的狂乱、对光的敏感、脱落的翅膀。朋友的解释很简单，他说，或许叫飞蚂蚁，或许不叫，自然界的小昆虫，它们正常的生命轨迹就是如此，出土、飞翔、交配、产卵、死亡。朋友说，这不足为奇呀。我细想想，也的确不足为奇，小小的昆虫，一生在黑暗的土壤里生存，于某个时刻，繁衍的使命促使它们钻出泥土，长出翅膀，低空飞舞，在飞翔中找寻配偶，产下后代，随后而亡。大千世界，无数生命，不过如此。

但我终究对那些脱落的翅膀心存戚戚。在雨季刚开始的某个黎明，我第一次看见一团团白花花的、片状的东西被低处的风吹起来，在院子里打着旋儿，又被另一阵高处的风带向半空，飞舞一阵，落下来，风再起，又再飞。起初，我还没有意识到这是飞蚂蚁的翅膀，以为是某种植物的飞絮被风捎带至此，疑惑间我看见地上一层层的小昆虫裸着身子，才恍然明白。我挑一双最大的翅膀放在手心细看，它们大概刚刚和肉身分离，风还没有来得及撕破它们，小翅膀完整无损，精致、透明、轻盈。薄如轻纱，两翼环纹一模一样，是最巧手的裁缝精工缝制了这华美的婚纱吧。这合体的婚纱在飞蚂蚁出土的那一刻刚好完工，带着在泥土里等待了一生的肉体飞向雨季的天空。肉身沉重，翅膀轻灵。轻灵之翼拖拽着沉重之身去完成一只昆虫生命中最重要的事情。然后，翅膀完成了唯一的使命，齐刷刷脱落，肉身复归大地。

那天，晨风中的翅膀起起落落，像失了灵魂的外壳漫无目的。我突然想，由活体上分裂出去，大概要疼一下吧？针扎了一下的那种疼？但翅膀两翼相连的基部完整无缺，没有撕扯，也没有伤痕，仿佛主动脱下的一整件衣裳。而地上的那些褐色肉身，有的还在轻微蠕动，两者已毫无关系，就此诀别。

我轻轻对着手心吹口气，翅膀飞了出去，又缓缓跌落。嘎佳和阿芙看着我，像看一个孩子玩游戏，她俩也学我的样子，抓起一大把翅膀，用力吹，或者干脆撒向半空。像落雪一样，这些翅膀，一点挣扎都没有，纷纷扬扬落在她们的衣服上、头发上，又被她们弹落，掉落在地。

两个姑娘，她们玩得兴趣盎然。随后油炸飞蚂蚁的香味就会从厨房飘出，嘎佳会请我品尝，她笑容灿烂，她还会说，Madam贾，要用右手抓着吃，右手干净，班巴拉人用右手做快乐的事情。而我，定会想象着那些翅膀，在雨后黎明的风中，像透明的薄纱一样随风起舞的样子，由完整无缺到被风撕得粉碎。我从未吃过油炸飞蚂蚁，不管作为食品的这些昆虫含有多么高的蛋白质，也不管它们多么味美。你一旦赋予一种动物人类的情感，它们就必然远离你的食谱。

············

嘎佳在另一个暴雨停歇的傍晚来和我告别，她要和她的水车司机远走高飞了，他们打算去首都开个小店，或者找个薪酬更高的工作。我看着嘎佳坐在达乌的摩托车后座上，怀里抱着她的花布包袱，里面一定包着她的美丽礼服和她全部的积蓄。雨后的傍晚，风有一丝凉意，嘎佳披着一件男式的夹克，风吹起两只空袖管，像她的两翼。

阿芙一直阻止嘎佳远走，这个神情散漫的姑娘倚着门框，看着摩托车驶离我们的院子。许久，她冷冷地说，达乌是个好吃懒做的家伙，他并不是真心喜欢嘎佳，他只是看中了嘎佳的钱。

我曾经在一个雨后的黄昏，支起三脚架，借助闪光灯，在乳油树下拍摄飞蚂蚁飞翔的舞姿。那会儿，嘎佳和她的水车司机，还有阿芙围在我的照相机旁边，他们兴奋得像舞蹈的飞蚂蚁，在我的镜头前摆出漂亮的姿势。

几年以后，我离开西非，在一个落雨的夜晚，我翻看我拍下的那些照片，竟然没有找到一张清晰的。或许是光圈速度运用得不够高明，或许是三脚架不稳，拍摄时手抖了。飞蚂蚁斑斑点点，带着淡黄的晕圈，嘎佳、达乌、阿芙笑容模糊。我无法还原三张面孔，亦无法还原那决绝离开的翅膀。

美丽的名字

My Life in Africa

    我认识法蒂姆的时候是一个在林子里急得像热锅上的蚂蚁一样乱撞的迷路人。我的狗胖胖是一条笨狗，它根本不认识路，却煞有介事地翘起一条后腿朝路旁的断木桩挤几滴液体，又装模作样地嗅着什么。我们第三次经过这根断木桩时，胖胖又要跑过去撒尿，我飞起一脚踢住了它的腿，恶狠狠地喊，你这条笨狗，撒了那么多的尿，做了一路的记号，我们的路呢？

    胖胖不敢喊叫，它低低地呜咽一声，理亏地夹着尾巴。灌木林里传来另一条狗的吠叫，我顿时更加紧张，担心遇到野狗的袭击。不过这担心只有片刻，一个声音传了过来，她喊着，Madam贾、Madam贾。我看见一个十一二岁的小姑娘抱着一只小羊羔蹦蹦跳跳跑到我的面前，后面跟着一条长得很像胖胖的黄狗。两条狗互相瞪了对方几眼，又各自叫喊了几声，就亲昵地玩耍到了一起。

    我并不奇怪小姑娘能喊出我的名字，这地方方圆几十公里的人都认识我，确切地说不是认识我，而是认识一张东方人的面孔。他们知道一支中国的工程队正在这一带修建公路。工程队里有唯一的一名女士，她叫Madam贾。他们也知道我们的驻地，那个叫尼埃纳的小镇因为我们而闻名。我从不惊奇遇到陌生人时他们脱口喊出我名字的尊称——Madam贾。经常有一群一群的孩子，他们穿着褴褛的衣衫，拿着放牛放羊的牧鞭站在路旁，在我经过他们时，他们像喊号子一样，齐声喊着Madam贾、Madam贾，然后在我友好地招呼过他们后，又集体呼喊着送我走远。也有赶着驴车的小家伙们，飞快地从远方奔来，到了我跟前，打个呼哨，喊一声Madam贾，再扬长而去。他们把这当作游戏，而我在这游戏中成为尼埃纳的名人。

遇到小姑娘就算是遇到了向导，她领着我穿过一片灌木林，又经过野燕麦地，送我上了一条乡村小道。抱着小羊羔的小姑娘走得很快，她的狗不远不近地跟着。遇到岔路口，她就停下来等我，也把小羊羔放下来歇歇。有几次，她调皮地喊着Madam贾，猛跑一阵，再停下来，歪着小脑袋冲着我笑，扎着塑料小花的小辫子一抖一抖，让人担心会被风吹散了。

我其实还有一个担心，就是怕小姑娘贪玩，不把我送回驻地就跑得没影儿了。而那一天，我身上连一颗糖也没有，往常我出门总是会往口袋里塞几粒糖的，关键时刻，这小小的、友好的诱惑能拴住一颗孩子的心。

直到远远地看见了我们驻地的铁皮瓦屋，我才放下了忐忑不安的心，便让她返回，她却还是跟着我，一直陪着我走到了我们的院子门口。我说，谢谢你，法蒂姆。我已经知道了她叫法蒂姆，今年十二岁。她竟然会几句简单的英语，比如姓名、年龄、家在哪里，这些单词她都会。

这么看，法蒂姆上过学。这一带上过学的孩子不多，上过学的女孩子更少。想必法蒂姆家境还算富裕，或者说她的父母也是识字的人。只是，为何她现在不上学了呢？十二岁正是上学的年纪啊，她却抱着她的羊、领着她的狗在原野里朝着人生的另一条路疯跑。

法蒂姆看着我走进院子，她不着急离开，我回头看大门口时，她还是站在那里，抱着她的小羊羔，两只大大的眼睛望着我。她的黄狗在她身边站着，也睁着眼睛望着我身边的胖胖。

噢，是我疏忽了吧，我应该送她一些小礼物的，以表达我的谢意。她虽然什么也没有说，但是大大的眼睛里分明是有希望的。

我跑进餐厅，拿了一瓶可口可乐，又到房间抓了一把糖，等我返回院子，准备把这些东西送给她时，她却已经走了。我追出院子，大声喊着，法蒂姆、法蒂姆。幸好她还没有走远，在红土路上，她的黄狗先于她嗅到礼物的芬芳，奔到我的跟前，撒着欢儿绕着我转圈。我一手举起可口可乐，另一只手握着一把糖，冲法蒂姆晃着、晃着。她跑过来，面露惊喜，放下小羊羔，一只手抓住可口可乐，另一只手接过糖，一粒一粒塞进裙子腰间的小口袋里，然后过来搂住我的腰，用我们刚才说了一路的几句英语表达她隆重的谢意，谢谢、你好、再见这些她会说的单词或短语，我们轮番又说了好几遍，她才抱起小羊羔，满脸欣喜地和我告别。

我站在红土路上，看着她的小背影远去，胖胖也目送着它的小伙伴。

再次见到法蒂姆的时候，时间又过了快一年了。那一天，一个小姑娘抱着一个小婴儿，带着一条黄狗来到驻地。我没有认出她，尼埃纳附近有很多这样的小姑娘，她们都穿着花裙子，梳着小花瓣，也都有大大的眼睛和翻卷的长睫毛，模样实在没有太大的区别，甚至连名字的发音都差不多。但是胖胖认出了小姑娘身边的黄狗，它飞奔出院子，像见到老朋友般热烈地欢叫。我终于认出了法蒂姆，但是很惊讶于她怀里的婴儿。虽然这里的女孩早婚，但是不至于如此早吧？

要感谢法蒂姆会简单的英语，否则我可能误会到底，并把这当作见闻到处传播。法蒂姆解开婴儿的毯子，是一个出生没多久的婴儿，黑黑的

美丽的名字　　39

皮肤透着嫩嫩的粉红。法蒂姆磕磕绊绊地说，这个婴儿是她的妹妹，出生一个月了。她调动了脑子里所有的英语单词，脸上急出了一朵红云，那朵红云在黑色的皮肤上依然醒目。她一字一句地说，妹妹的名字，叫Madam jia，这是一个美丽的名字。

噢，她特意抱着妹妹来给我看，她要告诉我，这个女婴是以我的名字命名的。

Madam jia，这的确是一个美丽的名字。

恩古哈拉的九重葛

My Life in Africa

半边天的乌云从杧果林那边的原野里朝着我们奔涌过来，越积越厚，也越来越低。一声响雷后，乌云被扯破了一个大口子，倾盆的大雨砸在我们的皮卡车上，发出噼噼啪啪的声响，天旋即暗了下来，仿佛夜晚突然降临。司机阿达玛打开车灯，问我，要不要到恩古哈拉的小院子里避避雨再走。我说，不，回尼埃纳，慢些开。

阿达玛说的恩古哈拉的小院子是我们的一个临时驻地，原来是当地一个区长的办公场所，后来租给我们，院子用来放置工程机械，几间房子里住着我的同事们。

若是不下雨，我每每从此经过，是必定要进去待一会儿的，我喜欢那几棵依着土墙攀缘的九重葛。起初我奇怪，明明是三角梅嘛，同事小冰却在他的诗里写下"恩古哈拉的九重葛"这样的字眼。后来我知道，九重葛是这种紫茉莉科植物的另一个名字。写诗的人总是喜欢用新鲜的词语，而在这个遥远又偏僻的地方，在一群搞工程的粗糙男人中间，文艺青年小冰的诗心就像旱季原野上挣扎着长出来的小植物一样令人稀罕和心疼。为了表示我对小冰的敬意，我也随着小冰称呼三角梅为九重葛。

小冰随着一支小分队在这一带施工，这里距离项目部所在地尼埃纳有四十公里。租一所院子为临时驻地成为小冰到达工地后的第一个任务。这个在大学里读法国文学专业的小伙子热爱写诗，他写完以后常常拿给我看，是用笔工工整整写在纸上的，淡蓝色的稿纸。我记得有"轰然降落／一株植物／指尖的风颤抖如风中的小蛇"这样的句子。我读不懂他的诗，但是我不好意思说出来，我便逗着他多说话，我喜欢听他说话。他说，那天他沿线去找大小和价格都合适的院子，远远地就被一小片玫红色吸引到了这个叫恩古哈拉的小村。那时是旱季，干渴的原野一片焦黄，间或几棵农地树单株或相伴伫立在田野的骄阳下。树大多是乳油树，而乳油树的树形并不美，叶子也窄小，花朵又过于羞涩，细细密密藏于叶缝间，像原野上的灰姑娘；此外还有零零星星的猴面包树，但是在旱季，这些枝干粗大的树也只能举着干枯的枝丫面对一望无际的晴空。在这样的背景下，一院墙的玫红色花朵瞬间就点亮了小冰的眼睛。他以奔跑的速度抵达。在大门口，他停下脚步定睛一望，一个姑娘站在门口，穿着大红花朵的上衣和裙子，系着一条同花色的头巾，头顶一个小水桶，正吃惊地望着这个好像是从天边跑来的中国人。小冰那天满眼满心都是花朵，墙上的、姑娘身上的。他诗兴大发，对着一面花墙喊出了"你是爱情的屏风"这样的我能听得懂的句子。

后来，我们就租下了院子，区长搬走了，留下了他的厨娘，那个穿大红花朵衣裙的姑娘，她叫法杜娜，是恩古哈拉本地人，我们继续雇用她当厨娘，她料理着这个院子里的柴米油盐，小冰还特别嘱咐她要照管好九重葛。其实那些花是不需要费精力去照料的，它们是热带植物，耐瘠薄、耐干旱、耐盐碱，唯一需要的就是阳光，充足而热烈的阳光。西非的气候对于它来说，一切恰恰好。而在法杜娜眼里，能够激发小冰诗的灵感的九重葛不过就是几根野藤蔓而已，远远没有她在后院新开辟的小菜地里种的中国黄瓜和上海青重要。如果小菜地收获不错，主管就会给她额外的奖励，她慢慢积攒着，或许就能去距离恩古哈拉三十公里的大城市锡加索做一个漂亮的发型或者买一块鲜艳的衣料。她可以任意花小费收入，而她每月四万西朗的厨娘工资是要如数上交给她的父母的。在我们这儿做厨娘几乎没有任何日常生活开销，这笔工资完整上交家庭成为法杜娜父母在恩古哈拉的骄傲。

法杜娜天天去村里的井台上打水浇灌小菜地。井台距离院子大概有几百米的距离。其实法杜娜不用去井台上打水，每天都有驴车从尼埃纳出发到恩古哈拉的院子里，送来足够使用的水，满满四大塑料桶。尼埃纳的院子里有一口深水井，是我们花费十万美金打出来的，井水的各项化验结果都显示水质适合饮用。在西非的原野上打一口适合饮用的深水井不是一件容易的事情，在这口水井之前和之后，我们在这一带共打了四口井，结果，那些井自卑地蜷缩在荒草丛中，羞于承认自己是作为一口井来到这个世界上的。而尼埃纳院子里的井，则被自己的骄傲鼓励着，出水量远远超过了当初的预测量。

恩古哈拉的院子里并不缺水，法杜娜却仍然去村庄的井台上打水。每次去打水时，她都要换衣裳，把在厨房干活时穿的油腻衣服换下来，重新系一条花色艳丽的长裙，上衣有时候是和长裙花色搭配的低领宽袖的民族服饰，有时候是一件T恤，脚踩人字拖鞋，这是一个西非姑娘的标准打扮。头巾是必须戴的，非洲女性习惯用头顶水，她们头部的力量远远大于臂力，厚厚的头巾能缓解重物对头的压力。还要涂抹口红，然后顶着一只蓝色的小水桶，妖娆而去，不像是去打水，倒像是去赴一个约会。

这些都是小冰告诉我的，我每次从尼埃纳来恩古哈拉，小冰除了把他的诗拿给我看，再就是说说一些日常的琐事。在工地这个主要由男人构成的单调世界里，女性的琐琐碎碎、婆婆妈妈的事情也变得饶有趣味，像那面土墙上的九重葛一样都是玫红色的。

我跟着法杜娜去过村庄的井台。那一次是刚刚发过工资，是我亲手把四万西朗递给法杜娜的。发薪日这一天是整个工地的节日，也是各个驻地厨娘们最漂亮的一天。我清晰地记得那一天法杜娜穿着大红花朵的衣裙，系着同色花的头巾，像小冰第一次见到的那样漂亮。她接过钱，对折了两次，塞进长裙腰间的小口袋，然后，她说要回家一趟，问我想不想去她家里看看，因为她的妈妈想见见我。小冰在一旁笑着打趣我，说贾姐你是方圆一百公里内的名人啊，人人都知道中国女人Madam贾。

小冰说得没错，这一带的确人人都知道我。一张东方女人的面孔实在是太显眼了。他们知道一支中国的工程队正在这一带修建公路，工程队里唯一的女士叫Madam贾。我的黄皮肤和又黑又直的头发对他们而言简直就是一道与众不同的风景。我在红土路上走路去赶集，老乡的驴车在经过我身边时都会停下来，喊我一声Madam贾，然后做个邀请我上车的手势，我经常能坐在赶车的位置上，装模作样地驾驶着驴车。在集市上则更是仿佛到了自家的集市，我甚至能赊账，忘记带钱也能提着满袋子的水果而归，当然，随后会有人上门讨账。乡间小路上一群一群的孩子，老远看见我就会奔跑过来，他们齐声喊着Madam贾、Madam贾，个个大张着嘴巴、露出白白的牙齿、小胸脯一起一伏地卖力呼喊，像进行一个夹道欢迎的仪式。还有云游到此地的小贩，骑着自行车，后座上驮着花花绿绿的布，叮叮当当地径直往我们驻地闯，他和大门保安说，Madam贾是他的朋友，今天要买他的花布。在原野里捡拾乳油果的姑娘们经常等在我早晨跑步必经的路口，用她们手工编织的五颜六色的手环换我扎在头发上的发簪或是发箍，我当然乐意交换，只是这样我便不得不披头散发地跑完我的后半程。最令我感到惊奇的是一个叫法蒂姆的小姑娘，抱着出生没多久的婴儿，站在我的门口，她解开小毯子，露出婴儿嫩嘟嘟的小胳膊小腿儿，说，这是她的妹妹，妹妹的名字是以我的名字命名的，叫Madam jia。法蒂姆会说简单的英语，她一字一句地说，Madam jia是一个美丽的名字。我抱过婴儿，像捧起一件礼物。那一天于我而言真觉得原野明媚至极，空气中浓郁的杧果花香令人陶醉。

去法杜娜家要路过井台，再也没有什么地方比井台更能聚集村庄的女人们了。她们远远看见我们便大呼小叫，喊着Madam贾，而后发出一阵阵笑声。等我们走近了，便围过来，叽里呱啦地说着班巴拉语，一个妇人伸手去摸法杜娜的裙子，眼里露出羡慕的神色。有个姑娘大胆地来摸我的头发，她并拢手指，放在我的头发上，从上而下细细地滑下去，边摸边喊"若力、若力"，这是法语漂亮的意思，我能听懂。另一个妇人好像受到鼓励，也来摸，继而又来了一个，我被一群女人围住，她们羡慕东方女人飘逸的头发，她们觉得自己卷曲如绒的头发不美。我也学着她们的样子去摸她们的头发，也边摸边喊"若力、若力"，这惹得她们大笑，边笑边摇头说"巴若力、巴若力"，那意思是不美、不美。

法杜娜在村庄的井台上像进入了社交中心，大概女人们都在赞美她，羡慕她能在中国公司做事挣钱吧。我听不懂她们的班巴拉语，我从法杜娜快乐的表情中猜出了她们在交谈什么，后来法杜娜的一个动作证实了我的猜测，她得意地从腰间的小口袋里用两根手指捏出了那几张折叠在一起的钞票。那一会儿，是不是连压水井里的水都在哗啦啦地为法杜娜而开心歌唱呢？

法杜娜的家像我去过的很多村民的家一样，尖顶的谷仓，和谷仓长相一样却小了一号的是鸡舍，院角有羊圈，羊圈外的木桩上拴着一头驴。杧果树低低地搂着一半是砖、一半是土坯建成的住房，木瓜树在院墙之外，累累的果实却越过院墙探身进来，若是木瓜熟了，果实定会落在院子里。几块大石头围起来的灶台旁，小炭炉正燃着，煮着茶。一张躺椅上，懒懒地坐着个喝茶的男人。而院子的另一边，一个妇人正将洗好的花花绿绿的衣服晾晒在一截砖墙上。

法杜娜进院门，一条黄狗窜出来，摇头摆尾刚要和她亲昵，又忽然发现了法杜娜身后的我，便立刻换了一副面孔，高声吼起来，亮出它的牙齿。坐着喝茶的男人喊住了狗，又厉声训斥了一句，那狗安静下来，卧在主人身旁，但仍然虎视眈眈地瞪着我。

晾衣服的妇人走过来，法杜娜介绍说这是她的妈妈。妇人看着我，一个劲儿地说"迈西、迈西"，是法语谢谢的意思。她声音极柔，有几分怯意，站了一会儿，转身进到屋内，再出来时，用头巾兜着一包鸡蛋，递到我手上，还是只说"迈西、迈西"。

那条始终瞪着我的黄狗，终结了我对法杜娜家的拜访。我其实也在一直瞪着它，因为瞪它而无心去打量法杜娜的妈妈，也无心细看那个坐着喝茶的人，他或许是法杜娜的父亲吧。

法杜娜喜欢去井台打水的秘密被我看穿，我没有告诉小冰，这是女人间的秘密。几百米的距离，顶着一只桶，法杜娜婀娜而去，袅袅而来，脖子挺拔，上身笔直，胸脯饱满，细腰翘臀。因为长裙的缘故，步子小而碎，人字拖鞋呱嗒呱嗒地拍击着地面，像一个职业模特走在T型台上，而她的背景是满满一面墙的玫红色九重葛。有几次我看着她打水回来的背影，猜不出那桶里是否有水，她太轻盈了，那桶于她而言仿佛不是劳动的工具而更像是舞台的道具。

这幅画面，小冰一定经常看到，或许他已经为此写了很多首诗，在一张淡蓝色的稿纸上。

我在那个大雨滂沱的时刻经过恩古哈拉，开满九重葛的院子在雨雾中模模糊糊，渐渐远去，我看不清那些花儿是否在暴雨中被折损。时辰其实还是下午，但是乌云遮蔽了太阳。我们在雨雾中行驶，路基两旁的低洼处在车灯的光照下能看见已积水如池。

雨季是真的来了吗？从上个月开始，断断续续的雨就开始洒落在这片干旱了半年多的西非大地上。下第一场雨时，我问我们基地的翻译老汪，这算是雨季真的来了吗？他是个老非洲了，在西非工作了十几年。老汪看看天色回答说，这还不能算真正的雨季，这雨太温和了，也不够准时。的确是的，那会儿的雨只是踩着几朵乌云轻描淡写地飘过来，敷衍地打湿一下地皮，就像个轻薄的情人般又飘到远处去了，它们不真诚，顶多算是撩拨大地。太阳再次君临天下，吐出滚烫的火舌，西非的太阳对大地总是足够热诚，那点水汽迅速被蒸发殆尽。而后，雨似乎忘记了与时令的约定，一连几天不见踪影，令人疑惑强悍的旱季霸占了本属于雨季的时间。

从上周开始，情形有了改变，那个轻薄的家伙幡然醒悟，如约前来，每天下午四点左右，憋足了一口长气，把这片大地变成泽国。日日有雨已是规律。上午，天空一半是太阳，一半是云朵。云朵们从很远的地方赶来，聚集在原野上空，交流、碰撞、缠绕，酝酿情绪，颜色越来越深，分量也越来越重。午后，终于兜不住，云朵破了，大雨倾盆而下。而后，天空一道彩虹，太阳复又醒来，仿佛刚才只是酣睡了一觉。像定好了钟点，每日如此。

小动物们纷纷在雨水中活跃起来，飞蚂蚁、细腰蜂、蜗牛……飞的、爬的纷纷亮相，恋爱和生育这些大事情都要赶在这个季节里完成，它们等得足够久了。在泥土里苦熬时日，眼看快要失去耐心，终于，雨水来了，湿润的土壤微微发腥，那是最好的催情剂。蚊子也愈发多了，携带疟原虫的非洲蚊子在一片片水洼地快速繁殖，使得疟疾肆意横行。

不过这个雨季令我们恐惧的不是疟疾，我们对付疟疾已经有了一些经验，再也不像当初那样提起疟疾就身体发抖，况且我们还有足够多的特效药青蒿素储存在库房里。

这个雨季，我们恐惧毒蛇。

尼埃纳的院子里有毒蛇这件事，是一头驴告诉我们的。

送水工阿莫每天上午赶着他的驴车来院子里，他的任务是将四个装满饮用水的大塑料桶送到恩古哈拉去。装车的时候本是不用卸驴的，但是那天不知怎么了，可能是打水的工人还没有来，阿莫就卸了驴，把驴拴在集装箱后面的乳油树下，而后他和院子里的保安一起在一棵小叶榄仁树下的小炭炉上煮茶喝。这中间有多长时间？我说不清楚，或许很短，不过是几杯茶的工夫；也或许足够长，长到一头驴从生走到了死。

起初好像听到驴叫了几声，但是没有人去注意，没有人听出那是驴遇险后的求救。过了一会儿，驴仿佛又叫了几声，但是依然没有人在意，那天阿莫大概是和保安相谈甚欢，他们每天见面，但是每次见面都不会省略冗长的问候礼节，先是贴左脸颊，再贴右脸颊，又握着手问候很多人，对方的父母、配偶、儿女，凡是有的都要问个遍；若是再有共同的朋友，那么问候的时间会更长，及至坐下来喝茶时，两杯茶的时间已经过去了。阿莫把驴和送水的事情暂时给忘记了。直到需要装车了，阿莫去牵驴，才大叫了一声，噢，天哪，驴！

一头驴躺在树下，还没有完全断气，口鼻流血，身体抽搐，发不出声音。这是我第一次细细地看阿莫的驴，那驴很瘦，比一只大个头的羊大不了多少。阿莫伤心地哭泣，驴，驴，他挣钱的工具，没了。

大家都说凶手是毒蛇。无声无息、快捷是毒蛇进攻的特点。保安抬头看看那棵乳油树，又低头瞅瞅树下的草丛，像个断案高手一样说，是毒蛇，这个院子里有毒蛇。

翻译老汪和保安聊天，他们主要在探讨是什么蛇能在如此短的时间里，几乎无声无息地杀死一头驴。他们的法语谈话已经超过日常用语，我完全听不懂，我只能通过观察他们说话的表情来推测事情的严重性。

午后的乌云如约而来，雨躲在云层的后面，先放出大雨滴试探大地的反应，当当当砸得铁皮瓦屋顶像敲锣一样响。紧接着，天河决堤，大水倾泻而下，瞬间就洗刷了一个谋杀现场。

我们聚在餐厅里听老汪讲院子里可能有非洲树蛇的推测。老汪推推眼镜，拿出一本书，翻到其中一页，指着一段文字让我们看。

我细细读完，打了一个寒颤。看来阿莫的驴就是非洲树蛇杀死的，七窍流血是中了非洲树蛇毒液的明显特征。非洲树蛇的毒液能使中毒者的血液不凝固，其毒性之强，足以杀死一个成年人，一头小瘦驴自然不在话下。更令人恐怖的是，我们所在的地区正是非洲树蛇的活动范围：非洲撒哈拉沙漠以南。而我们所处的稀树干草原地带又恰恰是非洲树蛇一贯的出没区域。

餐厅里寂静无声，铁皮瓦屋顶也寂静无声了，今天的雨完成了今天的任务，此时的天空一定有一条彩虹，太阳隆重复出了。我们却没有出门看彩虹的兴致。行动敏捷、善于伪装、属于非洲十大致命毒蛇之一的非洲树蛇，在杀死了一头驴之后，是隐于树上还是藏身草丛？隐于树上，它必形色如树枝；藏身草丛，它将碧绿如翠。

阿莫埋了他的驴，他自己又得了疟疾。都说祸不单行，可怜的瘦老头阿莫应验了一句古老的中国成语。主管很仁慈，除了赔偿阿莫驴钱，还多付了阿莫一个月工资，并对他说，等病好了再买头驴，还来送水。

只是送水这份活一天都不能耽搁，需要立刻再找一个有驴车的，最好像阿莫一样，是个老头。主管说老头一般脾气不急躁，赶个驴车，慢慢悠悠的，不和汽车抢道，安全地把水送到目的地就行，不需要太大的力气，也没有技术含量。

我那些天心里想的全部是非洲树蛇的事情，哪里还会操心去找什么送水工。我穿上高帮的登山鞋，又用一根布带打了绑腿，心神惶惶地走在院子里的小路上，小路已经被雨季里迅速茂盛起来的草所覆盖。

我每天无数次走过这条小路，去院子另一侧的卫生间。我过于关注脚下而忽略了其他地方，当我关上卫生间的门，伸手去拉灯绳时，突然觉得手中的灯绳冰凉并且滑腻，那显然不是一根灯绳应有的手感。灯亮了，我看见细细的灯绳上缠着一条碧绿的蛇。刹那间，我几乎失去意识，本能地发出一声尖叫。

司机阿达玛破门而入，他正在男卫生间接水打算冲洗皮卡车。后来，蛇是被谁打死的已经搞不清楚了，几个人拿着铁锹一起上阵，卫生间没有可以逃跑的通道，蛇葬身铁锹之下了。大高个子的阿达玛拎着蛇尾，高高提起，蛇身的长度几乎和他的身高一样。因为蛇头已经被打烂，老汪和保安都无法判断那是一条什么蛇，是剧毒的绿曼巴蛇还是无毒的绿锦蛇，这成了一个谜。

那些天，阿达玛心里有一个解不开的结，他说，若是在野外，他是不会参与打蛇的，把蛇吓走就是了。他神情沮丧，并不觉得自己参与了打蛇而是胜利者，相反，他忐忑不安。他还坚持把那条蛇送到了几公里外的野地，说蛇有灵性，放在院子里，会招致蛇类的报复。保安也忧心忡忡，他在院子里走来走去，从这头到那头，四个院角都走遍，在每一个院角都站立片刻，口中念念有词。老汪说他在祈祷。风吹动他身上的长袍，身形瘦高的他，立于院角，像一根旗杆撑着一面旗。

如果没有毒蛇的阴影，院子里的这片草地简直可爱得无以复加，尤其早晨的阳光斜洒过来的时候，草尖上的露珠把阳光分成七色，每一颗露珠都光彩盈盈。可惜我不会写诗，否则，我要写一首"尼埃纳的七色露"来呼应小冰的"恩古哈拉的九重葛"。

送水工终于还是找到了,是小冰找的,他找的是法杜娜的父亲。我记起在法杜娜家是看到过一头驴的,想必她家有驴车,而她父亲也符合主管对一名送水工的要求。

法杜娜的父亲接替阿莫往返在尼埃纳和恩古哈拉之间。有一次,他带来了法杜娜送给我的礼物,是一条用彩色细线串起来的木质项链,小木珠子没有磨圆,显得拙朴可爱。我进到房间,翻箱倒柜找能够回赠的礼物,但是没有找到适合的,从国内带来的小东西都被我送完了。后来我看到洗漱包里还有一瓶大宝SOD蜜,没有拆封,总算是一件有中国特色的东西,我便拿出来,请法杜娜的父亲带过去。不需要解释用途,女人一看一闻就会明白。

法杜娜的父亲还会经常带一些从地里收获的东西送给我们,比如嫩玉米、新鲜的花生,用麻袋装着,他也不多说话,放在厨房门口就走。

恩古哈拉的井台上,热热闹闹的议论声中,法杜娜一家是不是获得了村民们更多的羡慕?法杜娜依然穿着最艳丽的衣裙,打扮得漂漂亮亮去接受那些赞美的眼光和话语吧?

小冰已经离开了这个国家,他说他想去法国再读几年书。我们的联系渐少,不知他是否已经在法国继续攻读法国文学专业?他还在坚持用母语写诗吗?

我还在这里,在尼埃纳,从旱季到雨季又回到旱季,继续做着一些琐琐碎碎的事情,却再也读不到小冰的诗了。我很想念读一首刚刚写成的诗的感觉,墨迹未干,淡蓝色稿纸上的长短句,我是第一个读者,哪怕我读不懂,其实不用懂,有些东西不是用来懂的,而是用来爱的。

可惜我不会写诗,我只会做造工资表这样的俗事。我从考勤表上发现法杜娜不见了,月初造工资表时,翻到恩古哈拉这一页,看见她上个月的出勤天数只有两天,怎么只有两天呢?她生病了吗?是疟疾吗?老汪给了我答案，他说法杜娜找到了更好的工作，她被一家广告公司相中了，在大城市锡加索上班呢。过不了多久，锡加索最热闹的街口，或许就会竖起法杜娜的大幅广告照片。

是的，法杜娜辞职了，她的父亲仍然天天来拉水送水，却没有告诉我什么，他是个沉默寡言的人。也或许是法杜娜特意不让他告诉我，她为自己的辞职而不好意思吗？

从此以后，我每次去锡加索，都会格外留意广告牌。后来，不单单是留意锡加索的广告牌，在巴马科、在布古尼，在一切被称作城市的地方，在凡是有广告牌的地方，只要那幅照片是个年轻姑娘，我都会停下来多看一会儿。可是我没有发现法杜娜，我想或许她的模样变化了，有了更好的化妆术和专业的化妆师，她已经美丽得让我认不出来了。

许久以后的某一天，我们收到了几张西非国家艺术节开幕式的邀请函。这个开幕式将在锡加索的国家体育馆召开，由于这个体育馆是中国援建的，所以作为此地唯一的中国公司，我们将应邀参加开幕式。

场面热闹极了，烈日当头、热浪滚滚，各种民族舞蹈跳得人眼花缭乱。其中一个代表团的形象小姐是一副鳄鱼装扮，高高的发髻做成鳄鱼头部的形状，身穿有鳄鱼花纹的紧身长裙。马里被称为鳄鱼之国，首都巴马科被称为鳄鱼之都，马里人认为鳄鱼是神圣的。

人人都喊那姑娘鳄鱼小姐，争相和她合影留念，她仪态万方的样子性感动人。

我久久地盯着那个姑娘看，觉得她的眉眼像法杜娜，但神态表情仿佛又不是。我本来想去和她合个影，正好可以确定一下她到底是不是法杜娜，但是人太多了，我根本挤不到跟前。

算了，不去认了，舞台那么炫目，天地如此宽阔，这已足够，管她是谁。

回程已是夜晚，炽热了一天的太阳终于收起了光芒，沉沉睡去，繁星羞羞怯怯地步入天幕。我们路过恩古哈拉的院子，车速慢了下来，司机阿达玛已经习惯了每每经过此地时放慢车速，尽管院子已经不是我们的驻地。夜幕中我看不清那些玫红色的九重葛，不过我知道它们依然在，它们属于这片大地，明天旭日东升，每一朵花儿都将在新鲜的阳光下开放、争艳。

嗨，库姆

My Life in Africa

一

杧果树在十一月冒出粉褐色的小花，一串串挂于枝头，热带的风拂过杧果园，小花穗们在风中激动地颤抖，传粉和受孕这样的情事在风的鼓励下于光天化日中没羞没臊地进行着。若是没有一道铁丝网拦着，稠密如云霞一样的杧果花，怕是要越过界限把恋爱谈到我们的院子里来吧？

我不喜欢院子里的地坪被压路机碾压得这么平整，此前一簇簇的狗尾草繁茂地长在院子里是多么好。旭日从东边看它们几眼、夕阳从西边撩它们几下，有着卑微名字的植物在阳光下也能摇曳多姿，绒毛透着轻轻的粉，像挂上了一层羞色。吹过杧果花的风也吹着它们，怂恿它们别害羞，去谈一场任性的恋爱。它们听从了风的话，做了想做的事情，然后把后代悄悄地产在身下的泥土里，来年孩子们就能从它们的枯叶间长出，再去延续家族的故事，直至生生不息。可是，压路机碾碎了狗尾草的好梦，这个大机器一点情面也不讲，开足了马力，在院子里走了几个来回，地表就平整光亮了。

总经理老何站在院子东侧的实验室的廊檐下说，这样才好，免得草丛里藏蛇。老何说这话时，一向严肃得像块钢板般的脸有了一点松缓。云朵终于挥别了这片天空，把欠大地的眼泪偿还清楚后就杳然无踪了。草们停止疯长，它们抵达了生命的峰值后走向下坡的路。而在刚刚过去的这个雨季，藏身草丛的蛇把我们折腾得够呛，多亏只是出了驴命而没有出人命。

不过，压路机终究没法把野生的植物们斩草除根，本来尼埃纳这个地方就是撒哈拉以南的稀树干草原地带，想把野草除尽那简直是痴人说梦。院子里边边角角地方的野草们躲过了压路机的大铁轮子，继续保持昂首挺胸的姿态。我的小屋的窗下就保留着一些植物，当然是野生的，是从原野里蔓延过来的。植物们走的是地下的秘密通道，铁丝网拦不住，压路机也碾不断。在一小片杂草丛中还有一棵像模像样的小树，虽说枝干是纤细的，但是却明明朗朗地具有一棵树的骨架。叶片细长，不是惯有的绿色，而是具有绒毛感的淡灰色。有单薄的小白花傍着叶片展露花容。凑到跟前细闻，芬芳细若游丝，那气息是收敛的、胆怯的，它在悄悄地试探这个世界的冷暖。而院子里的小叶榄仁与乳油树却是张扬的，它们在一棵小野树面前极尽展现自己的风姿。当然，它们有资格这样，小叶榄仁与乳油树都是植物中的名门望族，至少在西非是这样的。

小叶榄仁有着曼妙的体态，枝枝丫丫都齐整有序，一层层平平展展，像刻意撑起的绿伞。这树深谙人情世故，它擅于以貌示人。实验室的保安库姆在小叶榄仁树下支起小炭炉煮茶喝的悠闲场景让我觉得那是一幅理想生活的画面。库姆总是在上午七八点钟阳光既明亮又不热辣的时候燃起他的小炭炉煮红茶或是咖啡，他习惯穿一件深蓝色的袍子，这颜色和小叶榄仁的那种清清新新的绿似乎有一点点冲撞，但是一天之中最恰到好处的阳光给他们镀上了一层令人炫目的金，被金色晕圈包围住的任何颜色都是好看的，这层晕圈隔离了人和树与院子的关系，像突兀呈现的一幅画，超然世外般安静怡然。时辰再晚一些就不这么好了，太阳将扯下温柔的面纱，吐出火舌，风也不再温文尔雅，它会过于粗鲁，掀起一阵阵沙尘。

乳油树虽说其貌不扬，但它的全身都是宝。我的朋友、中国农业部援助马里专家彭博士说，乳油果核的提取物号称植物黄油，具有护肤的奇效，是很多大牌护肤品的成分之一。我们的厨娘古鲁蒂姆有一个小罐子，里面装着乳黄色的乳木果油。她照着镜子一日几次地涂抹脸、脖子，还让我帮助涂抹她半裸的后背。姑娘的皮肤细腻如绸缎，我常常摸着她的后背不愿收手，直到把她痒痒得咯咯直笑。那细腻如凝脂的肌肤是乳木果油的功劳吗？更神奇的是咀嚼乳油树的叶子或是嫩树枝还能洁牙。古鲁蒂姆就爱嚼乳油树的小树棍，每天早晨她倚着厨房的门框，嘴里像叼根香烟一样噙着小木棍。她的牙洁白得耀眼，像含着一口碎银，这难道也是乳油树的功效吗？更有传说乳油树皮能入药，具有很好的提神醒脑作用，这个作用在令人昏昏欲睡的热带地区是如此重要，难怪西非人把乳油树称作神圣树。每当乳油果成熟的时节，捡拾果子的妇女们穿梭于原野，家家户户都有捣碎、煮沸、搅拌的工具，而后将球状物的果油拿到市场销售，那是一个家庭的重要经济来源。据说在距离尼埃纳一百公里的藏捷布古有一家法国人开的化妆品工厂，专门收购乳油果和它的半成品。我一直想约彭博士去藏捷布古看看那家工厂，但是直到他完成工作任务回国，我们也没有能够成行。

窗下还有几根爬藤倚着墙生长，正朝着窗棂攀缘，差一点点就抓住了被漆成铁锈红的百叶窗。爬藤也是张扬的，且明目张胆，伸长的手臂有准确的目的性，手臂就是爬藤的脚，帮助它们抵达想去的地方。

安静的墙根处竟然还有一处热闹的工地，一座小城堡已经初具规模，一群大蚂蚁正搬运红土来建造它们的家园，来来往往，煞是繁忙。不知城堡的设计者预计的层高是多少，细细密密的小如针眼的孔如摩天大楼的窗一般整齐有序。

我喜欢在清晨站在院子里望着我的小屋窗口发会儿呆，那会儿我似乎还没有完全醒透，昨夜的梦还是清晰的，而那梦是在这间小屋做的，做梦人却游离了小屋，像一个灵魂出走于自己的肉身。晨风凉爽，令人忘记这里是炎热的西非，原野里杧果花香弥漫。杧果花散发着一种特别的味道，我一直觉得杧果花香酷似我国北方小麦种植区麦子初熟时新面做的馒头从笼屉中散发出的醇香，我有站在笼屉边眼巴巴地等待母亲分给我一个刚出笼的新面大白馒头的经历，那气味令一个常年吃粗粮馒头的孩子陶醉。我因此贪恋杧果花的香味，试图沿着这条芬芳的路回到一个遥远的记忆中。可惜的是气味这东西，我无法像储存图像和声音一样把它保留下来，而后在回放中细嚼慢咽。我能做的只是在杧果树的整个花期，拼命地呼吸并在心里默念，意图留下记忆的刻痕。

我曾经拉着我的同事小孙去盛花期的杧果园验证杧果花的特别气味。其实不用这么做，在十一月和十二月，整个尼埃纳原野都被杧果花香笼罩，就像六月的麦香覆盖祖国北方的田野。但是，我还是觉得在杧果园更具有仪式感。我让小孙闭上眼睛，而后深呼吸，然后问他是不是像新面大馒头刚出笼的气味。我选择小孙是因为他像我一样来自中国北方，我以为北方那片广袤的种植小麦的土地，会将这种味道刻进它的每一个子孙的心里。可是，小孙却是一脸茫然，他不知道我在说什么，他呵呵地傻笑，说他家里都是去买馒头吃，他家里没有笼屉。小孙是如此年轻，我们怎么可能在同一种花香中相遇呢？可是那时没有别的来自北方的同事了，很久以后才又来了陕西的小李，但是我已经不想再去验证什么了，气味这东西是私人化的，他的杧果花香永远是属于他的，就像我的只属于我。

后来杧果花慢慢地凋谢，小杧果挂上了枝头，整个园子里再也没有一丝一毫的特别香味了。那种气味因为消失得没有踪影而充满虚幻。我找不到任何东西来证明杧果花曾经散发过一种令我无比怀念的气味。

老何说，明年，摘一穗杧果花，风干，就能留住它的气味了。老何这话吓了我一跳，像旱季里突然下了一场雨一样让我惊喜。他平日满口都是工期、效益之类的话，同事们都说跟着他工作，是把女人当成男人使、男人当成牲口使，他自己更是一部工作机器，是拼命三郎。而这个枯燥的人竟然也留意杧果花的芳香，还说出了像诗一样的话，这让我相信了那个关于他的传说：老何年轻时是写过诗的。尽管他现在板结得像一块久旱的土地。

保安库姆正在来回巡走，他的主要职责是看管实验室。实验室是我们基地最重要的地方，从法国采购回来的试验仪器有着不菲的身价。主管安排两个保安昼夜轮岗。库姆值夜班，此刻，东方在他的千呼万唤中渐渐发白，夜晚总算是要结束了，他正焦急地等着他的同伴来接班。库姆交完班后并不会急着回家，在小叶榄仁树下煮几杯茶或咖啡慢慢悠悠地喝是他一天中最美好的享受，他盼着下班其实是盼着这个时刻的到来。令我奇怪的是他喝完茶了仍然不急于回家，尽管他的家就在离我们院子不足一公里的地方。往东走，越过一个小坡，一所坏了一扇院门的院子就是库姆的家。他显得如此留恋我们的院子，四处溜达，或许他喜欢这种不带着工作职责的走动吧，这令他轻松惬意。

我冲着库姆招了招手，我想问问他这棵小野树叫什么名字？我喜欢一切事物都有属于自己的名字，河流、村庄、植物……凡是能知道名字的，我都尽量去打听。若是实在无法知晓，那就给它取一个名字好了，直到它真正的名字如失散的亲人般被找回。

库姆跑过来，因为穿着长袍而影响了他的速度。院子里的保安们都习惯穿长袍，他们不像外边工地上的工人们穿长裤和T恤衫，也不像实验室的技术员们能穿配发的白大褂，他们好似约好了一般，都穿他们的民族服饰。不知道若是真的来了贼，宽大的袍子会影响他们捉贼的速度吗？不过，这袍子被他们穿得很有风情，比如库姆，他又瘦又高，深蓝色的长袍像一面旗帜被他挑在肩膀上，被风一吹，远远望过去像神话里的巫师。

我还没有开口说什么，库姆就急急忙忙地喊出了一句我能听懂的话，那句话他不是第一次说，他絮叨无数次了。而他第一次说时，表情是那么凝重。当时我们站在院子里最大的那棵乳油树下，我茫然地看着他，完全没有听懂他的法语，那不是一句和日常生活有关的简单句子，我哪里能听懂？翻译老汪慢慢踱过来，干咳了两声，清清嗓子，翻译给我听。

库姆说的是：Madam贾，我不能帮你提洗澡水，给一个女人提洗澡水将影响我的运气。我顿时陷入尴尬中，不知该怎么回答。回想起初来尼埃纳的第二天早晨，我从水台上提了一大桶水跟跟跄跄地往淋浴间走，那段路不足一百米吧。库姆恰好在院子里，他看我很艰难，就接过水桶送到了淋浴间。当时他什么也没有说，几天以后才如梦方醒般地说出了这句话。

此后，这句话成了库姆见到我必说的一句话，不过语气是越来越淡的，似乎不再有抱怨和后悔，而是成了一种习惯，像见面的问候语一样。像这样：嗨，库姆你好；嗨，Madam贾你好，今天天气真好，我不能帮你提洗澡水，给一个女人提洗澡水将影响我的运气。

唉，这个好心眼儿的偏库姆，他不知道淋浴间已经装好了热水器吗？我再也不需要费力地提水了，即使没有热水器，我也不敢让他提水了。他还不知道，我一直在为他祈祷，希望他交好运，其实我是在为自己免受谴责吧。

库姆不单单和我常提运气这个词，他也向厨娘古鲁蒂姆说过。有时候古鲁蒂姆在做饭时会下料不准，饭菜便多出来一些。古鲁蒂姆请示过主管后，把多出来的饭菜分给保安们。按照规定，我们基地负担厨娘的伙食，但是不负担保安的。这种情况并不多见，保安们当然兴高采烈，能节省一顿饭钱，谁不开心呢，几乎人人脸上都挂着笑，库姆当然也不例外，上夜班的库姆有时候能赶上这样的免费晚餐。

古鲁蒂姆随手递给库姆一个盛着饭菜的盘子，但是库姆并不去接，他说，古鲁蒂姆，你要用右手递给我才不会影响我的运气。

库姆的这句话我也经常听，每月五号发工资的时候，他必说，Madam 贾，你要用右手递给我才不会影响我的运气。排在他后面的工友们嗤嗤地笑他，有年轻的小伙子说只要发钱管它左手右手。但是库姆不笑，他紧绷着脸。我用右手把钞票递给他，他也用右手接住，然后向我鞠了个躬，说声谢谢。此后，我用右手把钱递给每一个来领工资的人。

库姆，他像战士捍卫荣誉一样捍卫自己的好运气。

这个早晨，库姆的一句话让我想起了如此多的事情，偏偏一下子忘记了本来想问他的事情。小野树的花香太稀薄了，它被杧果花巨大的力量挤压至墙角，让人轻易就忘记了它的存在。

二

我第一次去库姆家，是为了去看一棵我从来没有见过的树。库姆见我喜欢树，就对老汪说他家门口有一棵特别的树，如果我们有兴趣的话可以去看看。

那树结一种形状像肾脏的果子，果子红彤彤。树就在库姆家院子外边，是野生的，枝叶繁茂，一根枝丫伸长手臂摸住了一间房子的屋檐。库姆的一个儿子，大约九岁吧，嗖嗖几下就爬上了树，摘了几个果子扔下来。果子落地，摔破了肚子，像晶莹的石榴籽一样的小颗粒满地滚。这或许就是树繁衍的方式吧：种子钻入泥土之下，等待发芽的时机。我猜这果子是不能食用的，否则库姆家的孩子们怎么会对这些颜色鲜艳的果子毫无欲望，任凭它们熟透在枝头或是腐烂于大地。

库姆竟然说不清这棵树的名字，他认为这树特别，大概就是因为他不知道这树的名字吧？人们总觉得未知的东西是特别的。多少年了，这棵树一直长在他家院子外，若不是为了喊我们去看，或许他根本就没有意识到还有这么一棵树存在着，陪伴了他很多年的、没有名字的树。

他对老汪说，不是每种树都有名字的，原野那么大，野树太多了。他瞅了瞅他的一群孩子，又小声嘟哝道，孩子多了也说不定没有名字。

但是，我心里不能允许这棵树没有名字呀，我暂时叫它红果树，我等着它真正的名字被找到。

此后我经常在晨练的慢跑中特意路过库姆家，在他家那个坏了一扇院门的院子门口，我停留一会儿，"偷窥"一下他的两个妻子和一群孩子的生活。对了，库姆有两个妻子，这是我对这个院子产生"偷窥"行为的主要原因。按照当地法律和风俗，男子一共可以娶四个妻子。我和我的同事们有相同的好奇心：收入不高的夜班保安是怎么养活两个妻子和一院子的孩子的。

究竟是几个孩子？库姆说是八个。我看见的是一院子。我从来没有数清楚过院子里的孩子，男孩子们像小泥鳅一样都裸着上身，短裤也是差不多的颜色，他们在院子里跑来跑去，嬉戏打闹，没有衣服作为标识，刚刚数过的那个又钻到没有数的那一群里去了，得了，又得重新数。有个女孩子穿着花布裙子，在院子一侧的几块石头垒砌的灶台上煮粥。灶台旁边是一棵香蕉树，一大串香蕉绿中泛黄。香蕉树的另一侧是一个加工乳油果的炉台，红土砌垒，四四方方。紧邻炉台的是一个羊圈。我没有看见锅里的东西就断言是粥，是因为我看见女孩拿着一把大勺子在锅里搅和，在我的常识中，似乎是只有粥才需要如此操作。

开早饭了，院子里顿时喧闹得鸡飞狗跳。真有鸡和狗，一群鸡和两条狗。那口冒着热气的大锅被摆在院子正中间，两个女人忙着招呼孩子们，其中一个较小的男孩子还在澡盆中，一位母亲把他提起来，也不擦身上的水就把他摁坐在一张小木凳上，往他怀里塞进一只盛了粥的蓝色的碗，又往他手里塞了一把同样颜色的勺子。我从颜色来判断碗和勺子都是塑料制品。孩子开始吃粥，汤水或米粒滴在肚皮上，一条狗就去舔他的肚皮。

若是两位主妇或是其中的一位发现了我，那就更热闹了，那也意味着我本次的"偷窥"结束了。她们会异常热情地邀请我一起吃粥，然后看着我手里的照相机，让孩子们摆出各种姿势供我拍照。其中一个男孩，就是那个嗖嗖地爬上红果树的孩子，还表演他的绝活，他能双手撑地倒立很久，肚皮紧紧地吸着，肋巴骨清晰可数。而那两条狗，兴奋地绕着小主人转圈，似乎是小主人每每练完功后必会赏赐给它们一点什么吧。

我离开这个院子时，早餐通常还没有结束，吃得最慢的那个孩子决定早餐何时结束。不过那时候，主妇们已经要开始一天的谋生了。她们穿好了出门的衣裙，头顶着塑料桶或是塑料盆，去田野。尼埃纳有的是土地，只要肯下力气开荒。不过荒不是那么好开的，野草具有强大的生命力。我在田野小道上晨跑，总是见玉米地里的杂草和庄稼难舍难分，有时还能看见棉花地、高粱地、花生地。在一处积水的低洼地里，我还见过水稻。不管是什么庄稼，它们的共同命运都是与野草伴生，在有些田地里，野草还能是主角。阳光、雨露和大地对它们是多么公平啊，一样照耀、一样滋养。田野里劳动着的大多是妇女，她们除草。她们除草的姿势极美，腰能弯至一百八十度，臀部高高耸起，随着手拔草的节律而起伏、扭动。不是说有些舞蹈源自劳动吗，我常常站在田边，看着这一幕劳动的舞蹈。

孩子们大概也被分派了不同的活计，纷纷穿上衣服打算出门。而最后一个仍然在吃早餐的较小的孩子，被大家遗忘在院子中间，他守着那口锅，一群鸡围拢过来，在锅里啄食。他并不驱赶鸡，鸡代替兄弟姐妹，成了他的游戏伙伴。

阳光越来越明媚，红果树洒下浓重的树荫。我知道等一会儿当我回到我们的院子时，我能看到小叶榄仁树下的光晕中，库姆也正在享受清晨最美的阳光以及阳光下的咖啡或是红茶。小叶榄仁树像一道屏障，隔开了库姆不愿面对的一些事情，他有不想面对的一些事情吗？我猜他是有的。

库姆有什么心事都会和老汪说，他们没有语言的交流障碍。关于他的两个妻子，老汪后来告诉我，其中的一位其实是库姆的嫂子。库姆的哥哥死于霍乱，留下妻子和五个孩子。在当地的民俗中，弟弟娶嫂子是为了替哥哥尽抚养孩子的义务。我并不吃惊，在生存为第一要义的地方，还有什么比让孩子们有个家更为重要的呢？况且也符合法律和风俗。

算了，不去想这些了，小叶榄仁树下早晨的阳光多么好，咖啡和茶也如此香醇，库姆说他希望时间停滞在这个时刻。哦，上苍，上苍一定是用右手把这段时光交给库姆的。

三

老汪为库姆的几个适龄上学的孩子能够上学而试图说服库姆。他对库姆说，要想改变命运，必须去上学。老汪讲话的时候喜欢挥舞手臂。他在小叶榄仁树下像演讲一样，手臂挥过来、舞过去，又如同在十字路口指挥交通的警察。或许这恰巧就是库姆的人生十字路口吧。不知库姆是否理解命运这个词？他明白命运和运气这两个词的差异之处和相通之处吗？

尼埃纳有一所乡村学校，是国际社会援助建造的。学校的操场不够平展，校长曾经找到我们基地寻求帮助。老何二话没说就派了推土机和压路机过去帮助推平和碾压操场。后来这块操场以平整和漂亮著称，常常成为校长炫耀的资本。学校有两排平房，有七八间教室，教室装有铁制的百叶窗。其中一排教室的窗户朝着马路。课间时，我见过调皮的男孩子们跳上窗台互相打闹。他们大多穿戴齐整，家境或许不错。这所学校不收学费，但是书本费需要学生自负。其实，书本费是寥寥无几的，乡村孩子上学最大的成本就是时间了，那些放牛的时间、放羊的时间、田间耕作的时间、做小买卖的时间，总之就是谋生糊口的时间。

有来自世界各地的志愿者在学校当教师。我在镇上的银行换零钞时遇见过那个来自法国的小伙子教师。老汪和法国小伙子有过交谈，老汪说日后退休了也来这里的学校当志愿者吧。我也这样想过，但是我知道自己是不合格的，我的法语实在是太糟糕。不过也就是那么遥想一下吧，像在旱季遥想一场雨。

其实，我曾经悄悄地过过一把教师瘾，那瘾过得足足的，够我念想许久许久。那是在我晨跑的时候，路过一个小村庄。一块儿空地上搭建了一个茅草棚子，棚子里摆着三排桌凳，一块儿小黑板挂在一间土坯房的外墙上，黑板上写着一些法语字母。一个年轻女人在教一些女孩子念黑板上的字。我路过这个原野课堂，有一些吃惊，这条路是我天天晨练经过的路，原野课堂显然是刚刚搭建好的，今天应该是首次授课吧，而那位女老师腰里还系着个娃娃。

老师和学生们看见我都不吃惊，她们继续上课。我在最后一排坐了下来，几个女孩回头看了我一眼，抿着嘴巴偷偷地笑，年轻的女老师也笑。老师腰里的那个娃娃，他不笑，他盯着我看，大眼睛一眨不眨。我也看着他，他的眼睛像两颗湿润而晶莹的黑葡萄。我们就这样互看了好一阵子。后来我觉得我应该表示一下友好，就卖力地送去了一个很灿烂的笑。娃娃，他再也绷不住了，硬撑了那么久，紧张、恐惧终于爆发，他哇的一声大哭起来，黑葡萄里涌出了大颗大颗的泪水。

想必这娃娃没有见过如此肤色和模样的人，他被吓坏了。女老师把系在腰里的大头巾解下来，抱着娃娃，抚慰他。我不知所措，向女老师道歉，然后想赶紧离开。但是，女老师喊住了我，她会说英语，她说孩子可能是饿了，她想到土坯房里给孩子哺乳，希望我领着这些女孩子们读一会儿黑板上的字母。

我当然不能推辞，也不想推辞。那个可爱的娃娃用他响亮的哭声帮助我完成了一个愿望。我盼着那娃娃能多吮吸一会儿乳汁，如此，原野课堂就能在我的记忆册页上占据更多的页码。那是我最认真对待的事情之一。那一天，我站姿挺拔，声音响亮，笑容端庄，发音标准。整整十个女孩子端端正正地坐着，跟着我读法语字母。我甚至还想发挥一下，教她们一个法语句子。对，就教这句：Je t'aime。这是我到达西非后学会的第一句法语：我爱你。我大声念了出来，"惹带么"，姑娘们也跟着我念，她们的声音悦耳动人。人们都说法语是世界上最好听的语言之一，何况又是如此动人的句子，美妙自不待言。我想问问她们班巴拉语的"我爱你"怎么说，但是终究因为我无法表达这么复杂的意思而作罢。直到最终，姑娘们也不知道"惹带么"是什么意思，她们只是嘹亮地念着，像在原野上唱一支歌。不过，她们日后会知道的，一定会知道。

整整一天我都沉浸在这件事带来的兴奋中，或许是生活太单调了，也或许是我从小就有的教师梦想始终没有破灭。第二天，我仍然带着期待的心情沿着那条路去晨跑，远远地看见茅草棚子还在，昨天的情景宛如在眼前。可是等我跑近了却发现桌凳和黑板都没有了，背着娃娃的女老师和整整十个女孩子也杳无踪影。我站在那里，不明白究竟发生了什么，她们去哪里了？难道昨天是一个梦幻？原野的风是魔术之手，吹过来、拂过去，十个姑娘和她们的老师就没有踪影了？但我是教过姑娘们念过一句实实在在的句子的，那声音仿佛依然在回响。

现在，茅草棚子里安安静静，阳光依旧、风依旧。在尼埃纳的原野上教十个女孩子念世界上最动人的句子，这件事，的确虚幻得像一个梦。

一个路过的老乡见我看着茅草棚子发呆，他叽里咕噜地说了一大串班巴拉语，看我仍然愣怔，他就用手指了指远处，然后手臂在胸前端平，双腿微微下蹲，模仿学生端坐课桌前的样子。哦，我明白了，原野课堂并没有消失，它只是迁徙。

事后，我知道了这也是国际社会的一项教育援助，授课对象是乡村的女孩子们，授课地点可以是任何地方，教师都是本地区受过教育的妇女，这样便于走村串户。老师教女孩子们官方使用的交流语言，教她们认知乡村之外的世界，当然，也教这些从没有走出过乡村的姑娘们该怎样去Je t'aime。

尼埃纳的学校里，经常能看见背着娃娃的妇女，头上顶着一个小布包走进学校。布包里是书本。她们不是老师，是学生。生娃娃之前在学校念书，其间结婚生子，后来又想读书，便背着娃娃再来上学。在这里，上学哪里有什么老汪说的适龄和不适龄之分呢？所以，只要库姆同意，他的孩子们都能来上学。

老汪一直在努力地说服库姆，库姆叹口气，说田地里的活计、圈里的牛羊怎么办？老汪沉默了，他没法解答。那一套关于命运的说辞终究是太抽象，库姆一时半时大概是理解不了的。我想对库姆说，库姆，如果你的孩子们齐刷刷地坐在课堂上，那么这将是一支捍卫你的好运气的军队。不过，我们终究是无法给予库姆更多的帮助，只能悄悄地祈祷：愿田园丰收，愿牛羊肥硕，愿我们的工程结束后，库姆能找到新的工作。

我在另一个清晨再次站在我的小屋窗外，小野树的花还在开着，小小的白花，淡雅的香味若有若无。杧果树上早已经是空空落落。浩大的事物总是过于短暂。

小树已经不再孤单，它有了自己的伙伴和临时的名字。老何在林子里发现了一棵同样的小树，他带上铁锨重返灌木林，把那棵小树移了回来。两棵树并排站在了一起，一样的枝干、一样的淡香，如孪生的姊妹。我对老何说，给它们取个名字吧，叫尼埃纳白梅。

我还是要问一问库姆，它们真正的名字叫什么，还有那棵红果树。

嗨，库姆，你知道吗？

基塔有条季节河

My Life in Africa

一

河滩涨水了,原来露出小圆石头的地方都被水面覆盖,荡着细细碎碎的波纹。我们把皮卡车停在岸边,揣测着这条一星期前还袒露出胸脯的干枯河道怎么突然间就盈了水,突然间就像一条真正的河流一样扬眉吐气地翻起了白色的小浪花呢?

我的同事小赵拿出一张地图,细细瞅了一会儿,断定这条好像从地底下冒出来的河流是巴科伊河的季节性支流。巴科伊河,那可是大名鼎鼎的西非第二大河流塞内加尔河的源头之一。在这一周的时间里,这一带下过暴雨吧?雨水汇集,一条干涸了好几个月的小河终于迎来了水,终于可以欢欢快快地将这水进贡给巴科伊河,如臣子奉献最钟爱的宝物,以维护它作为支流的岌岌可危的名号。

我也凑近地图,想看看这条小季节河的名字。在一些交织的线条中,我先找到了基塔这个地名，那是我们将要去的地方，我们将在那一带修建一条一百五十六公里长的红土路和一些过水涵洞。一个小圆圈作为它的标识，提示看图者，基塔是一个比小镇大不了多少的城市。我没有在地图上找到小支流的名字，它太小了，小到可以忽略不计、小到没有名字也没有力气和资格流进一张区域性地图。

岸边有两棵树，一棵是开着红花的凤凰木，另一棵小一些的是阿拉伯胶树。倚着河岸生长的树都是聪明的树，它们因为有了河流的傍依而更加风姿绰约。这两株树的叶子差不多，都是羽毛状的复式叶子，细细的、小小的，两两排列、两两颤颤巍巍地相望，像含羞草，胆怯，稍有风吹草动就关闭心扉。花朵却大不一样，一个鲜红、一个黄中透白，都勇敢、都争艳。一周前我们从这里经过时，凤凰木的花朵还没有这么稠密，而此刻，一树的红像一面炽烈的旗帜在火辣辣的太阳下迎风招摇，恨不得让几里地之外的人都能看见它的风姿。阿拉伯胶树也不甘示弱地开出穗状的花，花型不比凤凰木的花逊色，但是与一树的火红相比，它因太过淡雅而不被人注意。这两棵树并排站着，它们好像在暗暗较劲，比站姿、比花色。此时，阿拉伯胶树显得力不从心，和一棵美艳的树为邻，它有些灰心丧气。阿拉伯胶树是一种内秀的树，它其实具备骄傲的足够理由。它有丰沛而特别的树汁，割破它的树皮，切口处便会涌出黏稠的汁液，像眼泪。但阿拉伯胶树可不会放任自己的眼泪任性流淌，这眼泪太珍贵，这眼泪会凝固成一些椭圆形、琥珀色、半透明的胶粒，这就是著名的阿拉伯树胶。要知道，阿拉伯树胶作为天然而安全的食品添加剂能让巧克力豆上光，不仅能增加巧克力豆令人垂涎的光泽、口感，树胶在空气中稳定却极易溶于水的特性还能让巧克力豆"只溶在口，不溶在手"。这句广告语家喻户晓，说得贴切又有趣味。而另两种名冠世界的碳酸饮料可口可乐和百事可乐在隆重迎入阿拉伯树胶后，树胶中的一些成分和碳酸盐相遇、融合，可乐旋即释放大量二氧化碳，气泡迅速产生，独特的口感令可乐的热爱者越发痴迷，欲罢不能。这还仅仅是阿拉伯树胶在食品行业中的小露身手，与它在医药行业的巨大作用相比，或许都不值一提吧。不过此刻，纵使它的树汁在躯干内骄傲得直颤抖，它的枝叶与花朵在美艳的凤凰木旁边还是显得低眉顺眼。

几个赤条条的男孩子站在树下好奇地望着我们，大眼睛亮晶晶，在我望向他们时，一个大一些的孩子好像突然想起了自己是赤身裸体，慌不迭地用两只小手捂住裆部，吐了一下舌头，羞怯怯地笑。也有几个顽皮的，根本不在乎，仍然大大咧咧地看着我。另几个孩子在浅水里嬉戏，互相撩水、打闹。离他们不远的地方站着一个女孩，羡慕地看着他们游戏却并不加入他们，她显然比这群淘气的男孩子年龄要大一些。令我惊讶的是，这个女孩裹着一条花裙子却裸露着上身，胸脯上两只乳房如小山包正在成长。她的脚边有一头小鹿，像小羊羔一样温顺地倚着她，若不是小鹿身上有梅花状斑点，我肯定会以为那是一只黄色的小羊。一个男孩子朝着那个女孩喊阿咪、阿咪，她抿着嘴笑了笑却没有应答，弯腰抱起小鹿，转身走了。

河流虽小，可我们也不敢贸然去闯，谁知道水流之下会有什么呢？虽然时间不过是刚刚过去了一周，但是一周前的河床是暴露在光天化日下的，石头和坑洼都清晰可见。而此刻，暴雨和流水可能已经改变了河底的面貌。

司机阿达玛走向那群孩子，他用班巴拉语和孩子们说着话，在河边，他撩起水洗了洗手，然后走近那棵阿拉伯胶树，从树干上剥了几颗胶粒，扔进嘴里，像嚼豆子一样，嘎嘣嘎嘣吃下去。阿达玛边嚼边说，这东西补肾。我其实没有听懂他说的话，不知道这东西到底能补什么，但是他用一只手摸着肾脏的位置，另一只手竖起了大拇指。哦，那我就姑且认为是补肾吧。

小赵打了一个呼哨，招了招手，树下的几个半大孩子就跑了过来，他连说带比画，孩子们迅速领会了我们想要过河的意思。其中两个稍大一些的，七八岁的样子，在我们的车前做出准备带路的姿势。他们半弓着一条腿，双手握成小拳头，起跑的架势做得足足的。两个孩子的间距恰好是两个前轮的间距，他们保持这个间距开始往河心奔跑。阿达玛驾驶着皮卡车，沿着两个孩子的足迹，涉向这条没有名字的季节河。阿达玛开得很慢，压着水花，不偏离两个孩子指引的航道，直到孩子们跑上对岸了，阿达玛才猛地加速，车轮溅起河水，河水又溅在车窗上，留下泥沙的印渍。两个孩子在岸上拍着手，跳着脚，张着大嘴露出洁白的牙，笑得很得意，为自己的成功引路而欢呼。皮卡车冲上河岸后，停下来，我拿出两枚两百西朗面值的硬币放在一个孩子伸出的小手掌上，他咧嘴笑了一下，给同伴抛去一枚，那孩子敏捷地接住，也咧着嘴笑。这时，公路上又驶来了一辆越野吉普车，车主似乎十分熟悉前方的路况，他根本就没有下车，只伸出长手臂向着孩子们挥了挥手，男孩们就重复了在我们的皮卡车前的动作，连贯、流畅、默契，他们撒开脚丫子带领着吉普车向对岸跑去。

河流欢唱，孩子们也欢唱，小河在整个有水的季节将是他们的乐园。

二

我在基塔的火车站再次遇到给我们带过路的两个孩子，他们已经不是在小河里玩泥巴、玩水的裸体模样，他们穿着鸟的羽毛般的衣服在火车站的小广场上参加一个集体舞蹈。彩色的羽毛夸张地装饰着他们的演出服。那场舞蹈是这个一万多人的小城市为欢迎中国公司来此施工而举办的。小伙儿、姑娘、孩子们都是盛装，他们跳一种节奏感极强的舞蹈，其中很多翻跟斗的高难度动作。两个孩子看见了我，又是咧嘴一笑，从人群中跑出来，奔到我跟前，调皮地抖动他们身上的羽毛，还拉着我一起跳舞。脱落的碎羽毛呛得我打了好几个喷嚏。小广场上荡起一阵阵灰尘，同事们都在人群中跳舞，个个笨笨拙拙。小赵被两个姑娘架着，抬腿扭腰，像一头憨憨的熊。不过没有关系，在善舞的人们面前，笨拙是可爱的，他们喜欢我们的笨拙。

一声火车的响笛从激越的旋律中挣脱出来，在更高更远的地方响起，召唤着我去看看这个有着百年历史的火车站。基塔的火车站是殖民时期法国人建造的，老式的大钟表挂在古旧的法国式候车室外的墙壁上。时间在偏远之地仿佛走得很慢，像这个国家唯一的一条铁路上的火车，慢慢吞吞地在窄式的铁轨上晃悠。从马里首都巴马科开往塞内加尔首都达喀尔的国际列车经过基塔，小赵坐过这趟火车，他调侃说坐火车从巴马科到达喀尔是一次奇妙的慢行之旅，将会有好多天的时间耗在一千多公里的旅途上。我追问到底是多少天，五天、十天，还是更久？他说那要看火车会出多少故障以及每次修车的时间，若是火车脱轨，就得自己另谋出路了。小赵经历过一次火车脱轨，他说不算十分惊恐，多亏车速很慢，车厢像一位喝多了的醉汉，是徐徐侧躺下去的，睡姿不算太丑。其实，小赵说不出到底需要多少天才能完成这段旅途，是因为他从来就没有完整地乘坐过这趟火车，他总是耐不住时间的煎熬，中途抛弃了那步履缓慢的可怜家伙。不过纵然如此，这趟火车仍然拥有众多的乘客，火车票价格低廉，仍然是穷人出远门的重要选择。拖儿带女、大包小包把行李顶在头上的人们为破旧的铁路和火车增添了鲜活气息。

火车站周边的原野中也有殖民时期法国人的建筑，只是已经废弃了。一些建筑只剩下厚实的墙立于旷野，不过它们并不孤单，总有一株或是几株树来偎依这些残垣断壁。某一年的某一个季节，阳光中或是风雨里，几只来自远方的鸟，飞累了，在断墙上歇脚，对着辽阔的原野，鸟儿们想说些什么，它们张开嘴巴，忘记了嘴里噙着的种子。种子跌落于大地，凤凰木发芽了，金合欢树发芽了，还有木棉树、猴面包树、乳油树、阿拉伯胶树。初始是断墙护佑着小野树，挡一点风沙、遮一些暴雨；而后，树长高长粗，而残墙越来越矮。

在不开花的时节，我分不清许多树，比如凤凰木和金合欢树。基地的翻译老汪拿出他那本百科全书一样厚实的书为我解疑。刷刷刷，他翻到某页；刷刷刷，又翻到另一页，推推落到鼻尖的眼镜，像个老学究一样念念叨叨：哦，这两种树的确不好区分，它们同属豆科植物。

老汪在非洲工作多年，博学、经验丰富。他是我们基地的宝贝，是会说话的双语百科全书，他对未知的事物更是充满探究和好奇。我在原野里捡到一枚陌生果子或者是在林子里遇到一只颜色特别的鸟，都会跑去问老汪。最终那枚果子和那只鸟，总能在老汪这里得到八九不离十的答案，实在没有答案的，也能获得合情合理的预测或是推理。老汪能从事件的一星半点痕迹中推理出一个充满想象力的过程和结局。

眼下老汪正从邻居小伙子亚古的叙述中，推测这条没有名字的季节河两岸的灌木林里有一种或几种蟒蛇类爬行动物。亚古向老汪描述着，还用手势比画他见过的蟒蛇的花纹和大小。一听蟒蛇，同事们七嘴八舌地问：有毒吗？能吃吗？所有的动物在我的一些同事们这里只分成简单明了的两大类：能吃的和不能吃的。老汪狠狠地瞪他们一眼，开玩笑地说，怎么就想着吃啊，基塔上好的羊肉和河里的尖吻鲈还喂不饱你们吗？

老汪翻看着他那本百科全书，向同事们解释蟒和蛇的区别。他提高了嗓门说，根据亚古的描述，很可能是绿森蚺或者网纹蟒。他眼睛里放着光，神秘地用一种近乎宣布的口吻说，同志们啊，我们即将见到世界上最重的蛇和最长的蛇。说完又把脸转向亚古，详细问询亚古具体在哪个地段见过这样的蟒蛇。或许可以请亚古带路，他真想一睹这些只是在书里见过的丛林霸王的真容。

亚古的黑眼珠子滴溜溜转了个圈，这个机灵的小伙子已经从中捕捉到了很多讯息。

为邻以来，他眼见了中国邻居丰富的食谱和高超的厨艺，天天都有香味从院墙的这边飞到院墙的那边，馋得他心急火燎，去丛林里捕捉能食用的小蟒或小蛇卖给他的中国邻居，也许是他的一条生财之道。亚古跃跃欲试了，院墙那边，他在自家院子里磨一把铁叉子。有些当地人尤其是年轻人以捕杀蟒蛇作为增加收入的一种方法，当然那得是政府允许捕杀的蟒蛇品种，蟒蛇皮是很好的非洲鼓的鼓面材料，在市场上能卖个好价钱，而花纹奇特的蟒蛇皮还被当地人用来占卜。他们偶尔也吃蟒蛇肉，只是他们不擅长烹饪，因而并不觉得蟒蛇肉味美。现在，擅于烹饪的中国邻居给了他无限启发，他捕杀蟒蛇后既能把皮卖个好价钱，也能把肉卖个好价钱，何乐而不为呢？

可是，亚古的父亲，穿着白色长袍的长者，在亚古打磨工具时，总是大声地嚷着什么。我听不懂老者说的土语，只是从那激动而愤怒的声调来推测，像是在训斥亚古。亚古不应答，继续打磨他的铁叉子。我猜测过不了多久，驻地院子里熊熊燃起的柴火上，蟒蛇肉将会替代羊也替代塞内加尔河流域的特产尖吻鲈，成为日后同事们津津乐道的味道。

我在基塔的那段时间，想知道答案的事情不是怎样区分凤凰木与金合欢树，我已经不想知道它们的区别了，我等着它们开花就是了，耐不住寂寞的树总会开花，花朵是植物最后的隐私，它藏不住的。此外，我对丛林里的蟒蛇也没有兴趣，它除了瘆人还给人黏腻的感觉，单是想想都会惊出一身鸡皮疙瘩。谁也猜不透我想知道的是什么，像侦探一样擅于推理的老汪也猜不透。那个女孩，她叫阿咪吧？对，是阿咪，我听见男孩子喊她阿咪来着，这是西非女孩子常用的名字，源自古老的非洲舞蹈，类似的名字还有阿娃、阿芙、贡芭等，这些名字被女孩们的父母认领，而后跟随她们，参与她们在人世间的舞蹈，见证她们一生的幸或是不幸。阿咪消失于季节河畔，火车站前小广场的狂欢人群中、基塔的街巷里，我一直没有再见到她。她怀里抱着一只小鹿转身离开，可爱的梅花开在那温顺的小家伙身上。西非怎么会有梅花鹿呢？这怕热的动物不是生活在东亚吗？但我没有看错，那的确是一只小梅花鹿，眼睛湿润而清亮。

三

巴科伊河在雨季水量丰沛，这要感谢流经基塔的无名季节河。除此之外，一定还有我们不知道的其他季节河的存在。上苍赐水予它们，恢复它们河流的身份，它们甘愿为巴科伊河贡献自己的全部。没有名字的小河流只有这几个月才有骄傲的浪花可以任性地翻腾，其余时间则暗自神伤。小河的水已经比我们初来时更大更猛，也翻腾着更为恣肆的浪花，不过它毕竟只是一条小小的季节河，底盘较高的车辆仍然能够涉水过河。那些带路的孩子们，他们总能带领车辆选择水位最浅的地方涉过河水。我每次随车辆过河时都留心辨认带路的男孩子，却没有见到第一次为我们领路的那两个男孩。欢迎的舞会结束以后，我在其他地方也没有再见过他们，像阿咪一样，他们隐匿于小城之中了。

起初，在无名季节河畔见过阿咪后，我以为裸着上身不过是这个小姑娘一时的大意，是偶然和个例，她还没有长到具有性别意识的年龄，尽管她的乳房已经如花苞般在迅猛丰盈。我脑海里甚至还闪过她智力有缺陷的猜想。可是，后来，我发现裸着上身的姑娘毫无羞涩地走过街巷竟然是基塔的一大特色。她们的裙子都算得上整齐漂亮，花布的图案鲜艳，还戴着和裙子花色一样的头巾，脖子上闪着项圈的银光，这身衣着打扮让我判断她们绝不是因为贫穷而赤裸上身。遇到我诧异的眼光，姑娘们不躲不避，也直直地看着我。我竟然像所有的男人一样，率先盯着她们的两只乳房看，然后才将眼光移向她们的脸。那些脸庞年轻，与饱满而坚挺的乳房是如此相称，有些面庞还带着未褪去的稚气，但身材却是熟透了，丰乳、细腰和翘臀几乎是这些半裸女性的模板。她们的脸十四五岁，身材看起来更像是二十四五岁，身形的成熟度远远大于真实的年龄，像季节交替中朦胧的春光还未散尽，夏日的浓郁便覆盖大地，来得过早也过于汹涌。

我依然没有在这些姑娘们中间找到阿咪，不过，我渐渐看出了一些端倪，她们共同的特征是未婚。基塔街头凡是腰里系着个娃娃或者是身后跟着孩子的妇女，或新或旧或破，总有花花绿绿的上衣遮蔽着上身最为敏感的部位。

我和老汪探讨过基塔的这一风俗，见多识广的老汪说他在西非的很多国家和地区都没有见过未婚姑娘裸露上身的现象，我也从未遇到。倒是在尼埃纳的乡间见过一位不讲究的已婚妇女满不在乎地光着胸脯在田埂上行走，她腰里系着小娃娃，身后跟着大娃娃，头上顶着瓦罐，胸前胡乱垂着的双乳像两只疲惫的紫茄子。那端坐腰间的小娃娃侧过头、探探身从母亲的胳肢窝下揪住母亲的乳头叼在嘴里，安慰自己的肠胃和小小心灵。

老汪对基塔姑娘们的这一裸胸现象像对待丛林里的蟒蛇一样有兴趣。他期待能有幸一见预测中的非洲最大的蛇和最长的蛇，绿森蚺或者网纹蟒，听名字就让人充满想象。但他知道，那几乎是梦想。裸胸的姑娘们袅袅娜娜地在街巷中走过却是天天眼前的现实。基塔这个西非小城里生活着一支从遥远南非迁徙来的祖鲁族人，成为老汪百思不得其解后的最新推理。我也知道南非的祖鲁族未婚少女有袒露上身的习俗，以证明纯洁。在祖鲁族的风俗中，只有是处女的女孩才有资格赤裸上身，其他已婚的，或者不是处女的女人都没有这样的权利。

裸胸的姑娘们穿梭于基塔窄窄的土巷中以及喧闹的集市上，难怪她们毫无惧色和羞色，昭示纯洁是一件多么令人自豪的事情。

这仅仅是一个推断，但是我信了，我信服老汪的任何推断。未知的事物鼓舞着老汪的求索精神，他终日目光炯炯，如探险者般兴奋。

蟒蛇早于阿咪现身于我的视野，但是我并没有看到它的真容，我看到它时，作为身份标识的体背花纹已经随着皮肤被一把刀剥去，而悬挂于柴堆之上的铁架子上的，不再是丛林里神出鬼没的传说，而是一截截肉。看见白花花的肉，起初，我以为是尖吻鲈，这一带的河流里产尖吻鲈，体型大、味道美，有渔夫常常送来，我们经常烤着吃。可是，那一天，腥味浓重，院子里有肃杀之气。格外浓重的腥味提示我，这不是尖吻鲈，而是一种新的动物。火企图用炙烤来驱逐这浓重的腥味，孜然、胡椒、辣椒、生姜纷纷前来助力，然而，腥味并没有减弱，而是变得更加复杂、奇怪。厨师小陈站在火堆旁，愁眉苦脸，他说在他的厨师生涯中，从来就没有征服不了的腥味。

这是一条不甘心被捕获的蟒蛇吧，它的腥味像它的灵魂一样久久不肯散去。

隔壁亚古家的院子里很是喧闹，小伙子如胜利者一般向老汪和一群人讲述他捕获蟒蛇的经过。即使这条蟒蛇不过是一种普通的、常见的品种，但是因为个头不算小，也费了亚古不少的力气和周折。他连续几天观察蟒蛇的活动规律，还找了个帮手，并用了一只鸡充当诱饵，才制服了它。那把被亚古磨得发亮的铁叉子靠墙放着，闪着寒光，蟒蛇的冤魂缠绕其上。亚古的父亲没有参与大家的议论，他神态严肃地站在墙角，表情如赎罪般凝重和沉痛，嘴巴嚅动着，他在祷告。

腥味从我们的院子里扩散开去，原野的空旷稀释了它们，气味越来越淡了，炙烤的火焰随着暮色的降临越来越亮。小赵在这边院子里喊老汪，快回来呀，肉已经烤熟了。老汪应答着，却在临出亚古家大门时被亚古的父亲喊住，他们压低了声音，嘀嘀咕咕说了好久的话，而后，亚古父亲脸上严肃和凝重的表情被复制粘贴到了老汪的脸上。老汪戴着这张脸走回我们的院子，步子有些缓慢，站在柴火堆前，火光把他脸上的肃穆之情映照得分外明晰。

而这会儿，蟒蛇肉终于在柴堆之上有了肉类与火焰亲密接触后应有的气味。同事们喝了一些白酒，他们每晚都会喝一点，在烈日下干了一天的活儿，酒能驱赶疲劳也能抚慰精神。厨师小陈把一些白酒喷在蟒蛇肉上，火焰便跳了起来，伸出舌头去舔那层洒落的酒。蟒蛇肉被酒精这么一激，如昏迷的人遭遇冷水泼头般苏醒，肉香被从混沌中唤醒了且一发不可收拾。小赵说，终于吃上蟒蛇肉了，同事们纷纷附和，是啊是啊，终于吃上了。他们端起酒碗，凑到一起，碰一下，喝一口，再大口嚼着越来越香的蟒蛇肉。

老汪没有吃蟒蛇肉，奇异的香味升腾弥漫时，他离开了火堆，我也离开了那帮吃肉喝酒的人。我和老汪站在院子的另一端，老汪如一个做错了事的孩子般嗫嚅道：唉！我们不应该，不应该买来烤着吃。

我猜想一定是亚古的父亲和老汪说了关于蟒蛇的一些古老传说吧，比如灵性什么的。这个国家有些虔诚的老人活得像神一样，他们严于自律也反对子孙做血腥的事情，尽管捕杀非保护类的蟒蛇在这里并不违反法律，也不违背民俗，但是，老人们仍然坚信有神秘的灵性附着在一些动物身上，不可触碰。亚古的父亲，这个老人家在红土与沙尘弥漫的基塔小城，终日穿一袭白色的长袍，神色永远严肃凝重，也是活得像个神。可是，那传说是什么呢？或者是会有什么报应吗？老汪不言。他不言说的事情，我不敢追问，我担心不祥的话语一旦出口，一语成谶该是多么可怕。

老汪抬头望着月亮，瘦高的身形有点微微驼背，若是他再穿件长袍，我会恍然以为他是亚古的父亲。

院子那一端的火堆旁，酒香肉香直冲半空，一场味觉的盛宴正走向高潮。没有人留意忏悔的老汪，就像没有人留意一轮亮得不真实的月亮正照耀着基塔以及不远处那条无名的季节河。

四

那晚的天空有满月，月亮比太阳温柔千万倍，大地因承受月光的爱抚而柔软温情。月光如水，无边的皎皎包裹了一切，也会谅解一切吗？

一条披着褐色花纹的蟒蛇在如水的月光下游进小赵和小陈合住的集装箱宿舍，像高明的贼一般无声无息。我们在非洲施工时的住房大多是集装箱宿舍，这样容易搬家。每当工程结束时，大吊车一把就能把铁皮屋抓到平板车上，我们便能像蜗牛一样带着自己的房子再开始新的流浪和迁徙。集装箱宿舍的两扇铁门之间有不小的缝隙，小个头的蟒蛇钻进屋子充满了可能性。不过，这个夜晚如此惊险的情节只是小赵的一个梦。小赵说他梦见一条褐色的蟒蛇蠕动身躯像在水里游泳一样轻悄悄地滑进了屋，迅捷地缠住了他的脖子，凉飕飕、滑腻腻，越勒越紧，他眼看快要窒息，大喊了一声"蛇"以后惊醒了。醒来后摸到枕头边有团又湿又滑的东西，开灯一看，一只癞蛤蟆正想逃走，他恶心地又叫了一声，惊醒了同室的厨师小陈。胖厨师睡眼惺忪，埋怨小赵惊了他的好梦，本来他能在梦中再吃一次蟒蛇肉的。

多亏只是梦啊，小赵汗津津地瘫软在床上。蟒蛇怎么同时入了两个人的梦境呢？大家的解释是蟒蛇肉太香了，那味道深刻地铭记在心里，念念不忘，不是说日有所思夜有所梦嘛，何况还没有隔夜呢，香味犹在。

调侃之后，同事们都在检查自己宿舍的门缝了，纷纷找木条填补过宽的缝隙。蛇类进屋毕竟是可怕的，癞蛤蟆也足够令人作呕。

只有老汪不这么认为，他觉得这是一个提醒，是对我们无知无畏敢吃任何东西的一种警告。老汪制止了同事们关于蟒蛇肉的回味般的讨论。那段时间，他像一只被呼啸的子弹擦伤过羽毛的惊恐的鸟，调动所有的感官、竖起每一根纤羽留意着工地和驻地的风吹草动。

老汪一直在等待某件事情的发生，他预感一定会有事情发生，只是不知道会等待多久，会是多大的事情。他终日眉头紧锁，等待判决比发生事件更让他感到难熬。

其实偌大的工地，每天都有事情发生，或大或小。柴油被盗是事情，发电机突然坏了也是事情，小赵得了疟疾是事情，小陈被野狗咬伤还是事情，究竟哪一件是神灵的惩罚呢？老汪也说不出个所以然，只是终日惶惶。有些同事开始反感老汪，说你难道在盼着出事吗？老汪也不反驳，只是自语道：若是真有惩罚，还是早一些来到吧。

他就这么等着，直到后来小赵施工队里一辆过河的拉石子的大货车侧翻在了河里，老汪才一拍他的瘦大腿，站起来，说，就是这件事了。

所幸的是那辆货车像小赵乘坐过的西非国际铁路上慢吞吞的火车一样，是缓缓侧躺下去的。司机是本地工人，他从驾驶室里爬出来，动动胳膊、动动腿，又扭扭脖子，惊奇自己竟然没有受伤。车体变形也不太严重，只是调用大吊车来收拾现场费了一些周折。

老汪忧喜参半，忧的是损失了一车来之不易的石子，且这辆货车需要修理，使本来就紧张的施工车辆周转更加困难。可是，怎么竟然还有"喜"呢？除了我，大概没有人看出老汪另一半的"喜"。不，还有月亮，月亮一定也看出来了，月亮从来就是温柔地俯视着大地上的一切，也洞察一切。老汪在另一个月明之夜，望着一轮生发着慈悲之光的月亮，长长地出了一口气，眉头展开，如释重负。他说纠缠了他很久的关于"惩罚"或"报应"的忧虑如果止于这次货车的侧翻，那真是上苍的宽恕。

以后所有的同事，谁都不再提蟒蛇肉了，就像如水的月光洗去了人们的记忆。

院子里的香味仍然持续不断，我们规规矩矩地吃该吃的食物，那香味很正常、很朴实、很妥帖，不强烈到勾人魂魄、不诱人胡思狂想，连血腥味都是熟悉的、亲切的。羊和尖吻鲈轮换着登上柴堆上的铁架，成为献身的主角。偶尔有驴替代它们赴死，那是某个老乡家不能干活的老驴被狠心的主人牵了来。老驴温顺，主人数着钱离开时，老驴还深情地目送主人。

大家心安理得地吃着羊肉、鱼肉和偶然的驴肉。我们饮食正常，老汪情绪也正常。邻居亚古家又起了一些纷争，亚古和他父亲大吵了一架，然后离开基塔，去首都巴马科找工作了，他受不了他父亲对他的管束。人各有自己的活法，就像动物有着不同的命运。有的动物属于原野、丛林，它们被神圣化；有的动物却天生就是食物，它们归于人类的口腹。

说起动物，我依旧心心念念着那只小鹿。老汪在一次闲聊中说马里农业部官员路先生家有一只梅花鹿。路先生是我们的业主方代表，他在首都巴马科上班，他的老家在基塔。不过老汪说他只在路先生家里见过一次小鹿，那小小的、眼里永远含着泪的小鹿依偎在路先生的小儿子怀里，少年的眼睛也是湿漉漉的，像是刚刚哭过，他正在生病，看起来虚弱，像小鹿一样惹人怜惜。此后老汪又去路先生家，就再也没有见过小鹿了，少年恢复了活蹦乱跳，小鹿却不见踪影了。

我心里惊了一下，这说明我的确没有看错，基塔是有梅花鹿的，不管它的来路是怎样的，也不管它少到几乎只有官员家里才有，但只要梅花鹿在基塔是存在的，就证明我的眼睛没有欺骗我。不过，我旋即又陷入失落中，我要找的是阿咪的小鹿和抱着小鹿的阿咪，它和她却再也没有出现，无影无踪了。直到我们在基塔的工程结束，在又一场盛大的欢送的舞蹈人群中，我仍然没有找到阿咪。

  我们离开基塔的时候是旱季，天空万里无云，阳光毒辣，田野焦渴，无名季节河流干了最后一滴水，它再次干涸，它归隐于旷野。

  下一个雨季，它身上干燥的鳞片又会变得潮湿滋润，它将躯体饱满，像一条蛰伏已久的蟒重新在基塔的大地上蜿蜒。

去卡伊,去卡伊

My Life in Africa

一

再也没有哪条河流比巴科伊河更犟了,它像个叛逆的孩子,在离开西非河流之父富塔贾隆高原之后,独自朝着西北方向走;被同一怀抱养育的其他兄弟姐妹则结伴奔向东北方向。米洛河、廷基索河、散卡腊尼河,它们循着地势热热闹闹地投入尼日尔河,将自己细弱的浪花融入一个更大的怀抱,避免了夭折于半路的凶险。只有巴科伊河倔强地奔往另一个方向,它是河流之父唯一不愿屈从于尼日尔河的孩子。它任性而曲折地独自行走,一度气息奄奄,也曾经被悬崖摔成碎珠。它走了历尽磨难的四百公里,一直走到卡伊才终于成长为一条理直气壮的大河,它成为塞内加尔河的源头。它的四百公里行程被纳入了塞内加尔河干流总长度的计量。它已不是一条锦上添花的支流,它被赋予无可争议的干流之名。

河流以扭曲的线条在地图上展示躯体,它们迢迢而来,相交、缠绕,又扭头匆匆而去，如一条条蜿蜒的小蛇。我在卡伊以东三百五十公里的基塔认识了一条无名季节河，站在季节河的岸边，借助于一张地图，我理清了这几条河流的关系。基塔的无名季节河是巴科伊河的支流。小小的季节河携着闪亮的浪花义无反顾地奔向它的母河，在它还有浪花的时候。

　　基塔有条季节河，河流两岸有蟒蛇。这是老何写的两句打油诗。老何是谁？老何是我们的总经理。老何年轻时写过诗，这些年在异国他乡搞工程，常常触景生情，他的诗心又重见天日。这两句打油诗诞生的时候，那条无名季节河正从干涸走向丰盈，它精神抖擞，在太阳的光辉下闪闪发亮，忘记了自己是一条季节河，忘记了自己在一年中有大半年是枯干的模样。深藏于季节河两岸灌木林中的蟒蛇欢喜这个季节，它们不动声色地埋伏着，把喜悦藏于腹中慢慢享受，就像缓缓消化一头被生吞下去的羊。蟒蛇几乎和草木一个颜色，我们看不到它们并因为这种不可见而更令我们时时惊心。老何的这两句打油诗并非调侃，而是愤怒和无奈。那段时间，穿越丛林的道路施工几乎停止，就连本地的工人们也不敢单独走进丛林。老何在一个满月的夜晚，无限惆怅地诌出这两句诗，然后他斩钉截铁地说，我们需要狗，需要很多很多狗。他的狗虎子吠叫了两声，附和着主人；乳油树上的红灯笼摇摆了几下，也在赞同着这个院子里最高领导者的决定。

　　其实，我们已经拥有了足够多的狗，各个工作面的中方主管几乎人手一条。老何对陆陆续续来基塔报到的中方员工都说过同一句话：你需要一条狗。他说这话时，他的狗虎子站在他脚边，以一条经验丰富的狗的眼神淡定地望着新来的陌生人。虎子见过大风大浪，经历丰富，是一条有往事的狗。

　　这样算下来，差不多有三十多条狗。但是，狗几乎不会和蟒蛇展开战斗，它们不是势均力敌的对手，单枪匹马的狗被蟒蛇缠绕并吞噬时，连声音都来不及发出，怎么可能会有战斗场面发生？而群狗狂吠时，蟒蛇才不会愚蠢地现身呢。所以，我从来没有看见过两军对垒，只见我们的狗在一条条减少，悄无声息地，无影无踪。等到丛林公路完工的时候，一大群狗只剩下一半。它们能够坚持到工程结束，是因为这些狗很聪明，它们从来不像那些失踪的同伴一样单独行动，只要在灌木林中，它们便形影不离，而且它们还有一个共同的特征，就是嗓子好，吠叫声格外大。这个特征是战斗武器，保护着它们活了下来。

基塔的季节河只管自己流淌，它不在意一群异国人在它的两岸担惊受怕，它只知道抓紧时间享受生命周期中最饱满的这几个月的风光。在越来越炽烈的阳光下，它越来越明亮，晃得人睁不开眼，它用最后的力气冲上生命的极致，疯狂地奔向巴科伊河，就像巴科伊河奔向塞内加尔河一样。当然，随后，我也眼见着它日渐萎靡、形容消瘦、光泽黯淡。雨越来越少，也越来越小，直至滴雨不见。在一日强似一日的干风中，季节河再次干涸，两岸草木枯萎，蟒蛇藏匿。就在这个当口，我们在基塔的一百五十六公里土路项目完成了施工。

随后，我们将沿着巴科伊河往下游走，在基塔以西三百五十公里的卡伊，我们公司已经中标了一项桥梁工程。机械设备以及人员的大搬家即将开始。

那些狗怎么办呢？我们无法带走，偏偏狗们依然保持着对付蟒蛇时的大嗓门，它们几乎天天在院子里狂吠不止，催促着老何做出决定。终于，一项特殊的任务落到了机械工程师小赵头上：放狗。

放狗是一项棘手的事儿，考验动作也考验情感。本来是不用这么费周折的，人离开就是了，狗既然带不走，就留在院子里，或许慢慢地它们就散了，各自去寻找新的主人。可是，我们的老乡邻居们不乐意，他们说，这么多狗，会和他们的家养狗斗架和争食。老何叹口气说，小赵，你带几个人，把狗头都蒙上，开辆皮卡车，跑上几十公里，把它们放到野地里吧，选个有水的、离村庄近一些的地方。老何的虎子不在这个狗名单上。虎子是个传奇，它曾经从被弃之地狂奔回来，老何于心不忍，便不再抛弃它，而是带着它迁徙。

小赵后悔那会儿在老何眼前晃了一下，老何若是看不见他，这个烦人的差事儿或许就交给厨师小陈了，小陈分管后勤，总是干些鸡零狗碎的杂事。

一群狗中最机灵的大黄是我一手带大的。放狗前的那些日子，大黄灵敏地嗅到了我们的阴谋，它几乎是寸步不离我，只要我走出小屋，它就像个影子一样贴了过来，就连我去小院那一端的厕所，它也会笔直地坐在厕所门口的乳油树下，望着油漆脱落、门闩也脱落的木门，发着呆，神情忧伤。木门吱扭一响，我出来了，它又耷拉着耳朵不声不响地跟着我。我回小屋，它便卧在小屋门口的走廊里。走廊阴暗，阳光只在下午五点左右斜斜地照进来，这个时辰我若是碰巧开门，就能看见大黄卧在这束阳光下，土黄色的毛，根根都反射着好看的金色光泽。

一年多以前，我在远离丛林的红土路上跑步，一个放羊的孩子紧跟着我，他怀里抱着一个黄绒绒的小圆球，那是一条刚出生不久的狗。我给了孩子几粒糖，孩子就把狗塞在了我怀里。那天我碰巧和老何一起晨跑，老何说不能白拿老乡的东西，要给一点钱。可是，晨跑的我们没有带钱，我便用我仅有的几句班巴拉语加上丰富得无穷无尽的肢体语言告诉放羊娃，随后到我们基地找我要钱。

老何当即给小狗命了名，叫大黄。他喜欢给狗取名，我们院子里所有狗的名字，都是老何的作品。写过诗的老何在给狗取名时很有节制，他从不泛滥诗性，他给每一条狗取的名字都充满了质朴和温情，比如我的大黄，又比如他的虎子。

当天下午，放羊娃就乐滋滋地来到我们基地，他怀里又抱了两只毛茸茸的小家伙，看模样就是大黄的同胞兄弟或是姐妹。老何只好说，都收下吧，两千西朗一只。我给了放羊娃六千西朗的纸币，那是工地上一个小工三天的工资。孩子伸出小舌尖，舔了舔嘴唇，有些惊讶，他可能从来没有拥有过这么多钱吧，接过钱，他脸上笑开了花。他比画着说他家里还有小狗，他蹦跳着，激动地又要回去抱狗。厨娘蒂亚妮为放羊娃开心，这姑娘从厨房拿出奶粉，冲调了一小碗，又找出一只旧塑料盘子，将牛奶倒入盘子。三只小狗的小脑袋凑在了一起，它们起劲儿地舔舐牛奶，发出哼哼唧唧满足的声音。

那会儿我没有笑，我控制着自己不笑，我若是一笑，这放羊娃家的一窝小狗就会被他全部转移到我们院子里。我表情严肃，冲着他坚决地摆了摆手，并维持这个表情直到他恋恋不舍地转身离开。那时，我还不知道我们即将修建的一百五十六公里红土路将一头钻进一片灌木林，更不知道钻进了那片灌木林后，潜伏的蟒蛇将成为工程的困扰。若是我知道后来发生的事情，我会让放羊娃把他家的一窝小狗全部抱来，并看着他欢欣地蹦跳着离开。不过，若是我真的能预知后来的事情，那么我也会知晓狗们将会在工程结束后被弃于原野吧。

有那么一段时间，三只小狗都跟着我，唧唧嗷嗷，煞是热闹。它们像三个圆乎乎的黄色小绒球。在田埂上，走路还不太稳的小家伙们总是摔跤，圆滚滚的身体扭动着，锲而不舍地跟着我跑步。大黄的弟弟和妹妹，老何给它们取名二黄和黄花。后来同事小赵接管了二黄和黄花。狗能准确嗅出谁对它们具有决定权，二黄和黄花迅速认准了小赵这个新主人。

只有大黄还跟着我，越跟越大，长成了真正的"大"黄。它对我忠心耿耿，一天不落地陪我跑步。要知道，在这个西非小国的偏僻之地，一个女性单独在原野上溜达，有条狗陪着，起码胆子要大一些。何况大黄长得很威武，彰显着我们基地伙食的优越，那些羊肉汤、牛肉汤拌过的米饭让它的毛色发光发亮。在村道上遇到老乡家的狗，大黄总是纹丝不动地站在路中央，用眼睛的余光看着那些瘦弱的家伙们把头低下、灰溜溜地侧身而过。趾高气扬的大黄也闯过一些祸，比如咬伤邻居家的羊，我为此赔了邻居五千西朗，也赏了大黄一脚，它嗷地叫了一声，钻到集装箱底下思过反省去了。

小赵着手放狗的事，那些天小赵对二黄和黄花格外好，有一天竟然喂了它们一块上好的牛肉，惹得厨师小陈发了火。我是嚷嚷着主动要去的，小赵调侃说，如此残酷的事情，怎么能让女同志参加？后来，他见我态度坚决，就答应带着我。我执意和小赵一起去，有我的计谋。我担心小赵把这些狗卖给在一百公里外施工的另一家中国公司，听说那家公司东北人多，东北人喜欢吃狗肉。小赵也是东北人，他偶尔会去拜访他的老乡们。

小赵吩咐司机穆萨沿着无名季节河朝着下游的方向行驶，我顿时就知道我小人之心度了小赵的君子之腹，他老乡们的施工队在季节河的上游。

那时，季节河干涸了，有些地段已经完全看不出它曾经是一条河流，河底、河床如同荒野。皮卡车大约行驶了五十公里，停在一片灌木林旁边。我解开了套在大黄脑袋上的布袋子，把它烦躁不安的头放出来。它重见天日后，先是用湿漉漉的舌头讨好地舔了舔我的手，紧接着发现情况不对劲儿，主人不是在逗它玩，主人动真格了要离开它。

我学着小赵的做法，想把大黄赶下皮卡车的后车斗。小赵很照顾我，他只让我负责对付大黄，其他的狗则都由他来对付。后车斗里乱作一团，有几只狗已经被赶下了车，但是大黄很固执，它完全明白了它的主人有一副铁石心肠，却仍然没有打算背弃主人，它死活就是不下车，四只爪子牢牢地抓住车底板，四条腿用力撑住身体，它使尽了一条狗所具有的全部力气和我对抗。最后，小赵腾出手来，帮助我完成了放掉大黄的任务。

司机穆萨开足马力，皮卡车风一样疾驰，一群狗在大黄的带领下也疯了一样追撵着皮卡车。红土路上尘土飞扬，呛得我睁不开眼睛。它们的毛色都是介于土黄色和土红色之间的那种颜色，非洲狗几乎没有别的颜色，它们和这片土地一个颜色，这是它们的保护色，却也没能保护它们不被抛弃。

我在心里说，大黄，你要沿着季节河跑回基塔啊，趁我们还没有离开，你要像你的虎子大哥一样跑回去，老何就会被感动，就会允许你随队迁徙，咱们就能一起沿着巴科伊河去卡伊了。

我对着一群被抛弃的狗絮絮叨叨，它们听不见，我的絮叨无力又虚伪。我眼见着大黄和它的同伴们消失在它们的保护色中。

二

去卡伊，去卡伊，沿着巴科伊河去卡伊。司机穆萨在院子里唱一首歌，他唱的是这句歌词。穆萨喜欢唱歌，他总是唱活泼欢快的曲子，他的腰间经常挂个小收音机，小匣子一天到晚播放节奏激越的歌曲。我有时候也听得入神，穆萨见我有兴趣，就从腰间取下收音机，他拧着收音机的换台旋钮，想让我听听更新奇的歌曲。他换来换去，不论换哪个频道，都是歌曲，都热烈。在我听来，小匣子里的歌曲几乎一模一样，根本无须选来选去。这片土地上的音乐就像这方天空中的太阳一样足够喧嚣、足够热辣。穆萨把音量开到最大，只听见小匣子里非洲鼓被敲得嘭嘭响，不论男声还是女声，音调都高昂、奔放，震得我耳朵发蒙，震得虎子在院子里乱窜，震得树上的叶子在风中落下几片。

可是最近几天，穆萨唱歌一反常态，他唱出了这句歌词：去卡伊，去卡伊，沿着巴科伊河去卡伊。欢快嘹亮的风格不见了，他把这支曲子唱得很低沉、唱得很疲惫。在他的歌声中，仿佛巴科伊河浑浊而沉重，瘀滞得流不动；仿佛卡伊是一个永远也到不了的地方，是一个让人悲伤的地方。

穆萨是我们的老员工，他跟着我们的工程走了好几个地方，也即将继续开着皮卡车去卡伊。穆萨开车稳稳当当，和他唱歌的做派完全相反，不像很多本地司机狂野不羁，而且他还善于保养车辆，停泊在院子东边的几排皮卡车，最干净的那一辆一定是穆萨负责的。同事们若是进城办事，一定选择穆萨。只要进城，穆萨必穿得干干净净，他总是放一件干净衣服在皮卡车里。这样，人和车的体面都配得上马里的任何一座城市，而其他的车辆大多被各自的司机马马虎虎地对付，辆辆灰头土脸，它们只配去工地，再在工地被弄得更加灰头土脸。

  穆萨因此深得老何的赏识，每每迁徙，在安顿好设备和住处后，老何都会准许如穆萨一样的老员工们请几天假去接各自的妻儿。他们大多有特殊技术，人也老实忠诚，比如说穆萨，除了会开普通的汽车，还会开平地机，一旦有土方施工，穆萨就会开着平地机把土方的活儿干得漂漂亮亮，老何才舍不得放走穆萨呢。这些老员工们带着各自的妻儿租住在周边的村庄，我们每到一地都能迅速提升周边村庄的房租，繁荣本地的经济，也刺激他们的养羊业、养鸡业。所以，村民们都爱戴老何，不论大人还是孩子见了老何，都笑眯眯地喊他"谢服"，这是法语"领袖、长官"的意思。

  我常常看见穆萨的妻子在基地大门口等他下班。那女人比穆萨年轻十五岁，他们四岁的儿子站在母亲身旁，乖巧、安静，睁着长睫毛的黑眼睛，水汪汪地望着进进出出的人。几乎每个黄昏，母子俩都在大门口等待即将下班的穆萨。那个时辰，太阳欢欣着去赴地平线的约会，它温柔地收敛光芒，并将这恋爱的绯红散布于天空，大地也因此而柔情脉脉，此时，不论谁站在原野的黄昏中都是一道风景，更何况穆萨的妻子细腰丰胸、身材曼妙，四岁的小穆萨如依人的小鸟般可爱，这道风景便尤其动人。

  穆萨当然知道妻儿在门口等他，驻地的院墙是挡不住视线的铁丝网。穆萨不慌不忙，他并不因为妻儿在等他就急急忙忙地下班。这也是老何赏识穆萨的原因之一，老何的眼睛贼着呢，他洞悉院子里的风吹草动。穆萨洗干净车，又洗干净手，甚至还到某个隐蔽的角落换下工作服，穿上那件干净的备用衣服，才朝着大门、朝着他的妻儿走去。而后，小穆萨被穆萨抱起，瘦高的父亲和瘦小的儿子合为一体。

基地的大门保安穿一件长袍站在黄昏中，风抖动他的袍子、也抖动他的胡子，他望着穆萨一家的背影，叹口气，然后像个巫师一样预言说，这个漂亮的小男孩将遭遇磨难。

后来，四岁的小男孩生病了，是疟疾。这儿乡野的孩子被一场疟疾夺走小生命的事惯常发生。小穆萨果然就死了。他不能和他的父亲一起沿着巴科伊河去卡伊了。

小穆萨死去的第二天，穆萨来上班，老何说，穆萨，你这几天不用来上班。老何的意思我们都懂，他想让穆萨在家里平复一下悲伤的情绪。老何责怪穆萨为什么不来向我们要一些治疗疟疾的特效药青蒿素。这药是中国人发明的，我们的库房中备了很多。小赵说他已经给过穆萨几盒青蒿素了，但是孩子得的是恶性疟疾，是疟疾中最凶险的一种，虽然用了青蒿素，还是没有被救活。老何比穆萨还要痛心，他说太可惜了，四岁，那么机灵乖巧的孩子。穆萨愣怔着，嗫嚅道：谢服，孩子不是死了，他是被神招走了。然后穆萨就像往常一样干着该干的活计，把一辆旧皮卡车擦得锃亮，边干活边唱着那首低沉的歌，一连唱了好几天。

院子里车辆进进出出，大吊车把集装箱一把抓起来，像码积木一样摆在长长的拖车上，而后，满载着设备的拖车将沿着巴科伊河驶向卡伊。

去卡伊，去卡伊，沿着巴科伊河去卡伊。厨娘蒂亚妮在厨房小声唱一首歌，她唱的调子和穆萨唱的不一样，歌词却也是这句话，也有忧伤，是和穆萨不一样的忧伤。穆萨的忧伤能抓到，蒂亚妮的忧伤像鸟一样不容易被捉住。

厨房的冰箱、冰柜还有盆盆碗碗、瓶瓶罐罐正在被整理、被装箱。蒂亚妮扭动着瘦削的腰，穿着夹趾拖鞋的脚踩着旋律、点着节拍，手却没有闲着，麻利地把瓶瓶罐罐装入箱子。她扁平的身材使她看起来不怎么像非洲姑娘，更不像一个天天在厨房忙活、能敞开肚皮随便吃东西的胖厨娘。

我学着穆萨和蒂亚妮，也轻声哼唱一首歌，也用了这句歌词：去卡伊，去卡伊，沿着巴科伊河去卡伊。唱的是我自己的调子，但是，唱着唱着，就滑到了穆萨的调子上，也或许是滑向蒂亚妮的调子，我实在是不太能分清他们的区别，他们唱的或许是民谣吧，都是简简单单的旋律，也都易于上口。他们的曲子都节奏缓慢、抒情，也都被他们唱得伤感。我猜原歌词不是这句话，大概是被穆萨修改的，也或许是蒂亚妮的创意，他们触景生情，借一首民谣的曲调来表现此时的境况。至于原词是什么，穆萨不知道，蒂亚妮也不知道，或许压根儿就没有什么原词，人人都能为一段旋律填上自己的词。

会议室在厨房旁边，我常常待在那里，我喜欢看会议室墙上的那幅大地图，地图能使人浮想联翩，能使人误以为自己有飞翔的本领。我也常常与老何在地图前论一论"江湖"，听他讲他的非洲故事。我发现蒂亚妮也喜欢去会议室，我在那里的时候，蒂亚妮常常"碰巧"去打扫卫生，若是我刚好在地图前，蒂亚妮就又制造一个"碰巧"，去擦地图旁边的空调。她看地图的眼神就像一个真正的厨娘看锅碗瓢勺般娴熟，仿佛她本就属于这里而不是属于厨房。她黑亮亮的眼睛看着地图的时候，我从年轻姑娘的脸上看到了光彩和光彩之外的东西。

卡伊，卡伊。卡伊是个什么地方呢？为什么穆萨和蒂亚妮提起卡伊就那么向往、也那么忧伤？我问老何，老何说，卡伊是非洲最热的城市，四月或者五月的白天经常出现四十六摄氏度的高温，有"非洲压力锅"的称谓，不过这不会影响我们的新工程。老何说完，哈哈一笑，又补充说，卡伊盛产花生。

蒂亚妮听不懂老何的中国话，但是她知道我们在谈论卡伊，因为这两个字的中文发音是音译，源自西非的索宁克族语的"Karre"。蒂亚妮听到我们在谈论卡伊，她一下子来了精神，她从厨房跑出来，拉着我就进了会议室。老何很好奇，跟了进去。虎子也很好奇，从门槛上跳了进去。这一次，蒂亚妮没有忍住表达的欲望，她似乎是一直想表达什么，但是也一直忍着。她摸着地图，用细长的手指指着卡伊，说她曾经在卡伊工作过。

两百年前，卡伊有西非最大的黑奴贸易市场，那些失去自由的人，从卡伊上船，沿着塞内加尔河往下游行驶，几百公里后就到了大西洋海岸，再上船，远涉重洋，再下船，就到异国了，从此陷入无法醒来的噩梦。现在，卡伊有黑奴贸易市场的遗迹、有法国殖民者的炮台和瞭望塔、有关押黑奴的牢房，它们作为历史景点被展示、被纪念。在塞内加尔河畔的一面断墙上，用法语写着一行大字：走了，从此不再回来。那行大字用白色油漆刷在土红色的墙上，在阳光格外强烈的卡伊，那行字白亮得把人的眼睛刺得生疼。

我惊诧于我们的厨娘怎么像个优秀导游一样口齿伶俐，又像个读书人般拥有这些知识。虽然我不能完全听懂她的法语，但是通过老何精准的翻译，我知道蒂亚妮是个不一般的厨娘，她曾经是卡伊黑奴贸易市场纪念馆的讲解员，她热爱她的工作，只是后来由于游客太少，纪念馆关闭了，她不得不另谋生路。蒂亚妮愿意跟着我们一起去卡伊，如果纪念馆重新开放，她更愿意回去继续当讲解员，哪怕薪酬很低。

去卡伊，去卡伊，沿着巴科伊河去卡伊，蒂亚妮再唱这首歌时，我能明白那忧伤的调子不单单属于蒂亚妮，也属于卡伊。

不久以后，我们将抵达卡伊，我知道司机穆萨、厨娘蒂亚妮，这些生活在西非大地上的人们，他们的先祖曾从这里上船，飘往大洋彼岸，一生再也没有归来。而这一次，我们将留给卡伊一座大桥，它将架起一条通往繁华的通途。

在基塔的最后三天中,我没有等到大黄回来,却等来了一只鸟。鸟飞落在走廊中,停在植物已经死去的花盆里,花盆正好怀抱空落,便容纳了这只鸟。鸟单脚站立,不动,像花盆中新长出的一株棕灰色的植物。鸟的羽毛脏而凌乱,它收拢翅膀,将一路的风尘暂时搁置在这个花盆里。不知道它从哪里飞来、飞了多久,又即将飞向何方。它可能有伤,神情疲惫,但眼神警惕、闪烁凶光。

我们都跑过来看这只鸟,从天而降的家伙长相丑陋,像鹰一样有尖利而朝下弯曲的喙。没有人能说出它是只什么鸟。蒂亚妮从菜园子里捉了几条肉乎乎的大虫子放在花盆里的干土上,还为鸟准备了饮水的小木碗。鸟不拒绝食物和水,却拒绝人,拒绝人类的亲近,它不准蒂亚妮近它的身,警惕地、凶狠地瞪着她,一副拼命的架势。其实好心的姑娘不过是想看看它的伤,以便帮助它早日飞回天空。

下午五点的阳光斜斜地从门口洒进来,照在虎子身上,也照在新来的鸟身上。虎子本来是不卧在走廊里的,它常年卧在老何的门外。最近老何去首都巴马科出差,虎子便认了我这个临时主人,天天卧在我门外的走廊里,那里曾经是大黄的地盘,大黄却再也不会回来。虎子不能没有主人,它须臾离不开主人,若是没有主人,它将惶惶不可终日。独自卧在这里的虎子,抬头看了看这位不速之客,身子卧着没有动,只是懒懒地扫了一下尾巴,算是许可了鸟与它共享走廊以及下午的阳光。

那几天,没有人的走廊,阴暗中或是短暂的光照下,鸟和虎子是否有过交流?野性而自由的鸟大概会鄙视虎子对人类的依恋吧?看它的眼神就知道,高傲、桀骜不驯。而虎子则多半会怜悯这只鸟,看它的眼神也知道,那是一条狗对人类惯有的表情。

鸟在最后一个清晨冲向天空,它扇动翅膀,掠过乳油树的树梢,双翅展开，深插入皮肤中的羽根蓄满了力量，向着远方飞去。蒂亚妮说，那是卡伊的方向。我站在院子里望着鸟消失的地方，正有早霞涂抹天际。

这是一只什么鸟？它飞向了哪里？预示着什么？我想去问一问那个穿长袍的、巫师般的大门保安，却怎么也找不到他。

虎子对着天空一阵狂吠。

奔跑，奔跑

My Life in Africa

一

乌力像一支利箭，以惊人的速度，从太阳西沉的方向朝我跑来，瘦小的身影如一只原野上俯冲的鸟，只见速度，没有声息。他的身后，是一群和他一般大小的孩子，个个赤脚，以同一个姿势在奔跑，红土路上腾起一阵灰尘。

这几乎是每个黄昏都会上演的一幕。我在基地院子的大门口站定，手里举着一瓶可口可乐，它将是奖品，奖给第一个到达者。

在马里尼埃纳原野上一群十几岁的男孩子中，我的邻居乌力出众地漂亮。他的皮肤是标准的小麦色；鼻子挺拔俊俏；眼睛大而圆，如湖泊，两汪清澈见底的水；长长的睫毛像湖畔的密草，一眨一眨，风拂过一般有风情。这样的一双眼睛，长在一个放羊娃脸上，日日盯着羊群，那些羊们大概会得意扬扬吧。

我总能在一群瘦孩子中一眼看到乌力,他比同伴们略显高挑,也更瘦些。除了外形的区别,他还是个腼腆的孩子,很少见他扬起牧鞭抽打羊,他用口哨指挥它们,那灵巧的舌头在他的小嘴巴里上下翻舞,各种口令就齐活了。而他的伙伴们,常常鞭子抖得叭叭响,嘴里还嗷嗷叫着,也控制不住四散的羊群。

乌力并不知道自己漂亮,他从来不珍惜自己的脸,总是满脸灰土,需要撩起盖住屁股的又大又破的短袖T恤的衣角,在脸上擦一把,五官才能现出本来的模样。

不过,他也有干净的时候,比如某个节日。我搞不清尼埃纳的人都过什么节日,总会有那么几个日子,全村的孩子都干干净净,都不去放羊,穿着节日的衣服,在邻村的小广场上聚会,听穿白袍的长者讲经、祷告,而后分食烤羊。

在这样的场合,乌力和他的伙伴们是能站在前几排的,尽管他们小,但他们是男孩子。乌力的大哥阿杜站在第一排,他也像乌力一样帅气,但他眼里的水比乌力深得多,还常常眯起来难得一笑。或许这是一张家长的面孔,一家之长自有他严肃、忧虑的理由吧?乌力的姐姐阿夏只能站在后面几排。与乌力的姐姐一样,穿得花花绿绿的女人们都得站在后面,无论年长年幼。

三月的某天,乌力带我走了将近一公里的路,去那个小广场。他牵着我的手,走过一块野燕麦地,又穿过一片杧果园。这是一条小路,显然是抄近道来的,若沿着红土路走,怕是会有翻倍的距离。我们中途在一棵杧果树下饱食了一顿杧果,有一枚果子熟透了,掉下来,砸住我的肩膀。多亏没有砸中乌力,否则他淡绿色的新衣服上会留下一团黄色的果浆,那会招致他姐姐阿夏的训斥。乌力如小猴子一样噌噌几下就攀上大树,又摘了几个熟透的果子。虽然是噌噌的,但新衣服还是影响了他爬树的速度和高度，好在杧果树低处的枝丫上也有稠密的果子，不用太费劲。

乌力和他的伙伴们在原野放羊，这个季节每天的午餐几乎都是杧果。有两句顺口溜概括西非百姓的生活：穿披一块布，吃靠一棵树。这树就是杧果树。在粮食短缺的西非，杧果树是慈悲的植物，果实里含有蛋白质，据说这个特质在水果中并不多见。但我并不怎么喜食杧果，一直觉得它的甜腻和芳香过于霸道，若是早晨吃了它，整整一天时间，其他任何水果都不会取悦于味蕾。橙子、香蕉、木瓜、菠萝、鳄梨，这些本地的水果都不是杧果的对手，远道进口而来的苹果更是寡淡得毫无竞争力。

当然，尼埃纳的原野上，除了杧果还有别的果树，即使在杧果树空寂的季节，这些小家伙们也不会饿肚子，他们不仅放羊放得好，还是寻找果实的高手。乌力曾扛着一棵小树送给我，他用小刀麻利地割开树皮，把鲜嫩嫩的一截树心递给我，教我吃甘蔗一样嚼食，那树心非常甜美清香，最后我连渣都能吞咽下去。

我们靠在树干上，捧着杧果剥皮，半咬半吮着果肉。一群大蚂蚁在我们脚下，排着队，打算搬运我们扔掉的果肉。我们几乎是吃一半扔一半，守着杧果树吃杧果，而且又那么多，谁还会想到珍惜呢？我想提醒乌力少吃一些杧果，留着肚子去节日的小广场上多吃几块烤羊肉，但是我不会用班巴拉语表达这么复杂的意思。乌力没有上过学，他不会说英语，也不会说他们国家法定的语言——法语。他的伙伴们也一样，都不能用英语和法语交流。他们日日破衫赤脚地在原野上奔跑，与羊为伴，生活中没有学校、老师、课本，只有无边的旷野和那些依着季节奉献果实的树。

我和这群放羊的孩子都是朋友，每天上午他们赶着各自的羊群经过我们基地的院子时，会隔着铁丝网喊我一声Madam贾，喊完以后也不急于离开，期盼着什么似的望着我。傍晚这一幕又会重现，他们放羊归来，个个灰头土脸，也像上午那样喊我一声，然后更加期盼地望着我。而傍晚的这一次，我一般不会让他们失望，我有一瓶可口可乐。我们基地每天下午给员工发一瓶可口可乐，但我并不喜欢这种碳酸饮料，常常随手放在树下的水台上，也不会在意它最后的去向。直到有一天，他们又放羊归来，忽闪忽闪的大眼睛不约而同地盯着这瓶褐色饮料，我才知道他们早就垂涎欲滴了。

此后的情景是这样的，最早归来经过我们基地院子的那个男孩，享有一瓶可口可乐的赠予。在原野里放了一天羊，他们大概是渴极了，更多的是馋极了，一口气喝完一瓶可口可乐，完全不在话下。碳酸饮料令某个男孩打着满足的嗝，小胸脯快乐地一起一伏，羊群荡起一阵灰尘，在夕阳下离开我的视线。

这幅仿佛田园牧歌一样的画面没有维持多久，问题就渐渐出现了。当几个男孩同时暮归而来的时候，一瓶可口可乐该怎么分配呢？我曾经让他们排成一行，像某部战争题材电影中轮流喝一壶水那样，把可口可乐在他们中传递。这种方式起初他们感到新鲜，新鲜中更在意的是游戏的玩法，而不计较能喝到多少饮料。他们小口小口地喝着，很绅士的样子，尝一口便迅速传给同伴。可游戏有玩腻的时候，他们开始不满意这种平均分配了，在不满意中，那褐色的碳酸饮料被某个孩子大口吞咽着，小喉头上下蠕动，不松口不罢手，最终瓶子见了底。没有喝到的孩子，大眼睛里便涌出泪光。

我想，是不是该换个玩法了？那就比赛跑步吧。我是有私心的，我期待乌力赢。在平均分配的游戏中，乌力从来没有贪心过，总是小口小口地抿，他常常是没有喝上饮料的孩子中的一个。不过在这奔跑比赛中，我不用动私心，他也能赢得奖品，除非他故意放弃。乌力连续赢两次就会主动放弃一次，他始终是个不贪心的孩子。

乌力跑得真快啊，他身材细长，腿也细长，虽然瘦了些，但腿部隐约有肌肉的线条，那线条充满韧性和弹力。我知道非洲大地上出现过无数擅于奔跑的人，他们的祖先在黑皮肤下的肌肉和骨骼中，早就种下奔跑的基因，让原野上的孩子们充满跑出乡野、冲入竞技场、改变命运的渴望。

乌力从我手中接过可口可乐的时候，我总是帮他擦掉脸上的灰尘和汗水，我喜欢看他那张俊俏的小脸和一双湖水般的眼睛。他捧着可口可乐瓶子，像一只小动物捧着果实。他很少一口气把饮料喝完，常常喝到一半时舔舔嘴唇，然后拧上盖子，往灌木丛那边他家的院子张望。顺着他抻长的目光，我清楚他要把剩下的半瓶带回去送给姐姐阿夏，那个院子此刻正有炊烟淡淡升起。

二

我曾经和我的同事小李一起乘坐埃塞俄比亚航空公司的飞机到达马里。小李是第一次出国，确切地说是第一次出远门，此前这个陕西小伙子连本省都没有走出过。他戏称自己第一次就出了一个老大老大的远门。

我倒是经常乘坐这趟航班，从北京起飞，经停埃塞俄比亚首都亚的斯亚贝巴，而后飞往马里首都巴马科。这趟航线机票很划算，价格只有法国航空公司的三分之二。美中稍有不足的是，不能像法航一样经停巴黎的戴高乐机场，那是一个购物的天堂，对很多同事具有诱惑性。两条到达马里巴马科的航线我都飞过，但我更喜欢埃航，这和公司节约成本的理念恰好吻合。不过我喜欢埃航，主要是因为我喜欢看埃航的空姐，还有埃航上一种特别的面食：英吉拉。那是一种用埃塞俄比亚本地大麦粉烤制的面点，加入咖喱粉和辣椒，吃起来味道略酸。但遗憾的是，并非我每次乘坐埃航都有英吉拉供应，越来越多的时候，长着一样面孔、有着相似味道的航空餐取代了特色饮食。

好在埃塞俄比亚航空小姐一直没有变，依然那么美丽。她们不同于我惯常见到的非洲姑娘，她们有着阿拉伯半岛人和非洲黑人的混血面孔，是独一无二的埃塞俄比亚人：小麦色的肌肤、精致的五官和细腰翘臀。除了这些招人嫉妒的特质外，她们还有飘逸的头发，而其他纯粹的黑人姑娘，或许能有小麦色的肌肤，也或许眉眼精致，但无论如何也不能让自己秀发飘逸，基因决定了埃塞俄比亚之外的黑人姑娘们过于卷曲的头发只能贴着头皮生长，永远不能在风中飘逸、舒展。

小李沉浸在首次飞行的惊奇中，埃塞俄比亚航空小姐颠覆了他对非洲姑娘的全部认知，整个人兴奋得坐不住，调集全部的英语词汇去和空姐们聊天。后来，大概是用得词囊羞涩了，他也晕晕乎乎了，先是头疼，而后呕吐得厉害，吃了晕机药便开始昏睡。空姐们给了他足够的照顾，尤其是那个最美的姑娘。我们不知道她的名字，只是按照非洲人的礼貌惯称，喊她Sister。

Sister二十几岁的样子，如果说埃塞俄比亚空姐集中了埃塞俄比亚所有姑娘的美，那么Sister一定是又在这个基础上再次择优集中了一遍。她精致得无可挑剔，完全是上苍精工制作的一件极品。她送餐的时候，一些男人会发呆到忘记自己想吃什么，但她始终是淡定的，脸上始终是职业般的微笑，对发呆的男人服务再周到，那也仅仅是服务，并不会有特别的想法掺杂其中。

小李的下半程飞行一直在沉睡中完成，等到他完全清醒时，飞机已经要降落了。Sister和她的同事们换了一套工作服，也补了妆容，个个精神焕发，在飞机走廊中温柔地提醒乘客们系好安全带。她们无论穿什么都美，风情万种。小李的眼睛又不够用了，脸虽苍白但双目炯炯。他无比惋惜，握着拳头捶一下自己的头，觉得晕机让自己浪费了一段多么多么令人陶醉的时光。

所以，后来，我理解了小李对乌力姐姐阿夏的迷恋……

怎么说呢，从我见到乌力和他家人的那一刻起，我就觉得他们和尼埃纳村庄里的人不一样，甚至怀疑过，乌力一家难道是从遥远的埃塞俄比亚迁居到马里尼埃纳来的？

乌力家我是经常去的，木瓜、香蕉和杧果熟的时候，我去采摘；乌力的妈妈养了一群珍珠鸡，常常把鸡蛋卖给我们；春节的时候，我还去买过乌力家的羊。买羊的那天乌力哭坏了，他舍不得我买走他的羊，眼泪汪汪的，两湖水全乱了，决堤了。但是不卖怎么行呢？他哥哥阿杜看上了我给的价钱，而且我们基地院子里的柴火已经燃起来，宰羊的刀也磨好了，就等着这只羊上架了。最后，阿杜一把扯开乌力，让我牵走了羊。

烤羊肉的香味飘起时，风把焦香的气味吹到灌木丛那边的乌力家，他家的珍珠鸡想必也喜欢烤羊肉的香味，便飞上墙往我们这边张望。乌力眼睛红肿着，从我们基地院子门口经过，头上顶着一只空桶去打水。他的黄狗跟着他，因太喜欢烤肉的味道了，黄狗在我们院子门口不想走了，寻找机会想溜进来。可我的狗胖胖不给它机会，胖胖低吼着，仗着我朝黄狗龇牙。我喊一声乌力，想让他来我们院里打水。往常他都是到我们这里打水的，我们基地院子里有一口水井。但是今天，他赌气不进我们院子，要去村里的井台上打水。他低下头不回应我，小身子像一枚霜打过的树叶般发蔫。

我走过去拉住他，捧起他的脸，看着他的眼睛。他脸上泪痕将干未干，如两条从湖泊起航的小溪流，凝滞在了半路。我想告诉他，羊就是用来吃的，但我又说不出口，只能那么望着他，带着一点点歉意。他在我跟前安静了一会儿，一阵风吹过来，带着烤羊肉的香味，那香味再次提醒他，此刻我是他和他的羊的敌人。他便挣脱我，以每天傍晚获得一瓶可口可乐的奔跑速度，撒开两条细长腿离我而去。他简直如风一样，瞬间就成了一个黑点。

小李在聚餐的那天见到了阿夏,这个春节对他来说,注定是一个不平凡的日子。先是美食令这个首次背井离乡的大男孩在思念的时节忘了忧烦,接着美人的闯入又把忧烦改换面目加倍地还给了他。小李负责施工的地方离尼埃纳有二十公里,他平常住在那里,偶尔来尼埃纳办事都是来去匆匆,他从未见过阿夏。春节这天,同事们从各自的驻地赶来,齐聚到尼埃纳我们基地的院子里过年。我们打扮了院子,把大红的灯笼挂在乳油树上,风荡起灯笼的穗子。我给胖胖脖子上系了一根红丝带。全羊上架烤的时候,院中最兴奋的莫过于胖胖,上蹿下跳地讨好每一个人,用脸去蹭人的裤脚,红丝带被它弄得七歪八扭。

我们每个人拿着一把小刀,站在火堆旁,羊油滴在火焰上,发出嗞嗞的声响,也散发着脂肪的香。酒瓶子放在乳油树下。总经理老何说,今天放开喝吧,过年啊!大家的脸被火映红了,个个额头发亮。火、酒、肉,让这个非洲原野上的年更具野性,也助长了人身体里最本能的冲动。

那一天,院子里几个干活的尼埃纳姑娘都格外小心,端水送菜时都绕着醉鬼们走,可还是有人仗着酒劲儿想往她们身上凑。老何便给厨师小陈使一个眼色,小陈就收起酒大声说,吃肉,吃肉,吃肉啊。

阿夏在她家墙头上露了一下脸,她或许是听到了这边的喧闹,也可能只是驱赶墙头上的珍珠鸡,这边有一个人却愣住了。本来,这人正举着一把小刀,朝烤羊的肋巴骨割下去,突然手停下来,眼睛瞪得老大。我们以为他被羊肉噎住了,小陈甚至去拍了拍他的背。他缓过神来说,他真是被羊肉噎住了。

这人当然是小李了,后来大家打趣小李,说他那天是被阿夏噎住了。

怎么说呢,小李遇到阿夏完全是一个偶然,也或许是必然吧,情感、命运这些东西在偶然性和必然性上,有谁能说得清呢?

阿夏的确美丽，乌力家的人没有不漂亮的，她有着和乌力一样俊俏的脸、一样动人的大眼睛，波光盈盈。我看见她时，常常会联想到埃塞俄比亚空姐，而她比那些空姐离我更近、更具有温度，我能捉住她的一颦一笑、一嗔一怒。我拍过她顶着瓦罐袅袅走动的样子，拍过她舂米的样子，拍过她在墙头上回眸一望的样子。我还借穿过她的班巴拉服饰，学着她头顶瓦罐在她家的尖顶谷仓前拍照，那个瓦罐从我头顶跌落下来，被她敏捷地接住，避免了粉身碎骨。只是，就只是吧，阿夏缺少那些空姐们身上撩人的风韵，她是个地地道道的乡村丫头，采摘、舂米、洗衣、做饭构成她全部的日常。女人看女人时，往往把审美的眼光会落在服饰上、妆容上；男人们却不一样，他们或许更赤裸一些、更本质一些吧？

同事们都知道小李被阿夏迷住了。其实，被阿夏迷住的并不止小李一人，住在尼埃纳的大刘、小赵有事没事也总爱往那个墙头的方向张望。甚至当阿夏到我们基地院子里打水的时候，连见多识广的法语翻译老汪也看得眼睛发直，他当时正端着一杯茶站在乳油树下，一口茶水含在嘴里停止了吞咽。

小李寻找各种各样的由头来尼埃纳办公事，比如送红土样给后院的试验室，一次只送一点点，不够了再送；比如来借千斤顶或者大扳手，借上也磨磨蹭蹭不走，让我们雇用的本地厨娘贡芭去喊阿夏来聊天。小李已经学会说一些简单的班巴拉语，我不知道这些简单的语言对两个想进行情感交流的男女来说是否太单薄，天知道他们能聊些什么。他们站在乳油树下，手嘴并用地连说带比画，看来肢体语言是必不可少的。乳油树上的灯笼也在用肢体语言表达它对一棵树的情感，姿态优美地摇曳着，摇到大红的颜色渐渐憔悴。胖胖在他们脚边窜来窜去，脖子上的红丝带已不知去向。我们见小李急得脸红脖子粗，阿夏却笑而不语，很多时候小李需要喊贡芭去充当翻译，才能把要说的意思表达清楚。因为贡芭上过学，会说法语和简单的英语。小李只要喊一声贡芭，贡芭便急急地从厨房跑出来，手里拎着一把菜刀或者捉着几棵青菜。最后，我总能听见乳油树下传来他们的笑声，受他们感染我也会笑起来。

风吹过原野，送来杧果花的干香。几场大风过后，杧果花谢了，小青杧果成串儿地挂在枝头，然后慢慢长大变黄，紫杧果也由紫变粉。

小李仍奔跑在二十公里长的路上，开着一辆旧皮卡。他头发长长了，没有地方理，而他又拒绝工地上清一色的光头发型，就向我讨要几根皮筋儿，扎了个小马尾。他的班巴拉语越来越流畅，喊厨娘贡芭当翻译的时候越来越少。贡芭不免有些失落，就利用午饭来惩罚他，很冷淡地给他盛饭，对其他人却笑容可掬。我偷偷地笑着猜，或许有那么一点妒火，在厨娘胸中悄悄点燃。好在贡芭并不寂寞，大刘也喜欢她，经常送她小礼物，还带她去赶集，给她一千西朗或两千西朗的小费。贡芭笑得像花一样，胸脯颤抖着，让大刘无酒自醉了。

我是这支工程队里唯一的中国女性。我观察着我的男同胞们，相比于大刘、小赵那些人，小李是忧伤的，这个大男孩大概从来没有恋爱过，是第一次为一个姑娘动心了吧？如果我的猜测准确，那么他这第一次动心，就像他第一次出远门一样，都令人惊讶。

邻居姑娘阿夏是开心的，眉眼间有羞涩的喜悦，我能看出来的，年轻的姑娘不会掩饰。乌力家的人都腼腆，这个特质决定了阿夏不论多么开心，都只是浅浅地笑，像乳油树上小小的花，藏在枝叶间开放。

三

乌力的哥哥阿杜在巴戈埃河上捕鱼，他撑一叶独木舟在河上穿行，就像乌力在原野上奔跑一样娴熟。我在巴戈埃河边见过阿杜捕鱼。我并不是专门去看他捕鱼的，是去看河流的。那时我刚刚知道巴戈埃河是巴尼河的支流，而巴尼河就是大名鼎鼎的非洲第三大河流尼日尔河的支流。它们似乎隔得有些远，但有些远也无妨，水不都是相通的吗？奔腾流动，最后终究会在一个地方交汇。

小小的巴戈埃河也盛产名贵的尼日尔河上尉鱼。阿杜称上尉鱼为Capitaine，他捕鱼时每一次收网，见到背上有三道黑杠，如上尉军官的肩章的乳白色大鱼，眼睛就亮闪闪地发光，嘴里喊着Capitaine、Capitaine。因为只有上尉鱼才能卖个好价钱，其他的小杂鱼，就像上尉的小跟班一样，不会被人青睐。那会儿正是旱季，巴戈埃河水流瘦弱，这个季节继续当渔夫的人不多了。好在阿杜是捕鱼能手，旱季也能捕到上尉鱼，碰上运气好的话，一条十几公斤的Capitaine的价钱能抵半只羊。

自从我们驻扎到尼埃纳，阿杜便有了最大最稳定的客户。我们厨房的地板上隔三岔五就能见到活着的上尉鱼扭动翻腾，那证明它高贵身份的肩章清晰可见。我是极爱吃这种鱼的，肉质雪白细腻，无论用什么方式烹饪，味道都鲜美异常。我经常像盼月明之夜一样期待阿杜捕到大个头的上尉鱼，哪怕清蒸和红烧的争论在厨房门口被同事们嚷翻了天。总经理老何允许同事们在明月之夜喝上一杯小酒，他是一个有浪漫情怀的人，据说上大学时是学校诗社的领头人，只是后来艰难的工程让他渐渐远离诗性。如今在这异国他乡，诗意搭乘明月之光袭击了这个被工程磨炼得坚硬的汉子，又把柔软还给他。

起初的时候，我是多么享受那些月明之夜啊，一杯法国红酒，一小碟晶莹剔透的上尉鱼（用晶莹剔透来形容上尉鱼的肉质一点也不为过），坐在月光下的院子里被夜风吹着，想一些不着边际的心事，愈想愈沉迷其中。可后来，我的"享受"被老汪翻译的一个本地传说击碎了。他说Capitaine曾是一位在尼日尔河边漫步的英俊上尉，是某个魔法把上尉变成了河中的一条鱼，上尉拼命护住唯一可以证明他身份的肩章，在河里游啊游啊，寻找那个能解除咒语的人。听完老汪翻译的讲述，我痴呆呆地愣了很久，从此再也吃不下那鲜美的鱼肉了。我甚至劝说阿杜，不要再去巴戈埃河捕鱼了，来我们工地找个活儿干吧。没想到，阿杜眼睛认真地一亮，抓住我的话头，天天紧撵着我，要我给他找工作，而我一时难以办到。

有天我突然想到了小李，二十公里之外的小李，是一个施工小分队的队长，或许他能给阿杜一个工作机会。此时的小李也正打着自己的如意算盘，他想请求老何把他调到尼埃纳来工作。我知道小李的心思，邻居姑娘阿夏像一枚成熟的柠果，在院墙的那一边芳香弥漫，她以她埃塞俄比亚式的美丽，诱惑着小李奔跑在二十公里长的爱的路上。不过很多同事认为不可能，他们劝小李三思而定，别太痴迷了。

后来为了赶工期，我们需要扩招一批工人，阿杜终于如愿以偿，成了我们的员工。小李也调到了尼埃纳，成为阿杜的主管。阿杜会开车，像他撑独木舟一样任性，他把公路当成了巴戈埃河，任由他驰骋。这样的话，他把皮卡车开得四脚朝天、像只兽一样翻在路边就不足为怪了，他被皮卡车倒扣在下面，所幸的是人没有受伤。为翻车的事，小李没少训斥他，若他不是阿夏的哥哥，恐怕早就解雇他了。小李决定不让阿杜再开车，让他去土方处做力工。但力工的工资比司机差一大截，阿杜不干，说他需要钱，他要送他弟弟乌力去见游走于西非各个村庄的体育经纪人，让那些体育探子们看看他弟弟乌力的细长腿，让他们知道他弟弟乌力跑得有多快。

每每说起这些来，阿杜就兴奋不已，脸上闪现着光彩，双眸晶亮晶亮的。弟弟乌力是他改变家庭命运的一块宝，他要把这块宝押好。因为跑步能挣钱，能挣很多很多的钱，他一定要让弟弟乌力去试试。阿杜这样说时，眼睛常常看着远方，仿佛某个体育探子正朝他走来，而弟弟乌力呢，也正朝着最光明的地方奔去。

我和小李都被阿杜的情绪深深打动与感染。我们知道，有无数非洲少年把奔跑视为自己的梦想，那当然是因为他们有很多成功的榜样。阿杜能一口气说出一长串名字，而拥有这些名字的人，曾经都是如他弟弟乌力一样的乡村孩子，他们靠奔跑、奔跑、奔跑，最终奔跑出了乡村。奔跑的时候，他们不需要任何体育器械，甚至连鞋子也不需要。此时此刻，那些奔跑榜样们生活在大城市，住着砖房子，还有小轿车……

阿杜陷入长久的激动中，久久不能平复情绪。他说只要努力下去，总有一天他弟弟乌力会被看中，会有机会去参加比赛。他盼着有一天，村里来几个陌生人，如果他们朝乌力的细长腿看上一眼那该多么好啊，只要瞥那么一眼就够了，那是神的眼，撒下的是天上的光芒。

阿杜沉浸在自己营造的光芒中。他眯着眼睛，或许是那光芒过于明亮而使他无法睁开，也或许是他不愿睁开，以防那光芒倏然消失。这时，一阵风从远处吹来，带来巴戈埃河水的气息：雨季快来了，河水等待着上涨，上尉鱼将奋力游向一条更大的河流，去找寻那个能解除咒语的人。

古斯古斯

My Life in Africa

我在非洲西部国家马里的尼埃纳小镇和一种叫作古斯古斯的粥缠绵绵得难解难分。

我第一次闻到古斯古斯的香味是在尼埃纳的田野，一个父亲带着他的三个孩子在庄稼地旁喝粥，他们显然是刚刚犁了地，拉犁的牛在田地之外的草地上吃草，他们坐在田埂旁的一棵杧果树下，杧果花在他们头顶正开得纷繁，一口锅摆在四个人围成的小圈子里。粥是黄色的，很像国内的小米，但是细看细嗅又不是，它比小米有着更浓的香味，略甜，颗粒更小更碎。孩子们吃得并不香甜，他们的神态不是面对可口食物的样子，而是一副不得不吃、不吃就会饿肚子的神情。人们对待家常便饭一贯如此吧。这是他们的早餐，太阳刚刚升起，正是早餐的时辰。那位父亲看见我对他们的粥感兴趣，做了一个邀请的手势，又指着锅说，古斯古斯。我记住了这个发音。

此后我又在一些场合遇到古斯古斯，比如说我们工地本地工人的早餐、尼埃纳集市上小贩们的早餐。古斯古斯总是以粥的面目出现,但是奇怪的是我一直没有找到它初次进入我的嗅觉记忆中的味道,那种特别的味道,直到我在我们的女邻居杰内芭家的灶台上再次见到它。

那是个黄昏,杰内芭在几块石头支起的一口铁罐子里煮食一种粥样的食物,那是她和孩子们的晚餐。那天我正在她家的茅草屋前给她十二岁的女儿拍照,早熟的小姑娘扭腰送胯,在我的镜头前搔首弄姿。一种味道传过来,我突然停住了按快门的手指,把脸扭向灶台上的铁罐子,像一个机警的猎人嗅到兽的体味。气味无声无息地升起并漫延过来。我屏住呼吸又猛然放开,翕动鼻翼,仔细分辨这个黄昏村庄里庞杂的气味。我的嗅觉穿过烈日炙烤过的青草的味道,剔除原野里暮归牛羊荡起的尘土气息,滤出了铁罐子里散发出来的诱人的香味,略甜。庄稼地旁的记忆迅速被我唤醒,我深深地吸了一口气,问杰内芭,古斯古斯?杰内芭应道,古斯古斯。

我大概就是从那时起开始迷恋古斯古斯的味道的。那种略甜的味道不单单是粮食的味道,它大于粮食,饱含着阳光。或者说不仅仅是粮食,它被一种花香托举着送至我的面颊前。这花香作为古斯古斯的姐妹,同样令我沉醉不已。那是杧果花在热带的空气中散发的如同蒸熟了的馒头的香味。杰内芭家的杧果树亭亭如盖,正值花期,褐红色的花在灶台的上方开得稠密,开得热烈。粥香和花香互相交织,彼此衬托,像此起彼伏的浪。我明白了我为何不是被所有的古斯古斯所迷惑,而单单只迷恋被杧果花托举着的粥香。

我一直迷恋杧果花的芳香,我认定杧果花的芳香类似国内北方农村小麦种植区收获时节家家户户笼屉中散发的味道。收获时节,再艰难的人家也会用新麦磨面蒸几个纯白面的馒头,以解因长久食用粗粮而生的对细粮的馋意。新粮蒸的馒头在笼屉里等待女主人如仪式般的隆重揭幕。我有站在蒸笼旁等待母亲揭开笼屉，分得一个白白胖胖馒头的经历，那粮香绵延持久。我曾经叫上来自北方的同事小孙和我一起去杧果园，辨别杧果花的味道。只可惜小孙没有和我相似的经历，他太年轻了，他嗅不出杧果花特有的芳香。

现在，古斯古斯粥就在杧果树下，两种味道相逢相融，如一母同胞的姊妹，交织难辨，但它们都有太阳的味道。我嗅到了太阳的味道，像我母亲每每提起粮食就必然要说起的太阳的味道，我母亲坚信所有的粮食都有太阳的味道。如果说在国内我对粮食和太阳的味道不敏感的话，那么在非洲，这赤道的太阳，以似火的热烈令我嗅到了它的气息。因了这热烈的太阳，这块土地之上的所有果实都芬芳无比，也鲜艳无比。阳光热吻植物的花蕊，令它们激情燃烧。果实是太阳和花朵热恋后诞下的孩子，这孩子身上必有父亲的气味和母亲的体香。

聪明的杰内芭从我的表情中看到了我的迷恋，在她拿着一张村长的推荐信，穿着大花朵的裙子来到我们基地应聘厨娘的时候，她就知道她一定能行。她有秘密武器，她懂得怎样让古斯古斯的味道更加迷人。

成为我们驻地的厨娘后，她天天为我熬古斯古斯粥。我在杧果树下尽情享用。骄阳被浓荫遮挡，粥香被树冠聚拢，杰内芭穿梭往来，我端坐树下，像原野中的女王。我沉迷其中，像中了罂粟的毒。

我在每个早晨如喝酒般慢慢品完我的古斯古斯粥，像个嗜酒如命的酒鬼吧唧完最后一口，然后如醉了一般，用蒙眬的眼睛看着非洲的清晨，觉得多么美好，这树、这花、这阳光，这炎炎的非洲，这纷繁的世界。

一个人沉迷某件事物的时候，是不是往往会有惊人的妄想？

有一天我对杰内芭说，我们去田野里看看这种庄稼吧，我指的是古斯古斯。我蹩脚的班巴拉语无法使杰内芭明白我的意图，我用手语告诉她我想知道古斯古斯在田野里是什么样子的。

我迷恋的植物，它用怎样的姿态生长在这土地之上，我想知道它的种植方式，我想获取种子，回国后自己种植。

杰内芭领着我走过一段红土路，穿过一片灌木林，来到一块庄稼地。其实这一带的田野我都很熟悉，我知道不同时间田野分别生长着玉米和棉花，在离巴戈埃河近的低洼地带还有水稻，我甚至在河流的一个弯道形成的水塘里看见过莲花，这些作物都是我认识的。我也仔细观察过这些庄稼的模样，发现它们和国内的亲戚长相相似，只是这里的农民疏于田间的管理，他们有靠天吃饭的习惯，他们放任野草和庄稼和睦相处。

杰内芭大概终究是没有明白我的意图，她领着我到达了她家的玉米地，她开心地比画着说再过几天我们就能吃上新鲜的烤玉米了，然后她张开缺了门牙的嘴巴，笑得像个孩子。

这段经历和我的妄想后来成为我朋友们的笑谈。

我的朋友彭博士是中国农业部派到马里的农业援助专家，他对这个国家农作物的分布和种植熟悉得像自家后院的菜地一样。他经常从试验田里带回来几束稻子或谷子之类的庄稼，并把它们扎成花束的模样送给我。这结了籽的稻或谷很美，微微低着头，像含羞怀孕的女人。后来它们干在我的花瓶里。它们干了以后也美，令人生出想象或怀念。

彭博士是吃过古斯古斯粥的，他几乎是十分肯定地说这是马里当地广泛种植的一种作物，类似中国的小米，是当地人的主食之一，价格低廉，穷人也吃得起。而中国国内没有这个品种，引进种植谈何容易。

我的激情遭遇了他理性的冷水。我想大概就是这样了吧，只能这样了，一方水土养一方人是天理，岂能违背。

在尼埃纳，我像是和古斯古斯粥进行了一场恋爱，或者说像极了恋爱的过程。初始的惊艳，而后的沉迷，最终妄想永远占有。

但过客终究是过客，谁又不是万事万物的过客呢？

杰内芭要走了，她最后一次为我熬古斯古斯粥，她心不在焉，糊了一锅粥。她惴惴不安，我没有责备她，那粥淡淡的苦味恰好迎合了离别之意。

············

有一年休假，我去意大利南部旅行，在一家突尼斯人开的餐馆里，吃到了古斯古斯饭。是古斯古斯饭而不是粥。但一样的黄色的小颗粒，就是我认识的那个古斯古斯。装盘很漂亮，压制成紧密的小圆形，周围用几片羊肉和洋葱、胡萝卜点缀，另外配有一碗香味浓郁的肉汤。侍者教我们将肉汤淋在饭上，拿汤勺搅拌。我们吃得很香。只是这香味不是古斯古斯本来的香味，那浓郁的羊肉汤遮蔽了一切。

这多像是见到了久别的恋人，他分明是他，他已不是他。

几乎所有的解释都说那是杜兰小麦制品，是北非摩洛哥、突尼斯一带以及意大利南部撒丁岛、西西里岛等地的一种特产。外形有点儿类似小米，很多地方就把它叫作阿拉伯小米。其实它是杜兰小麦，一种颗粒坚硬的硬质小麦。可是，所有的图片都和我熟悉的古斯古斯一模一样。

为此，我和彭博士又有了一次交流。这位农业专家查了很多资料，最后他说，马里不种植杜兰小麦，若是进口，一定非常昂贵且稀少，普通的穷人怎么能吃得起古斯古斯粥呢，况且还是他们的主食。或许古斯古斯饭与古斯古斯粥本就是两种作物？

无从考证了，彭博士已经远离了马里。我们的讨论就此结束，没有下文了。或许彭博士还在查资料，一个研究者大概不会容忍自己游离在模棱两可的结论中。我却不想再去探究古斯古斯的来龙去脉了。我常常忆起杰内芭，她熬的古斯古斯粥成为绝版。

古斯古斯

迁徙的树

My Life in Africa

　　飞机低空盘旋，我临窗往下看，蔚蓝的印度洋与一座葱绿的城市互相依偎，这便是达累斯萨拉姆。走出尼雷尔国际机场大厅，下午炫目的阳光把一个热带海滨城市鲜亮亮地推送到我眼前。我眯着眼往广场外望，看见了一排树。它们先于那些热闹的广告牌进入我的视线，我略略一愣，我认识它们。这情形像在遥远的陌生之地的人流中意外看到一个熟人的身影晃过，诧异之后，眼神和心思便跟着那个身影去了别处。比如这个下午，我在广场边的商店里办理电话卡的时候，脑子里一直在想着那树。

　　细长的叶子在午后明艳的太阳光下干净深绿，有蜡质的光芒，新发的嫩芽颜色浅黄，稍微软弱。树叶有小波纹状的边儿，均匀细密。特别之处在于它没有树冠，树干直接披着满身的树叶，就那么锥子似的直挺挺指向天，而树叶稠密，层层叠叠把树干围得严严实实，即使风也掀不开那帷幔似的叠加的叶，只是发出一些声响，令人猜测枝叶间隐藏着窸窸窣窣的秘密。

没错，我的确认识它们。我首次见到这种树，是在印度洋的彼岸，距离此地五千多公里的印度。我一直记得印度小伙阿布说的话，他说，这是伟大的阿育王树，只有印度才有，只有印度的菩提迦耶才有。阿布当然是站在一排阿育王树下说这番话的，我也站在树下，正仰脸顺着树干往上看，发现阿育王树之所以没有树冠，并不是它没有树枝，而是它的枝丫向下生长，倒置的方向使得阿育王树像一座塔。成排栽种似乎是一种规矩。在菩提迦耶的那烂陀大学遗址，一排排的阿育王树像一排排的塔，肃穆壮观。或许就是这不同寻常的树形吸引了我吧，我一直追问阿布树的名字，而它竟然叫阿育王树。以人的名字来命名一种树，其间肯定有故事。略知一点印度历史的人，不会在听到阿育王这几个字的时候表现出茫然。两千多年前孔雀王朝的第三代君主也是印度历史上最著名的君主阿育王，以护佛著称，他广建寺庙，推崇佛法。这外形如锥的树恰似佛教中的尖塔，便被广植于寺庙周围，并被命名为阿育王树，成为神圣的宗教植物。

植物一旦被赋予宗教的寓意，就如人被神话了一样，不容易感觉他们的血肉之躯。阿育王树偏偏又以层层叠叠的叶子把自己裹得严严实实，更使人感觉它神秘幽深。阿布，他在树名前冠之以伟大，语气崇敬自豪，表情庄重。印度男人给人的感觉总是表情凝重不苟言笑，不过导游的职业还是让阿布具备惯有的煽情，他令我相信只有印度，只有印度的菩提迦耶才有阿育王树。虽然在接下来的印度境内的行程中，我不断在其他城市的佛教寺庙周围见到阿育王树，阿布也不断修正自己的解说，但阿育王树，它是印度独有的，这概念直到我离开印度都深信不疑。

现在，在达累斯萨拉姆，大街小巷，处处我都能看到阿育王树，它几乎是这座非洲城市道路两侧的景观树。时而成排，时而单株，叶子油光水亮，热带的阳光和湿润的海洋，令这喜光喜湿的植物生机勃勃。但几乎没有人能叫出它的名字，他们说，哦，就是那种像塔一样的树啊，我说，是啊是啊，想知道它的名字和来历吗？关于植物，我是充满表达欲望的人，我很想把我知道的植物故事说出来，尤其是那些和远方有关的植物。我一边讲述一边想象着远方，我喜欢这样的表达，我没有去过的地方通过植物的迁徙让我有抵达的快意，一粒漂泊的种子便能弥补我脚力的欠缺。不过似乎没有人愿意听我说，有更多的事情吸引着人们的注意力，在达累斯萨拉姆的华人圈子里，新开一家中餐馆是最吸引人注意的消息。比如，莫罗戈罗大街新开了一家，菜品极好，这消息能短时间传遍圈子，比植物的飞絮还要快。相比那些和生活紧密相连的事物，一棵树的名字和来历实在是不足挂齿吧。我不知道达累斯萨拉姆的本地人是否知晓这树的来历，他们大概不会喊它阿育王树，或许会依着树的形状称它塔树。好在这些并不影响树木茁壮生长。

  我在这座南纬七度的城市游走，我见到了另一种树，菩提树。无独有偶，它也和印度有关。达累斯萨拉姆大学的教育学院有一株号称三百年树龄的菩提树，树干上挂着块小牌子，介绍菩提树的属性和特征。一个周日的下午，我坐在树下，周围的石凳上坐了很多看书的学生，树冠形成的几百平方米的浓荫阻隔了炎炎烈日。一阵风吹来，树叶沙沙；又一阵风吹来，树叶再沙沙，整个下午，沙沙声不绝于耳，宛如轻柔的述说。我又忆起了印度，菩提树在印度也是佛教圣树。在菩提迦耶的摩诃菩提寺，传说释迦牟尼修佛得道的那株菩提树下，我也是坐了很久，席地而坐，等待一片菩提叶或是一枚菩提果降落在我身上。那天也是下午，也有风阵阵吹过，树叶也沙沙响。树下坐了一些远道而来等待叶果降落的人。自然降落在身上的叶或果，传说能带来福缘，静坐的人们希望一枚叶或一粒果携着古老植物的体温落至自己的肌肤，再把这神秘的缘传递至心灵。我抬头望着菩提树，它的叶和果，都有纤细但强韧的茎，不轻易折断，不随便飘落。兜售菩提叶和菩提果的僧人往来穿梭，声称他们手里的叶和果来自这株圣树,且是自然落下。菩提树讲究血脉,在印度,每个佛教寺庙都要求至少种植一棵菩提树,并以此株佛陀静坐其下七天七夜的圣菩提树直系后代为尊。信徒们去远方传教,必砍下此圣菩提树的一根树枝,带往异地种植或嫁接,以维系佛祖渊源。

我有两个下午的时间分别在印度洋的两岸,在两株菩提树下倾听树叶的话语。此岸的坦桑尼亚达累斯萨拉姆和彼岸的印度菩提迦耶,两个国家隔海相望,两株菩提树隔海相望,我不知道这两株菩提树之间是否有渊源,是否同一血脉,是否某个人,穷其毕生,矢志不渝,漂洋过海,传承了一株树的血脉。这种方式有些沉重,也许不是这样的。植物的游走,或许简单至极,一粒种子乘风而走,如蒲公英;另一粒随波而定,如莲子,甚至鸟类的一次排泄行为就完成了一桩筹划已久的迁徙。

这个下午,达累斯萨拉姆大学阳光灿烂,安静怡人,处处古木参天,树下散坐着看书的人。除我之外,似乎没有人去关注树。我举起相机,对准一枚菩提叶,把长焦镜头拉近。树叶呈心形,叶柄纤细,叶边顺展,叶尖细长飘逸,七对侧脉均匀密致。一枚叶子,也具有如此丰富复杂的细节,如人的掌纹,绝无雷同;亦如人的心思,缜密繁复。颜色当然是纯粹的绿。满目绿色的时候,眼睛有审美的疲劳,有那么一会儿,我产生了遐想,想象着这棵大树若是满树金黄该是何等壮观,如银杏或者胡杨,然后,再在深秋或是初冬,叶子纷纷飘落,三分之一在地上,三分之一在枝头,三分之一在空中飞呀飞,树渐渐显露遒劲的筋骨,巨人的空怀等待来年新叶的填补。但是达累斯萨拉姆没有秋天,更没有冬天,菩提树叶永远翠绿,新叶旧叶在旱季悄悄地更换,不动声色。

阿育王树和菩提树来自同一国度,又有着同样的寓意,虽然在这广袤的非洲,它们从佛坛上走了下来,进入凡俗,不再具有佛教意义,它们回到了树本身,还原了一棵植物本来的属性。但我还是习惯仰望它们。它们树形过于高大伟岸，令渺小的人生出距离之感，萦绕枝叶间的古老神秘气息又如自带的光芒，拒人千里。

　　而另一种树，是以邻家小妹的姿态进入我眼睛的。这个邻家，其实也足够远，看看它的名字就知道，牙买加樱桃树。达累斯萨拉姆这个地方，终年明媚又湿润，亚热带、热带植物繁多葳蕤，来自世界各地。我称牙买加樱桃树是邻家小妹，是因为它个头不高，作为一棵树，能让一个普通身高的人仅仅踮起脚尖便能扫荡完它枝叶间的果子，这么好欺负，不是邻家小妹是什么？那小果子圆溜溜、红嘟嘟，入口清香甜糯。SLIP WAY海岸是个看夕阳的好地方，有一个伸向海滩的大木台，日落时分，整个木台沐在金光中。不过我频频光顾SLIP WAY不单单是为了去看夕阳，我更贪恋岸堤上一排排的牙买加樱桃树，果实稠密。去得多了，看大门的保安已经熟识，这小伙子一见我便指着树，笑着露出一口白牙。当地人是不稀罕这果子的，它属于野果，似乎也没有固定的成熟期，总是见到它在开花，小白花，六瓣儿，羞羞地躲在细长叶子的腋下，花落了，便结果，一茬茬地结。枝叶间，白花、青果、红果纷纷繁繁，同台亮相。

　　牙买加樱桃树还有别的名字，文丁果，显出文绉绉的味道。原产地美洲、斯里兰卡、印度尼西亚等地，它一点也不娇气，种子成熟后遇到适宜的生长环境就自行繁衍。从我认识了牙买加樱桃树后，发觉达累斯萨拉姆的很多小巷子里都有种植，在某户人家的大门口，像一把撑开的伞，枝叶做的伞骨不张扬，不侵占更多的空间，小枝表面满布绒毛，天然对雨水具有阻隔作用。我还喜欢它的另一个名字，南美洲假樱桃，像个调皮的冒名顶替者，没准儿自己撑不住先笑得露了馅儿。

　　和牙买加樱桃树一样顽皮的还有亚历山大椰子树。我居住的DAR VILLAS小区道路一侧有几株，起先我看树干光滑而有梯形环纹，红色果实呈卵球形，曾断言它是槟榔树。后来查资料、问朋友，才知道它有一个威风凛凛的名字：亚历山大椰子树。不知这名字是否和两千多年前的那位亚历山大帝国的皇帝有关，或许这位帝王当年横扫中东、荡平波斯的时候，这植物的种子也随着他的战旗在世界各地播散。亚历山大椰子树的另一个名字极大地安慰了我，假槟榔。每每从树下经过，不禁莞尔。

我在小区里还发现了一棵石榴树，这个发现让我有一些小小的惊喜，惊的是，像达累斯萨拉姆这样一个赤道附近的热带城市，来自小亚细亚的石榴树也能开出火红的花；喜的是，它撩拨起了我的私人感情。石榴树在中国北方广泛种植，我念念不忘的豫西、我的外婆家院子里就有一棵石榴树，花是纯正的红色，聪明地自带了玉琢般的小花瓶。每年结的果实不多，被外婆收到小篮子里，一直放着，石榴耐放，等我最馋的时候，外婆才打开，石榴籽已经被捂成了红宝石，论粒儿数着吃，咧着嘴笑。

在达累斯萨拉姆，非洲本土的树倒是成了配角。似乎总是生在角落里，单株，东一棵、西一棵，像随便扔下的野孩子。去STANBIC银行的路上有一棵猴面包树，在一截破败的院墙旁，这是我在达累斯萨拉姆见过的最大的猴面包树，巨大的树干要五六个人才能抱拢。远远地就能看见树干上钉着牌子，起初以为是介绍或保护树木的警示牌，走近了才看清是几块广告牌，写着各种颜色的电话号码。猴面包树几乎是非洲的象征，树形堪称完美，果实呈椭圆形，外皮有一层绒毛，坚硬得仿若石头。与猴面包树为邻的常常是凤凰木，它们站在一起，像娇小的女子倚着粗大的壮汉。凤凰木在十二月顶着一树红彤彤的碎花，如中国新娘大红的盖头，风一吹，朵朵荡漾，细看，真像欲飞的凤凰。王棕、椰子树、旅人蕉，是热带城市的平民，街头巷尾处处可见，它们是标签，随意而廉价，无论贴在哪里，最能让一座城市具有热带风情。

我因工作的缘故在达累斯萨拉姆的大街小巷穿行，我遇到很多树，认识的如老友，点个头而后擦肩而过；不认识的要久久端详，记住它的模样。我拎着相机到处拍树，拍它们无风的时候静默、有风的时候招展的样子。看树的时候往往容易陷入遐思而忘了自己身处何地，而那些进入我镜头的人更令我增添了一种恍惚感。比如在达累斯萨拉姆的印度人聚居区，我就忘记了自己身在非洲，那满街满巷的印度人令我疑似身处遥远的新德里或是瓦拉纳西。像远道迁徙而来的树一样，印度人是这个城市最多的外来族群。我在他们聚居的街区徜徉，印度神庙赫然耸立，戴着黄色花环的人在门口脱了鞋子神色肃穆地进去，店铺里出售印度风情的服饰，餐厅飘来咖喱的气味，印度女人们精致的纱丽在街巷闪现。在这个街区，有更多的阿育王树和菩提树，亲人一样，人和树互相依存。我在想，源于印度的阿育王树和菩提树，在达累斯萨拉姆如此之多，如此之繁茂，绝非仅仅是风、水，或者鸟儿的助力吧，终究，人，才是那更为重要的力量。

而植物的自我迁徙或许不像我此前以为的那样简单轻松。当气候变化、生存环境恶劣或相互竞争等原因，一些首先感知的植物就如率先觉醒的人一样。有一种叫作还魂草的植物，遇到大旱之年，濒临渴死的时候，它们能硬生生地把自己的根从土壤里挣脱出来，蜷身成一个圆球，借助风力滚动前进，直到遇到水源才恢复身形，扎下根，继续生长。疼痛、悲壮不亚于人类族群的迁徙。

我在达累斯萨拉姆的印度人居住区游逛的那段时期，宿舍的案头也正好摊开一本印度作家的书，我正在读阿兰达蒂·洛伊的《微物之神》。我沉湎在洛伊构筑的令人不忍卒读的情节中，那印度式的、细致绵长的笔调将一个位于印度南部的家族故事写得泪斑斑血淋淋。印度社会中顽固的种姓等级制度毁灭人的爱情和生命。处于贱民阶层的维鲁沙无罪却被警察凌辱、毒打致死，目睹暴行的小兄妹因惊惧而出现幻觉，他们喃喃自语着，维鲁沙没有死，没有死，他逃到非洲去了，逃到非洲去了。

渡过印度洋，逃到非洲来，这是一块新的大陆，没有种姓的标记。

一百多年前印度的世袭阶级制度迫使成千上万的印度人离开祖国漂洋过海来到非洲谋求机遇，像一粒种子寻求发芽的机会，像一棵幼苗寻求平等的阳光、空气和水。一个多世纪过去了，当年背井离乡的磨难换来如今稳固的商业地位。今天在达累斯萨拉姆的印度人的富裕程度远超当地原居民，他们的商业版图涉及这个国家的许多关键领域。一棵树终于生了根，枝丫扩展，花叶繁茂。然而也时常有惶恐，作为迁徙非洲的印度人先辈曾有过被当地管理者驱逐的往昔。往往一夜间风暴突起，责令几天内离开，来不及让财产变现。朋友的房东先生就是一位印度人，据说他家常年备有足量的美金现钞，汽车的油箱总是满满的，一旦风云突变，他能以最快的速度带着家人和现金逃往最近的邻国。他的祖父曾经如此逃过，他的父亲也逃过，他从小跟着祖父、父亲经历过恐慌和无助。但每次风波过后他们又回来，向政府索取被罚没的财产，然后继续生活，也继续准备着下一次的逃。房东先生说起这些经历的时候，表情很平静，印度式的大眼睛像一汪安静的湖水。他经营着很大的酒庄，雇用的都是族人，他和他的乡亲们拥有财富却低调地生活。一个迁徙之族身处异国，在时时恐慌中以难以想象的坚韧在这块大地上繁衍生息。植物学上说植物长距离地向新环境迁移，本身也在不断演化，在新地区产生新的后代种群。非洲大地上的印度人，一百多年，三代人，他们的根已经深入这片大地，成为非洲的一个民族。

有一次我外出办事，路过COCO海滩，站在海边吹风，看见一家印度人在海边站立祷告，一对夫妇和他们两个十几岁的儿子。他们向着海洋的对岸，那遥远的地方是他们先辈的来处。每逢民族的节日或家族纪念日，COCO海滩就会聚集众多的印度人。我几乎每次路过，都会看到一家人或几家人。他们姿势相同，方向一致。他们像树一样，站在那里，临风，遥望。

迁徙的树

鼠，鼠，鼠

My Life in Africa

要从顶棚说起。本来这间房子是没有顶棚的，一间土坯房哪里配有顶棚呢？门窗能关严，墙壁不掉土才是头等大事。至于顶棚，对于一间已经铺了铁皮瓦屋顶的房子，再要顶棚那简直就是贪婪，要知道在太阳下发着银色光芒的铁皮瓦屋顶一直令附近尼埃纳的村民们羡慕得流口水，他们的房子都是茅草屋。

可是，修会议室的时候多了几块木板，主管说，那就给这间小土坯房加个顶棚吧。我的小屋便有了顶棚。几块薄薄的木板被几根木条嵌住，顿时让一间土坯房不再简陋，也聚住了夜晚的灯光，小屋竟然安静温馨起来。

棚顶变得热闹是一个星期以后的事情了。搬来了一家老鼠。我什么都没有看见就断言它们是老鼠，而不认为它们是小鸟或者是其他小动物，那是因为我们人类和老鼠真是太熟悉了。它们蹦蹦跶跶地跳跃、跐溜跐溜地走路、窸窸窣窣地啃噬、唧唧吱吱地交谈，这些声音那么古老而顽强，紧跟着人类的步伐，不离不弃。我甚至怀疑老鼠一家也像我一样是从中国漂洋过海来到西非的，否则，它们的习性怎么依然是国内老鼠的风格？

好在我们相安无事，顶棚为界，划分了我们的活动范围。白天它们相对安静，偶尔有一只或者几只，像是在巡逻，我估计是执勤的老鼠吧，它们大概是轮流分班执勤。我细听声音便能断定哪天的执勤兵是个胖子，咚咚的声音昭示着它有一个肥硕的肚子，而脚步急躁，一定性情张狂；哪天的执勤兵蹑手蹑脚，大概懦弱谨慎，遇事瞻前顾后。

夜晚便是它们的天下了。我躺在床上隔棚旁听它们的运动会。常规的项目是跑步。一声令下，只听众鼠齐跑，噗噗踏踏一阵喧嚣，从东北角涌到西南角。它们真聪明，知道对角线的跑道最长，可仿佛还是嫌不够长，它们便跑来回，齐刷刷的声音从这一角汇集到那一角，又轰隆隆地返回，荡起阵阵烟尘。穿插在跑步项目中的是跳高。我有些为它们担心，那顶棚之上实在是没有多少高度供它们蹦得更高，不过它们纷纷落地的声音很响亮，透着自豪，好似从高空凯旋。直到后半夜，运动会才落下帷幕，拿奖的拿奖，打扫的打扫，回窝，睡觉。

也有一连几天都很安静的时候。或许它们搬走了，去了另一个更宽敞的地方，那里有更大的赛场，有更远的跑道。我一时竟然不适应这种安静。若是在接下来的日子里仍然没有老鼠来与我为邻，我便会生出不安来，我承认在异国他乡我变得十分敏感，我像一只弱小的动物，调动我的感官捕捉环境的气息。难道是老鼠们预知了这间房子即将有不测发生，集体逃遁了吗？要知道小动物们往往对灾难有着更强的感知力。直到顶棚上再次恢复闹腾，我才定下心来。这一大家子老鼠，不过是出门旅行了一趟吧，我猜它们大概像我上个月一样，去了一趟首都巴马科。乡下老鼠去城里逛了逛，开了眼。

返回后的邻居们果然不一样了，它们在城里学到了新花样，它们的运动会由比赛肢体发展到比赛牙齿。它们开始噬咬顶棚了。从这项比赛开始的那个夜晚，我便不能平静地旁听了。我呼地坐起身，拉亮灯，眼睛盯住发出声音的地方，判断某块木板在尖利的牙齿下能挺过多久的时间。令我稍稍放心的是老鼠们似乎不是找准一个地方猛咬，它们好像没有足够的耐心，它们的战线挺长，基本处于东一榔头、西一斧子的无组织状态。但是我知道，顶棚的东北角是最薄弱的，镶嵌顶棚的木条长度不够，无法在东北角形成交叉，那里比其他三个角落少了两层板子的厚度。

终于有一只或者是几只老鼠发现了这个秘密，在随后的几天里，咯咯吱吱的咬噬声渐渐集中在了东北角，一个小洞口在它们牙齿锲而不舍的攻击下，像顶棚的一只眼，斜斜地睁开了。

一只小鼠从小洞口探出小脑袋，用小眼睛滴溜溜地打量我的小屋，然后，它沿着墙角爬到我的房间。我们以顶棚为界的约定被它打破了。

洞口很小，只能容得下一只小鼠勉强通过。我找来锤子、钉子、板子、胶带，踩着凳子，补上洞口。小鼠没了回家的路，它并不慌张，大摇大摆地从我眼前爬过，并不是逃跑的姿势，甚至还停下脚步看了我一眼，那小眼神里没有恐惧，倒是充满新奇。房间和顶棚相比，活动空间的骤然扩大令它的小心脏很是激动吧。它太年轻，还没有学会恐惧，何况每晚仍有家族运动会的声响为它壮胆。

我曾经打开房门，拿一根细木棍，在床下和柜下横扫，想赶它出去，但它乐得和我共处一室。它和我捉迷藏，任何我看不见的角落都是它的藏身之地，也是它的游戏之所。它极鬼精灵，悄悄拖走我的饼干和坚果，藏于床下。在顶棚上的运动会一片喧嚣之时，小鼠不慌不忙，嘎吱嘎吱地啃着饼干、嚼着坚果，为它的伙伴们庆功。

渐渐地，小鼠不满足于在阴暗的床下、柜下过没有天日的生活了，它登堂入室般地开始在我的桌子上出没，嗅我的书，踢我的笔，然后没羞没躁地把一泡尿撒在我的鼠标垫上。

它越来越敢和我对视，伏在桌上，不逃，不动，小眼睛里有巨大的得意。在眼神的对抗中，我似乎成了弱者，首先躲开目光的往往是我。它得胜回巢，钻入床底，呼呼大睡，大概在梦里还会笑出声音来吧。

但它没有想到，我借来了一只猫。猫是一只懒猫也或许是刚刚吃饱，并不急于去捉鼠，只是喵喵地叫得起劲，瞪着虎虎生威的眼睛。小鼠爬上墙，它的步伐开始发抖，它再次朝着它来时的那个洞口逃去，又绝望地返回。它怀疑自己记错了方向，又去其他三个墙角碰运气，依然是碰了一鼻子灰。如此几个来回，它像在墙壁上画圈，继续疯跑，看得我眼花缭乱。顶棚上的兄弟们在为它壮胆，它们像擂战鼓一样把顶棚敲得砰砰响。猫的眼睛先是看着小鼠，像看着一件玩具般漫不经心。就在我以为这只猫或许根本就对一只小老鼠毫无兴趣之时，猫突然眼睛一眯又猛然睁开，寒光一闪之际，一声声嘶力竭的叫喊如小老虎的长啸一般令小屋打了个寒颤。

小鼠从墙上滚落下来，它晕过去了，而那时，顶棚上一片寂然。

姓特拉奥雷的人

My Life in Africa

一

小邮局的邮票被我买空的那一天是十二月三十一日，一年中的最后一天。明天从野燕麦地那端一跃而起的太阳将属于新的一年，虽然它依然会在上午十点钟的时候将金合欢树的影子投射到我小屋的窗棂上，但那树影已是另一个时间的装饰。我在西非小镇尼埃纳遍野的杧果花香中，把早就备好的一沓子明信片递给小邮局唯一的邮递员，我需要在这个时间节点往国内邮寄我的祝福，让这个西非偏僻小镇的邮戳盖印在散发着西非风情的明信片上，然后这些明信片将飞越海洋、山脉、河流、沙漠，经过不同的国家与城镇，经历一双双黑皮肤、白皮肤、黄皮肤的手的触摸、传递，带着这些手的余温最终抵达我想要它们抵达的某一双手中，圆满完成一张明信片的使命。在递上这沓子明信片时，我沉醉在自己的幻想中，仿佛在放飞一群鸽子，我遗憾这群鸽子不能把原野的杧果花香衔着一起飞，我是一个多么贪心的人。陶醉般的想象令我眯起眼，连耳朵似乎也眯住了，以至于没有听清邮递员特拉奥雷说的话，他不得不大声又说了一遍。他一手拿着明信片，另一只手举着显然和这沓明信片不等量的几枚花花绿绿的邮票说，Madam贾，只有这些，邮票全部都在这里了。风穿过敞开的门窗把芒果花香灌满这间只有一个柜子和一张柜台的小屋，也把特拉奥雷脸上笃定的微笑吹向我。他用细长的手指弹着明信片说，Madam贾，不用着急，我有办法，有什么事情能难倒姓特拉奥雷的人呢。他眨动翻卷的眼睫毛，用不流利的英语说出这句话，黑溜溜的大眼睛透着得意的神色。

噢，特拉奥雷，这俊朗的小伙子总是这么骄傲，在他还是一个走村串户的卖布郎的时候就是这么骄傲了。那时他骑一辆浑身上下到处都响的大号自行车，后座上驮着一摞颜色各异的花布，吱吱扭扭，在红土路上费力地蹬，当然，最响的还是车铃铛，叮叮当当，他一阵猛按，村里的女人们就知道特拉奥雷来了，狗们也知道特拉奥雷来了，一阵阵吠叫，掩盖了车铃铛的响声。不过这些狗都很和善，它们只是叫叫而已，并不真咬，说不定这是欢迎特拉奥雷的仪式呢。女人们纷纷走出自家的院子或是屋子，围拢来看特拉奥雷的花布。他总是能带来最新最漂亮的花布，比尼埃纳小镇上的那家小裁缝铺子里的花布不知好看多少倍，就连离这儿七十公里的大城市锡加索的大裁缝铺子里的花布也没有特拉奥雷的花布靓丽。女人们叽叽喳喳，用手指搓捻，检验花布的质地，又抖开，在身上比画，互相帮着拉扯，充当对方的镜子。有时候特拉奥雷能卖出去几块布，更多的时候，女人们热闹一阵子就散了，各自回家，该洗衣洗衣、该舂米舂米，隔着矮矮的土坯院墙和忙着整理捆扎花布的特拉奥雷有一句没一句地闲聊。她们不买特拉奥雷的布，不是因为他的布不好，相反，特拉奥雷的布太好了，纹路密实、图案漂亮。那是我在西非见过的最好的花布，我对特拉奥雷的布有一种特别的情感，因为我们的翻译老汪说，特拉奥雷的布来自塞古。

距此五百公里的塞古，在那座尼日尔河畔的古老城市中，有一家中国政府与马里政府合资的纺织厂，生产的布是马里最好的，甚至能说是西非最好的。这当然令特拉奥雷十分骄傲，尽管他整个上午或许一块布都卖不出去，但是他并不沮丧，他絮叨着，我听不懂他絮絮叨叨说的那些话，他说的是法语也或许是班巴拉语，但我能听懂塞古这个地名，于是我推理出他说的一定是：这是塞古的布啊，塞古的布当然要贵一点。然后他跨上自行车，赶往下一个村庄。骄傲的小伙子特拉奥雷的黑眼睛里闪着希望的光，他依然把他的自行车铃铛按得能有多响就有多响，并在车铃响着的间隙吹起快乐的口哨。

我的狗胖胖和瘦瘦一听见特拉奥雷的车铃声就兴奋地往院子外面窜，这对儿双胞胎狗不是喜欢特拉奥雷，更不是喜欢他自行车后座上的花布，它们有一个共同的毛病，虽然它们一出生便显现出娘胎中的不平等，比如说一俊一丑、一胖一瘦、一机灵一呆憨，但是这个共同的爱好暴露了它们是双胞胎的秘密：胖胖和瘦瘦喜欢追咬骑自行车的人。而那人若是推着自行车走，它们便连看都懒得看一眼。是那移动的速度激发了狗骨子里奔跑追猎的天性抑或是别的什么，我搞不明白。

好在尼埃纳的乡村红土路上，难得有人骑自行车，驴车、牛车倒是常见。胖胖和瘦瘦在摇摇晃晃地学习奔跑的时候，就像初生牛犊不怕虎般追咬过一个路过我们大门口的骑车人，它们不是追着玩，而是动真格地把小小的牙齿朝着骑车人裸露的脚后跟扎下去，虽然那小牙齿还不具备扎破成年人又厚又硬的脚后跟的力量，但是也足以惹恼骑车人。那人飞起一脚，把夹趾拖鞋踢飞了，被踢中的瘦瘦嗷的一声惨叫，败退回院子。胖胖不依不饶，仍然追着骑车人，直到我大喊一声，那人也加快了蹬车速度，胖胖才像个得胜的战士般摇着脑袋、晃着尾巴撤离战场。我后悔在它们第一次追咬骑车人的时候没有给它们足够的惩罚，不惩罚就是默许、就是鼓励，在这一点上，狗的思维实在是和人类的差不了多少。

胖胖和瘦瘦迅速成长，它们在基地好伙食的喂养下膘肥体壮。追咬骑自行车的人，这个恶习毫无收敛，成为我的心病。我每每看见骑车者远远地朝着我们院子的方向而来，就会紧张地让保安关上大门。大铁门圈住了胖胖和瘦瘦，却不能圈住它们的目光，它们狂吠着，四只眼睛盯住骑车人的脚。我也神经质地打量着那个骑车者的脚后跟。非洲人习惯穿夹趾拖鞋，脚后跟处于无遮蔽状态。在胖胖和瘦瘦眼里，一口下去，那圆圆的、厚实的脚后跟一定像个脆萝卜般爽口吧。

所以，当卖布郎特拉奥雷骑着他的自行车，在乡村小路上奋力踩蹬的时候，他需要提防的事情只有胖胖和瘦瘦的追咬，除此之外，乡村祥和，民风朴实，甚至他自行车后座上的布不小心掉落几块，都会有半大的孩子狂奔着撵上他，把他们的母亲及姐妹垂涎欲滴的花布还给特拉奥雷。

卖布郎特拉奥雷在乡间游走，隔三四天出现一次，像雨季正式来临前试探性地打湿原野的小雨一样有规律。那一年马里的斋月在断断续续的小雨中开始，红土路上行人越发稀少。夜空晴朗时，一弯新月俯视大地，这弯新月是斋月开始的标志。总经理老何仰望天空，他说，当月亮慢慢圆起来并再次成为新月时，就是开斋节了。他盼着斋月快些结束，开斋节早点到来，即使开斋节需要为当地政府捐赠一笔钱作为社会义务，他也仍然期盼一弯新的纤细的月亮早日挂上天幕。我们都知道他是忧虑工程的进度，本地工人几乎全部信奉伊斯兰教，在整个斋月中，日出之后至日落之前，工人们严格遵守不进食、不饮水的教规，每个人在酷热的工地上都像一枚蒸发了水分的树叶般发蔫，哪里有力气干活？出于尊重和人道，老何又岂敢再把工期和进度之类的话挂在嘴上？只求在斋月中工人们平平安安，没有人因干渴而中暑，也没有人因饥饿而晕厥。

特拉奥雷呢？从进入斋月直到开斋节的前一周，整整三周的时间，他和他的自行车销声匿迹。我猜想虔诚的特拉奥雷或许正在某个清真寺戒斋、祈祷、诵经。特拉奥雷之所以给我留下虔诚的印象，是因为他的自行车后座上、一摞花布的下面总是有张席子。我见过他在某一个傍晚，晡礼时辰到来的时候，在原野里，他停下他的自行车，铺好那张席子，匍匐在席子上，面朝他该朝着的方向，默念、祈祷。附近没有清真寺，也没有其他礼拜的人，几个放牛的孩子赶着牛群，默然地经过，还有我，远远地张望，随后，西天边的晚霞就染红了原野。

就在我以为整个斋月都不可能见到特拉奥雷并因而忽视了对狗的管束时，卖布郎竟然摇着他的车铃铛、驮着他的花布晃悠悠地从大路拐进了乡村小道。那久违的铃铛声在一场小雨后的原野分外清爽，胖胖和瘦瘦像听到号令般，双双一跃而起，朝着大门外奔去。大门保安因为饥饿或是干渴，显得既迟钝又虚弱，他慌慌张张推动两扇铁栅栏门，但是已经晚了半步，两只狗从将要合上的门的缝隙间，机灵地挤了出去。我隔着铁栅栏看见胖胖和瘦瘦，这两个闯祸的家伙，一边一只，追着特拉奥雷踩在脚蹬子上的两只脚就要下口，特拉奥雷不得不像表演杂技般翘起两只脚，躲闪中他失去平衡，自行车倒进路边的灌木丛，他重重地摔在一簇植物上，花布以及他礼拜的席子从后座上散落下来。胖胖和瘦瘦愣了一下神，停止了进攻，它们从来不咬不骑自行车的人。特拉奥雷突然摔倒令两只狗感到失望，它们迅速失去了斗志，耳朵耷拉下来，眼睛里的凶光瞬间涣散，仿佛一场等待了很久的战斗突然因对手的投降而索然无味，胖胖和瘦瘦无精打采地从大门的缝隙间钻回院子。

嗨，特拉奥雷，怎么好久不见你？怎么斋月还能见到你？我帮助特拉奥雷捡拾花布，把他迎进我们的院子，并磕磕绊绊地询问他。我们的法语翻译老汪恰巧没有外出，他的加入使得我们的闲聊顺畅起来。

斋月中的前三周，特拉奥雷的确如我猜想的那样，在清真寺斋戒。每天的日落之后，清真寺有免费供应的食品，那是富人们的捐赠。有一次，他竟然吃到了新鲜的烤骆驼肉，只有在盛大的节日才能吃到啊，特拉奥雷感慨着，深深地吞咽了一下口水，又舔舔干燥的厚嘴唇。那会儿是下午一点钟，距离太阳西沉还有足足五个小时，而太阳，像被钉在了正空偏西的位置上，离西边地平线路途那么遥遥。更残忍的是，我们刚刚吃过午饭，老汪打着饱嗝，厨娘正在洗刷一堆锅碗瓢勺，院子里的空气中，羊肉炒洋葱的香味顽固地盘旋，久久不愿散去，好像我们衣服的褶皱处都藏着它们的味道，抖一抖都能勾人食欲。特拉奥雷神情疲惫，萎靡不振。老汪劝说特拉奥雷：如果你感觉不舒服，可以喝一些水。小伙子把头摇得像拨浪鼓，他用右手按住心口，脸上现出坚定的表情。

饥饿的特拉奥雷心情却是畅快的，这几天他卖出了许多花布，他准确地抓住了开斋节前一周的销售黄金期。一周后，最重要的节日将降临这个国度，被限制了一个月的激情、欲望将在三天的假期中反弹般释放。一说到这些，特拉奥雷顿时来了精神，脸上生动无比，他对老汪说，将有许多许多姑娘在开斋节结婚，她们漂亮的嫁衣需要很多很多漂亮的花布，她们的父母兄弟姐妹需要新的礼服参加婚礼，天啊，我的布，我的布将会一块都不剩。

特拉奥雷开心得手舞足蹈，若不是刚才摔的那一跤使他的腿脚有些不灵便，他大概要翻几个跟斗来表达喜悦的心情吧。

特拉奥雷，你不能只是卖布，你要学会裁剪和缝纫，这样，你的布才会更好卖，才能挣更多的钱。我一直想对特拉奥雷说出对他职业前景的设想，但是一直没有机会开口，现在，我终于能说了，这么复杂的意思，要等到老汪在场的时候才能传达完善。

不，不，Madam贾。特拉奥雷否定了我的建议，他有些激动，他说他不能那么做，那样的话，尼埃纳的老裁缝库拉姆就会没有饭吃，神让每个人都有饭吃，每个人只能做自己该做的事情。老汪帮助他把这么复杂的意思翻译给我听，我顿时愕然，继而惭愧，想不出什么话来应对特拉奥雷。

那是特拉奥雷第一次来我们的院子，此前，他只是匆匆忙忙地路过，不敢停留，胖胖和瘦瘦的恶习使他总是像逃跑一样经过我们的大门。这会儿，他终于能从容地坐在树下，他对乳油树上的那盏大红灯笼表示出熟悉和亲切，眼睛里有了笑意，像看见了老朋友。和塞古一样，他说，在塞古的纺织厂，也有红灯笼挂在树上，有中国人的地方就有红灯笼。

那盏红灯笼在风中很配合地摇摆了几下，或许它感知到有人正在注视它吧，虽然那红色已经不如春节刚刚挂上去的时候那般鲜艳，但是在一片因雨的滋润而越来越葱绿的原野上，那灯笼依然像一团火焰。

二

卖布郎特拉奥雷，哦，不，现在是邮差特拉奥雷，一只手举着我的明信片，说他有办法，即使小邮局没有足够的邮票，他也保证在十二月三十一日这天把我的明信片寄出去。

特拉奥雷，我需要今天的尼埃纳的邮戳。

没有问题，Madam贾，你只要付清邮资，我立刻给它们盖上邮戳，它们就能长上翅膀飞走了。

NO，NO，特拉奥雷，我需要我的明信片上有邮票，有邮票非常重要，邮戳盖在邮票上，你不能省略邮票这个环节。

我们用英语结结巴巴地交流，特拉奥雷终于明白了我的意思，他从牛仔裤的口袋里掏出他的手机，说要往锡加索的大邮局打个电话，问问那里有没有充足的邮票。我想我大概是尼埃纳邮局设立以来的最大客户，也是最让邮差头疼的客人吧？但是，特拉奥雷或许不这样认为，从我进门起，他几乎一直被兴奋的情绪笼罩，就像赋闲很久的士兵终于盼来了一场像模像样的军训，哦，不，像足球运动员终于找到了场地和球，对特拉奥雷来说，后一个比喻更为恰当，因为在卖布郎特拉奥雷变成邮差特拉奥雷之间，隔着一个足球队长特拉奥雷。

怎么又和足球扯上关系了呢？这要从特拉奥雷的口头禅说起。就在那次他被胖胖和瘦瘦逼得从自行车上摔下来后，扭伤了脚脖子，他从地上爬起来的第一句话就是：天啊，我的脚脖子，姓特拉奥雷的人不能没有一双好脚脖子。

老汪带着一种玩笑的口吻翻译特拉奥雷这句既痛苦又幽默的话，他说，特拉奥雷，Madam贾会赔偿你损失的，她将买下你全部的布。

老汪冲着我挤挤眼睛，有些幸灾乐祸地坏笑。

不，不，我不需要Madam贾买下我全部的布，那样的话，就会有很多姑娘在开斋节没有最漂亮的新衣服穿。

特拉奥雷一脸的认真，也有几分焦急，他对我们没有理解他的真正用意而焦急，似乎他的脚脖子不是为卖布郎而生的，而是有更重要的大任维系在他的一双脚脖子上。

我知道一双有力量、有韧劲儿的脚脖子对一个走村串户的卖布郎的重要性，不仅仅是对卖布郎，对谁又不重要呢？想到此，我甩动我的脚脖子狠狠地踢向不知趣凑到我脚边来的傻狗瘦瘦，它嗷嗷叫着逃走，它聪明的兄弟胖胖远远地在院子的那一端送来一声嘲笑。

那个下午，卖布郎特拉奥雷坐在我们的院子里，他抵御了食物香味的诱惑，也在和自己的干渴抗争，乳油树上的红灯笼令他想起古城塞古，他憧憬着在斋月的最后一周挣上一笔小钱，而后在开斋节饱饱地吃上几顿烤羊肉。那天的天气特别配合我们，云朵在天空游走，雨季将来未来，从气候上说正是西非最好的时节，有不多不少的雨也有不浓不淡的阳光，而一周后，漫长的斋戒结束，开斋节来临，更是万民庆贺，这段时间分明就是这个国家最好的时光，好时光就是用来消磨的，我们聊着聊着，特拉奥雷就和老汪聊起了足球。从卖布聊到足球，大概是由脚脖子引发的吧。姓特拉奥雷的人不能没有一双好脚脖子，这句有点奇怪的话引发了老汪的兴趣，为什么姓特拉奥雷的人就必须要有一双好脚脖子呢？老汪刨根问底，特拉奥雷更是乐于回答，或许他已经等了很久，等着有人问，他需要人们尤其是外国人知道他家族的荣耀。

老汪把一瓶藏红花油送给特拉奥雷并教他怎样使用。涂抹、揉捏、和老汪聊天，谈论一件有趣而激动的事情，时间就过得很快，差不多两个小时过去了。他们聊得很热烈，语速很快。在马里，特拉奥雷不是一个寻常的姓氏，这个家族与足球有渊源。最亮的一颗明星当然是阿达玛·特拉奥雷，这位出生在西班牙的马里青年是卖布郎特拉奥雷的远房堂弟，他十六岁入选巴塞罗那少年队，十七岁入选巴塞罗那青年队，多次代表马里足球队参加国际足联世界青年足球锦标赛，更是参加非洲杯的一员骁将。你们知道他的身价吗？卖布郎特拉奥雷眼睛里闪烁着激动的火苗，转会费五百万欧元啊，天啊，我的小堂弟，他是特拉奥雷家族的骄傲。

除了这颗最耀眼的明星，特拉奥雷家族还有几乎数不过来的足球小流星，卖布郎特拉奥雷也是其中之一，他参加过锡加索大区的足球比赛，那次比赛是为马里国家队选拔队员，要知道，参加那次比赛的球员中，姓特拉奥雷的运动员就有足足十一个，十一个呀，是一支场上足球队啦，他们或许在血缘上已经毫无联系，但是他们都姓特拉奥雷啊，只要姓特拉奥雷，就是一家人，就是这个家族的荣耀。可惜的是在比赛中，他的右脚踝受伤，伤得很严重，而他没有足够的钱做康复治疗。卖布郎特拉奥雷动动自己的右脚，说，就是这只脚，他像他的小堂弟阿达玛一样擅长用右脚，只是他不能拥有二十号球衣，小堂弟阿达玛的球衣号码是留给球队最棒的球员的，而他不是最棒的，他成不了小堂弟那样的明星，他家里也没有足够的钱去找专业经纪人。卖布郎特拉奥雷眼睛里的光芒慢慢黯淡，流星划过天空之后的落寞或许袭上了他的心头吧，他忧伤的眼睛望向那盏在风中摇摆的红灯笼。

老汪听得眼睛都直了，他断断续续地把特拉奥雷的话翻译给我听，其间老汪多次站起来用他的脚背、脚尖做铲球的动作，特拉奥雷便竖大拇指，发出赞叹的喊叫。他们聊得越热烈特拉奥雷就越狂躁得坐不住，他终于忍不住站了起来，走了几步，惊奇于脚脖子竟然不疼了，他又试着跳跃了一下，果真不疼，他喊一声，天啊，汪，你的药水是神赐予的吧？

特拉奥雷带着这瓶神水，骑着他的自行车，驮着他的花布，叮叮当当，赶往下一个村庄去了。接下来好多天，乡村小路上再也没有出现过特拉奥雷，他原计划抓住开斋节前后黄金销售期好好挣笔钱的打算似乎在和老汪聊天以后有了变化，卖布郎的心思偏离了卖布，或者说超越了卖布。老汪说，特拉奥雷要组建一支足球队，一周后，吃过开斋节的烤羊肉和馕饼，他将带着他的足球队来迎战我们的足球队。

分别组建足球队成了那次聊天之后老汪和特拉奥雷要做的最紧迫的事情。总经理老何大力支持，说这是个宣传公司、宣传友谊的极好机会。他亲自去找场地，把一片冒出茵茵小草的平地又夯实了一下，让工人用碗口粗的树做了两个球门，架在草地的两端，又去锡加索购买了足够两个球队穿的球衣，我们的球队穿红色，另一套黄色的赠送给对手。若不是不知道对方球员的鞋码，他几乎想赠给那些小伙子们一人一双高仿的阿迪达斯，并非老何吝啬，锡加索的商店里只有高仿的。然后他点将，小张、小李、小王、小赵，年轻人都要参加，会不会没有关系，能把球踢起来就行，老汪当队长，哦，还缺个裁判，要不，老汪你当裁判吧，你懂足球。老何决定亲自当队长，穿二十号红色球衣，而二十号黄色球衣是一定要送给特拉奥雷的。老何说他平生第一次想踢足球，但愿不是最后一次，他愿意保留生命中那些潜伏的激情，并通过这些激情的随时迸发来唤醒他久不写诗的诗心。我絮叨一下，老何热爱诗歌，上大学时是学校诗社的发起人，我们都等着能有一首诗是他为这次足球比赛而写的。

至于比赛时间嘛，老何说最好是开斋节一周后或是两周后，让特拉奥雷和他的小伙子们先恢复恢复体力，斋戒一个月了，刚刚进入正常饮食，让他们长些力气再比赛。

至此，乡间小路上再也不见卖布郎特拉奥雷。特拉奥雷再次出现在尼埃纳时，已是一位足球队长，带着一支八人队伍。只有八个人，但是有什么关系呢，哪怕只有特拉奥雷一人，我们仍然承认那是一支足球队。八人中有一半的人姓特拉奥雷，估计都是足球队长的远近亲戚，最年轻的一位特拉奥雷只有十六岁，这个少年来自首都巴马科，是一位家境富裕的中学生。

我不再赘述那场比赛了，反正热闹异常、人欢狗叫，绿色的场地上鲜红色和艳黄色在太阳下亮得晃眼。远近村庄的人都赶来看热闹，骑着摩托车来、骑着自行车来，赶着牛车来、赶着驴车来，步行来，携儿携女还带着狗，这是开斋节后尼埃纳最热闹的活动。足球场旁边的一块空地上架起了柴火，一头肥羊将把比赛结束后的庆祝引向高潮。

胖胖和瘦瘦被我圈在院子里，它们因自身的恶习而无缘这次热闹。似乎没有人关心比赛本身，管他谁进球呢，又管他谁不进球呢，因比赛而起的热闹才是大家真正在意的，谁会认真去看一场不正规的比赛呢，比如我，我就是来看姑娘的，看她们的发饰和漂亮的衣裙以及被衣裙包裹着的性感体态，她们像原野上的花一样争奇斗艳，她们的青春也像热带的花一样，短而美，美而短。哦，漂亮的衣裙，说不定还是特拉奥雷的花布呢。

我是眼见着卖布郎特拉奥雷变成足球队长特拉奥雷的，至于足球队长特拉奥雷又是怎样成为邮差特拉奥雷的，我实在是说不清楚，天知道吧。

在那个一年中的最后一天，邮差特拉奥雷终于从锡加索的大邮局替我联系到了足够的邮票。他带上我的明信片也把尼埃纳的邮戳随身带着，跨上他的摩托车，就要赶往七十公里外的锡加索。他将在锡加索直接把我的一沓子明信片投递出去。

我放心地看着他的摩托车一溜烟儿地远去，想着再在国内见到我的朋友们时，要和他们讲讲这些邮寄的故事，却听见有摩托车的声音由远而近，特拉奥雷又返回了，他忘记拿什么东西了吗？

Madam贾，我想请求你在你的明信片上写上一句话。

返回的特拉奥雷有了新的要求，他是个不停地产生新想法的人，卖布郎特拉奥雷如此，足球队长特拉奥雷如此，邮差特拉奥雷也是如此吗？不过，在我没有听懂他的新要求前，我心存疑惑，也心存戒备。

写上一句什么话呢？特拉奥雷。

Madam贾，我想请求你写上这句话：明信片由达乌达·特拉奥雷投递。

他用手拍了拍胸脯，眼睛里又闪烁出我见过的憧憬神色，仿佛只要我写上这句话，他就能跟随这些明信片飞越万水千山。

我当然满足了邮差达乌达·特拉奥雷的要求，他快乐地打了个响指又翻了个跟斗，得意地吹起口哨。

等他再次跨上他的摩托车时，胖胖和瘦瘦不知何时跑进了邮局的院子。它们或许是来找我的，我今天出门太久了，也或许是和村里的狗在附近玩耍偶遇了主人，反正它们在特拉奥雷发动摩托车时跑了进来。说时迟那时快，两只狗抖抖身上的毛，竖起耳朵，追奔而去。天啊，胖胖和瘦瘦的恶习又升了一级，它们不仅追咬骑自行车的人，就连飞驰的摩托车也能激发它们斗志昂扬地狂追。不过，它们再也追不上特拉奥雷了。

月光之舞

My Life in Africa

一

鸟鸣声在每一个清晨，从树上落下来。

我说的是在杰杰纳，树依然是乳油树。在西非，还有什么树能比乳油树更粗朴、更寻常的呢？有时候我想，假如我是一位外来的神仙，能动用仙手随便一指，发号施令般地说那片空地上得有一棵树，如果真的凭空生出一棵树的话，那树也必定是乳油树了。在这片大地上，乳油树如邻家丫头般就是这样随叫随到。有时候单株伫立，模样像丫头跑出家门疯玩，玩累了，就那么随便在田埂或是地头一杵，不讲究站姿也不讲究坐姿；有时候它们也结伴，两棵或者几棵，隔着一些距离，互相能望见又绝不拉拉扯扯，不会如杧果树或是桉树那样成群成林。

我说的那棵乳油树正开着白色的小花，一只鸟巢架在枝丫间，被树叶半掩半盖。鸟儿们和这些花和睦相处，鸟儿不啄食花朵，花儿也不嫌弃鸟儿叽叽喳喳聒噪。我的巢也和它们和睦相处。我住在树下的集装箱里，当然集装箱是经过改制的，已经不是运送设备配件的大箱子，而是装置了木头的吊顶和内壁、配置了空调的一间小房子。

这间小房子是从二十七公里外的尼埃纳运到杰杰纳来的。我们是一群随着工地迁徙的蜗牛，背着自己的房子到处漂泊。开吊车的黑小伙司机在卸这间小房子时，问了我一句，Madam贾，卸在哪儿？我当时正站在一阵大风卷起的沙尘里，看到当空的烈日炙烤着每一寸裸露的土地，呼啸的风肆虐地刮过。当然我还看到了这棵树。它没有很大的树冠，在这个看起来很空旷的院落里，这棵乳油树孤独又单薄。我指了指树，小房子就在离树最近的一块平地上落了下来。鸟鸣声也就在每一个清晨从树上落了下来。

我们的总经理老何在某一天清晨的鸟鸣声中站在这棵树下，也像个神仙一样用手指着东边的墙角说，那儿得有一口井。院子的东边角落里便有了一口井。这口耗费十万美元打的深水井涌出清亮亮的水，老何神仙般得意，在井出水之后的许多个清晨随着鸟的鸣叫声他吹起了欢快的口哨。想不到一向严肃板正的老何会吹这么婉转的口哨，像音乐一样动听。鸟儿们鸣叫得更欢了，它们和老何互相唱和映衬，把一个荒僻之地的寂寞清晨搞得趣味融融。在西非打一口出水的深井不是一件容易的事，据说法国人在西非的打井成本是每口井二十万美元，这两个数字的对比让天天把成本利润挂在嘴边的总经理老何觉得自己真的是神仙。不过令神仙感到沮丧的是，杰杰纳的井水，水质不符合饮用标准。一张水质检验报告单终止了老何的口哨演奏。井似乎也知道了自己的缺陷，为了弥补短处，它拼命出水，像源源不断的委屈的眼泪。好在井水能用于生产，杰杰纳碎石场弥漫的灰尘需要水的时时镇压，更何况井水还能洗澡、洗衣、洗车、浇灌菜园以及洒水扫除，但它终究是辜负了一口水井最荣光的使命。不过，有井的院子到底是不一样的，尽管我们的饮用水需要从二十七公里外的尼埃纳基地往这儿运送，但这不妨碍我们时时夸赞这口水井，它的出水量实在是太大了，昼夜不息，像取之不尽的泉源。自从有了它汩汩涌出的水，碎石场和院子再也不会沙尘飞扬了。

隔三岔五，渔夫送来尼日尔河流域的特产上尉鱼，使杰杰纳这个前不靠村、后不着店的荒僻之地有了过日子的烟火气息。每逢这一天的傍晚时分，活鱼在厨房的地板上扑腾，清蒸或是红烧的争论在同事们中间展开，厨房门口热火朝天。厨娘卓丽芭一手拎着菜刀、一手叉腰，倚着门框，扭动她美丽的长脖子，在两拨争论的人群间左看看、右望望，只等着吵赢的那一方发出指令。如果某一天的鱼足够大，那就不必争吵了，一半清蒸、一半红烧，反正上尉鱼怎么做都美味无比。卓丽芭不喜欢大鱼，每逢鱼足够大时，我就能看见她漂亮脸蛋上的落寞神情，她拎着菜刀冲着那条大个头的上尉鱼瞪眼睛，恨恨地埋怨它为什么要长得这么大，然后举起刀背去拍上尉鱼的头，把它拍晕、拍死。上尉鱼挣扎着弹跳了几下就死了，死并成为人类的食物是它的宿命。我猜卓丽芭不是不喜欢大块头的上尉鱼，她是喜欢热闹吧？她喜欢大家的争吵，她更喜欢自己是这个争吵结果的执行者。她笑眯眯地看，也笑眯眯地听，像懂汉语一样认真地听，最终也果然能听懂，至少她听懂了红烧和清蒸这两个词。而当鱼足够大时，争吵没有了，寂寞的地方没有争吵，就像做菜没有盐一样寡淡。我其实也喜欢同事们就红烧和清蒸展开的争吵，比远处传来的碎石机的轰鸣声动听多了。我是这个过程的旁观者，我也像卓丽芭一样笑眯眯地听，我们每个人都听懂了，只是不知厨房地板上的上尉鱼听懂了吗？

卓丽芭不喜欢杰杰纳的寂寥，这里的寂寥不是指它安静，碎石机的轰鸣声令杰杰纳不可能是个安静之所。没有通信讯号才是杰杰纳寂寥的根本，除此之外，气候的单调重复也使人烦闷和压抑。整个旱季，每一天几乎都是相似的，一样燃烧的太阳和万里无云的天空，一样的高温和干燥，一样的树木、一样的灌木，晨鸟鸣叫着同一支曲子飞走，又在夕阳下哼着那曲老调飞回巢穴。碎石机昼夜运转，只有日日增大的碎石堆提示着时间在前行。从一号至七号，石子按规格聚集，小山一样。有狂风的午后，能听到风穿过石堆间隙发出的呼呼声。最小型号的石子堆被风削去尖峰，又被碎石机新吐出的石子再次堆积重塑。

杰杰纳碎石场隐藏在两座小山之间，一座是石山，另一座是土山。昼夜轰响的碎石机在石山之下。碎石机的入口处摆放着石料，石料经过碎石机的口腹之后成为修建道路需要的石子。碎石场是法国人留下的，他们在石山上爆破，取得石料。一转眼几十年过去了，法国人当年修建的公路早已经被时间碾压得破损不堪，正由我们公司在重修。而石山岿然不动，依旧是那个备好了足够的石料等待着建设者到来的石山。对一座山来说，一条路取用的石料不过是沧海一粟吧。许多年之后，石山依然会有足够的石料等待下一支筑路队的到来。老何考察了杰杰纳石山后决定使用这个碎石场，石山的坡度以及石料的硬度都经过了他法国同行的实践检验，更何况石山下还有许多当年法国人没有使用完的石料，够碎石机"吃"一阵子的，这又和老何节约成本的理念完全吻合。不过，等现成的石料用尽，在石山上爆破取石终究不可避免。

爆破工程师老王带着他的爆破队在石山上布点，安放炸药和雷管。爆破队的安全问题一直被总经理老何高度关注。老何的眉心整天拧着个疙瘩，他反复叮嘱爆破队长老王务必注意安全，老王当然也把安全当作重中之重，他的眉心也拧着个疙瘩。本地的工人们没有见过炸药、雷管，更不懂爆破的原理以及注意事项。对爆破的完全无知导致工人们分布在两个极端：特别胆大或特别胆小。胆大者无所顾忌，以为炸药不过就是中国人过年时放的鞭炮,噼噼啪啪响一阵子就完事了。胆小者则以为那东西摸一下就会爆炸,就会粉身碎骨。青年工人巴布属于后者,他的胆子和他的身高呈反比,他始终站在一群人的最外沿,似乎做好了稍有风吹草动拔脚就跑的准备。培训工人们规范操作是件头疼的事儿,老王一句句说,翁翻译一句句译。老王特意把巴布喊到近前,他知道这个青年干活一向谨慎,人又老实。爆破这个行当,胆小者或许比胆大者更为适合。待到现场小剂量试验的时候,老王火爆的脾气一次次早于炸药被几个冒失的家伙点燃,他操着刚学会的几句班巴拉语想骂人,骂这个笨、骂那个蠢,又被老何立下的不许辱骂本地工人的规矩给压了回去。想想碎石机天天张着大嘴向他要石头,石子的产量上不来老何就要拍桌子,爆破队长老王胸腔中的火气就窜来窜去,实在憋不住了,终究还是用娴熟的山东话狠狠地对着坚硬的石头暗骂了几句。老王站在石山上,他的脸黑红,眼睛带着血丝,半白的头发久未打理,一绺绺耷拉着。许是为了醒目吧,在白花花的石山上,他穿一件红色的T恤衫,这身穿着使他更像个随时会炸开来的大炮仗,花白的一绺绺头发恰似炮仗的捻子。

第一炮的时间是老何看好的,老何谨慎、敬畏。那天请了当地德高望重的白发白袍长者,念了祷告,宰了牛,鸣了枪。牛是一头老牛,老而瘦削,黄色的牛皮仿佛已经脱离了肌肉,松垮垮地耷拉着。牛没有恐惧,没有像传说中那样流泪,它表情淡然,眼睛盯着某个地方不动,眼睛的余光又仿佛洞悉这个世界上的一切,老牛似乎知道被时间夺走生命或是为一个仪式奉献生命在本质上是一样的,它像个神一样安静肃穆。任何物种活到足够老时,大概都会具有某种神性吧。

我看着牛倒地,血汩汩涌出。它一点挣扎都没有,认命、安静。老何举起他的猎枪,向着长空,子弹呼啸着不知去向。老何带了二十发子弹,同事们轮番上阵,还剩最后一发子弹的时候,他把枪递给我,说,不用瞄准，朝着天，有声音就行。我接过猎枪，他指导我把枪托抵住我的肩膀。我扣动扳机时，恰巧爆破队长老王一挥小旗，爆破工人巴布执行命令，硝烟腾起，巨响声吞没了我的枪声。

警戒线以外是看热闹的老乡们，这群老乡主要来自邦尼布古村。首次爆破那天上午，翁翻译和我去周边的几个村庄，向老乡们解释，即将听到的爆炸声不是战争、不是暴乱，大家不要慌张，更不要逃离。邦尼布古村距离杰杰纳三公里，村口有两棵树形极美的猴面包树，枝叶繁茂，互相依偎。猴面包果实拖着长长的脐带一样的藤，缀在树枝间。那天或许是邦尼布古村遇到了什么喜事，许多人在猴面包树下的空地上唱歌和舞蹈，尤其是女人和孩子，穿得花花绿绿，一大片，煞是好看。有两个小伙子在打非洲鼓，另一个小伙儿则拨弄着用本地大葫芦制作的弦乐器，声音激越、活泼欢快。村里的狗从来就不会放过这样的热闹场面，它们兴奋异常，挤在舞蹈的人群中上蹿下跳。一个大眼睛的漂亮小男孩在当了我镜头前的模特后，带着我们穿过几条小土巷子，找到村长的家，村长正在小炭炉上煮咖啡，土坯垒砌的院子里很安静，或许他的女人和孩子们都在村口参加舞蹈狂欢呢。翁翻译说完来意后，村长眨着他那双看起来十分聪明的眼睛说，他知道会有爆炸的声音，他也知道中国人在附近修路。然后他炫耀般地说，他之所以知道这么多，是因为邦尼布古有个村民就在杰杰纳碎石场干活，他叫巴布。

噢，原来是巴布呀，翁翻译赶紧说，巴布是个好小伙子，他干活很卖力气，很认真。聪明的村长发出得意的笑声，殷勤地说，村里还有很多像巴布一样的好小伙子，他们也想去碎石场干活。那天解释完毕后的结果是，我们带回了一大群观众，邦尼布古村闲散的大人和无所事事的孩子排着长长的队伍跟在我们的车后面，狗跟在孩子们后面。吉普车缓缓地在窄窄的村道上行驶，躲开路上散步的鸡，孩子们撒开脚丫子奔跑，狗也奔跑。队伍里老老少少，男男女女，叽叽喳喳，像过节或赶集一样热闹。那三个敲非洲鼓和拨弄葫芦乐器的青年也跟着队伍来看热闹，他们不是邦尼布古的村民，他们是走村串户的民间卖艺者。我们打断了他们的演出，小伙子们并不恼怒，反倒是庆幸遇到了从来不曾遇到的稀罕事，他们很兴奋，在猴面包树下演奏最后一首曲子时，把激昂的情绪推至高潮，非洲鼓被拍得砰砰砰响，葫芦琴的弦声在高音区戛然而止。其实，演出并没有结束，邦尼布古的村民和三个游走艺人，在警戒线之外，继续唱、跳、敲、弹，他们一点也没有停止狂欢的意愿，他们只是把唱歌和舞蹈的场地换到了杰杰纳而已。

那一天，太阳因为过于明亮而使整个天空白得离奇，热浪和炫目的光令人怀疑天空不止一个太阳在俯视苍生。太阳照着石山也照着它对面的土山，土山高度与石山相等，灌木茂盛。土山对于杰杰纳的居住者来说，它的使用价值在于山顶有电话信号。通向山顶本是没有路的，同事们为了寻找电话信号，生生从乱草丛中踏出来一条路。又有稍懒的人，不愿走路到达，开着皮卡车上山，将路碾压得更宽。虽然有路，但土山仍然荒僻。在杰杰纳住了很久的同事说过，有几次，在土山顶，他被眼镜蛇追着跑了百十米。

院子平静，如果没有大型设备的轰鸣声，如果没有爆破声，杰杰纳几乎是寂静的。本地工人们在中方主管们的带领下，各司其职。石山和土山对峙而立，它们也各司其职。除了设备检修和保养，杰杰纳的机器轰鸣声不能停息，十二万平方米的石子需求量，必须在土方施工完成后如数生产完毕，这是老何在会议上拍着桌子、喷着唾沫星子喊出来的要求。每逢老何拍桌子的时候，我就在想，那个允许我们在月明之夜趁着满月喝一小杯酒的老何、写过诗歌的老何、会吹口哨音乐的老何，又被坚硬的工程折磨得失去了光华。

二

卓丽芭，卓丽芭，你出来跳一支舞吧。

一些夜晚，有月光，又碰巧碎石机在检修，制造噪音的大家伙安静了，院子也安静了，我们就喊卓丽芭出来跳一支舞。有时候她还没有忙完厨房的活，正在案板前剁一只鸡或是一条羊腿，准备第二天上午炖或炒。听见大伙儿起哄喊她，她便拎着菜刀跑出来，扭动她的腰，晃动她的臀，手臂高高举起，胳膊肘摆动，菜刀在她手里像个凶器般上下挥舞，把人吓得躲开。她看人都跑开了，就停止恶作剧，吐吐舌头，做个鬼脸，回到厨房的案板前继续对付那堆肉，嘴里哼着某支歌曲的调调，腰和臀也不闲着，菜刀剁肉便有了某种节律，如伴奏的鼓点。

若是卓丽芭忙完了厨房的活，又洗了澡，换了干净的衣裙，再喷些香水，那我们就能一饱眼福了。不用喊，她仪态万方地从院角的小屋走出来，边走边唱歌，香水味也飘过来，是气味浓烈的非洲香水，逆着风也能传三里地的那种。每逢这样的时刻，我们就知道卓丽芭今天心情很好，她一定是在土山顶上的第三棵树下，打了一个令她心花怒放的电话。

杰杰纳的人都去土山顶上的第三棵树下打电话，大家都说第三棵树下的信号最强。不知道那是一棵什么树，它长着很宽阔的叶子，与第一棵树、第二棵树都不一样，三棵树分别属于不同的树种。土山顶上只有三棵大树，像三足鼎立，其他的都是小灌木和杂草。我们都忽视另外两棵树，不是它们长得美或是不美，只是因为树下没有我们需要的电话信号。我们只关心第三棵树，它什么时候开花、什么时候结果，花是否芬芳、果子是否有毒，都经常被我们茶余饭后拿来议论。我没有见过第三棵树的花朵，它开花的时候我出差去了塞古，等我回来时，它已经结出青青的小果子。

月光之舞

我错过了它的花期，这使我有些遗憾，我在这棵不知名的树下，耳朵贴着手机话筒，絮絮叨叨地说过那么多话，每一句话都被树听了去，一些蠢话会令它笑得花枝乱颤吧，我却没有见过它的花。

我经常和卓丽芭结伴去土山，我不敢一个人上山，同事们关于眼镜蛇的传说令我恐惧。卓丽芭是个胆大的姑娘，她不怕蛇。蛇不会主动进攻人，她十分肯定地说。万一遇到了蛇呢？我问她。她立刻用手掌做了一个往下砍的动作，好像传说中的眼镜蛇不过就是厨房地板上等待宰杀的鸡或者鱼那般温顺。然后她就笑，拉着我往土山跑，她的魂早就被第三棵树勾走了，哪里管什么蛇不蛇的。卓丽芭在第三棵树下打很久很久的电话，她绕着树转许多圈，紧身的衣裙勾勒出曲线毕露的身形，真像一条直立起来的婀娜的蛇。若是站累了，她就索性坐下来。若是坐下来，那电话就更长，几乎每次都是在我的催促声中，她才恋恋不舍地挂电话。她从来就不心疼电话费，没有钱就向我借，发了工资再还给我。我猜想卓丽芭在恋爱，她表情和声音都极温柔，我甚至能看见她细腻的黑皮肤上聚起的羞怯的红云，她与厨房里提着菜刀凶巴巴地杀鸡宰鱼的厨娘就像两个人。她说班巴拉语，我近在咫尺也无法偷听。第三棵树听到了，它知晓姑娘的恋情。它岂止是知晓卓丽芭的恋情，第三棵树洞悉杰杰纳人的全部秘密。

杰杰纳的夜晚，乳油树上挂了一盏路灯，发电机的功率不能让灯足够明亮，灯光便有了一些昏黄的晕圈，像瞌睡人的眼。皓月当空，天幕是深邃的蓝色，这样的夜晚还要路灯做什么呢，我们索性关了那盏灯，只让月光不被打扰地在院子里任性倾泻。卓丽芭身上艳丽的裙子在月光下开出模糊的花，挑逗着我睁大眼睛想看得更清楚。但我还是最喜欢看卓丽芭穿白裙子跳舞，她活泼、奔放、狂野。她没有经过什么训练，但是她天然属于舞蹈，这片大地上的许多人都是这样，他们骨子里有舞蹈的基因。卓丽芭扭动、旋转、上升、下降，身上的每一处关节都是灵巧的，肢体柔软到仿佛能够无限拉长、无限弯曲，同时又充满力量。白裙子聚拢又荡开。虽说月光足够皎洁，但是她的黑皮肤依然和夜色过于融合，如此，白裙子就像是一件被施了魔法的舞蹈精灵，仿佛自顾自地在舞蹈，不需要身体的掌控，它已经不是包装身体的皮囊，而是能自主舞蹈的灵魂，它划出的光影充满魔幻。皓月之下，一池的月光被它搅动、被它搅碎。

逢这样的夜晚，爆破工人巴布下了班也不急着回家，他的家在三公里外的邦尼布古村，不算远，对一个棒小伙子来说，走路回家也不算难事，况且他还有一辆骑起来除了铃铛以外哪儿哪儿都响的自行车。他已经用井水冲了澡，换上了一件大红T恤衫，一看就知道是爆破队长老王送给他的，同版同型。巴布舍不得上班穿这件新衣服，他下了班，冲了澡，才换上这件炮仗服。炮仗服热烈的颜色和月光之夜不太调和，但是这不影响他摇头晃脑地配合卓丽芭舞蹈，他用力拍着他的大手掌，也竭力放声歌唱。我们在月光下围拢成一个大圆圈，围住了卓丽芭。我们仿佛是想用这个圆圈约束住卓丽芭，她的舞姿太狂野了，裙裾翻飞，若是不围住她，恐怕她会舞到天上去、舞到月亮上去。

一只夜鸟从乳油树上飞起，盘旋一圈又回到树的枝丫中去，它将这明亮的月光当作晨间的曦光，也把月下的歌舞当作了白昼的喧嚣。这样的夜晚并不常现，在杰杰纳，月明又逢安静的夜晚就像旱季没有沙尘的天气一样金贵，再说，即使安静又有月光，厨娘卓丽芭也不是每次都有舞蹈的好心情。

那条白裙子命中注定应该属于卓丽芭，在我出差回来后的一个明媚上午，她从我手里接过白裙子时，我就是这样想的。只是她脸上像月光一样的柔媚笑容和惊喜的表情令我惭愧，白裙子的价格实在是不配她如此狂喜。她两眼放光，两只手在围裙上擦了又擦，而后才接过白裙子，细细地抚摸，不相信似地望了我好一会儿，然后说，Madam贾，你太好了，你太好了。

　　白裙子来自五百公里外的塞古，也或许更远。那些地方是卓丽芭做梦都想去的地方吧。她十八岁的人生中去的最远的地方就是距此七十公里的大城市锡加索。而锡加索怎么能和塞古相提并论呢，要知道塞古是马里的一颗明珠，也是尼日尔河孕育的一颗明珠。来自明珠之地的白裙子真的像一粒白珍珠一样别致又美丽。那是我在古城塞古的一家也叫卓丽芭的小店里购买的。那家小店临着尼日尔河，用椰子壳的碎片拼成的店名，读出来发音竟然也是"卓丽芭"。马里的古都塞古弥漫着古老的尼日尔河风情，各色皮肤的游客穿行往来，风情别致的餐厅、客栈和服装小店令塞古充满复杂的情调。"卓丽芭"小店的老板夫妇是土耳其人，开朗健硕，极擅言谈。他们见我结结巴巴地拼出他们的店名，就夸张地大笑，冲着我直竖大拇指。老板娘扭动着她肥硕的腰，晃着肩膀，踩着节拍，边晃边唱：噢，噢，卓丽芭，卓丽芭。然后她拿出一条白裙子在我身上比画，鼓励我穿上试试。我一直在猜想"卓丽芭"这个发音为什么令他们如此开心，有什么传说或是典故附加在这个名字上吗？那传说或典故是属于塞古还是属于遥远的土耳其？这条明显不是为黄种人平板瘦削的身材而设计的白裙子，无论它式样多么美，在我试穿的时候始终像一条大口袋，我努力把身体张开也撑不起它该被撑起的地方，我撑不起它的美。不过，我还是买下了它，在听了它并不很贵的价格后，我已经决定买下。那会儿，我想到了我们的厨娘姑娘，她也叫卓丽芭啊，她在月光下舞蹈的样子多么美。

　　如此说来，月光下的白裙子舞蹈是不是从一开始就是我的计谋呢？或者说是月光的计谋？我们合谋导演了月光之舞。

　　天上的云朵开始稠密，它们挤挤扛扛地从远方往这片原野赶，云朵捎来雨的气息。乳油树上的鸟巢里又有新生命诞生，翅膀已经长硬的鸟飞离安乐的小窝，把床铺腾给刚刚出壳的弟弟妹妹们。每天依然有叽叽喳喳的鸟叫声从树上落下来。杰杰纳的生活在继续，碎石机的轰鸣声也在继续。

白裙子给厨娘卓丽芭带来无尽的快乐。每天干完活，洗了澡，她是要穿一穿的，但是又绝不会长久地穿，只穿那么一会儿，在院子里走几圈，哼着欢快的曲子。步伐是极优美的，仿佛有万千观众在凝望着她。而那时，院子里的几条狗若是不知趣地凑上去蹭她的腿，她就会毫不客气地把狗踢得嗷嗷叫，她担心狗蹭脏她的白裙子。而一旦她回到小屋换上别的衣裙再出来，又会主动去逗那些狗，去抚摸它们，仿佛在为刚才的粗暴而致歉。爆破工巴布大概也喜欢卓丽芭穿白裙子的样子吧，他说，卓丽芭的白裙子像婚纱一样美。他的大眼睛里闪着向往的光，嘴巴微微张开，像个孩子看见美味的食物。

雨季终于来临，一些受雨影响的施工不得不停止，土方工程处的同事们开始陆陆续续回国休假。老王的爆破队在第一场大雨浇下来前完成了取石料的任务，爆破队解散了，爆破队长老王终于彻底放松紧绷了好几个月的神经，他理一理如炮仗捻子般的绺绺白发，扔了炮仗皮一样的大红T恤衫，轻轻松松地回国交差去了。巴布还在，他换了一个工种，由爆破工变成了碎石工，往大机器的嘴巴里填石料。他的大红T恤衫仍然在他下班后闪亮登场，远远望去，让人想起炮仗脾气的老王。

卓丽芭似乎越来越沉默，她去土山顶上第三棵树下打电话的频率越来越高，可是她笑的时候反而越来越少，有时笑着笑着突然想起来什么似的倏然就收敛起笑容。白裙子依然在每天傍晚被卓丽芭穿上那么一会儿，像一朵短暂盛开的洁白花朵。她不唱歌了，月光下的舞蹈也在第一场雨降落之后成为杰杰纳人的回忆。

那一年的雨格外猛烈，骤雨之后必有彩虹。有一天暴雨过后，宽阔的彩虹竟然如桥梁一样，一端架在土山顶，一端连着石山巅，两座本没有什么风景的小山因为雨后短暂的彩虹而具有动人之态。老何说这是好兆头，彩虹如桥，预示着我们的工程将通向坦途。他心情大好，吹起久违的口哨，脆亮的口哨声像一支轻快的箭飞离他的嘴唇。鸟儿听到了，它们热烈回应，叽叽喳喳的鸟鸣声从乳油树上落下来。

从土山顶打电话回来的翁翻译说，第三棵树被风雨击倒了。我们愣怔片刻，望向那条飞架在两座小山之间的彩虹。彩虹正渐渐淡去直至消失。第三棵树或许已经从桥上走过，它把杰杰纳人的秘密带到了天上。

乌斯曼不唱歌了

My Life in Africa

　　王总的司机乌斯曼是个漂亮的黑小伙儿，卷曲的头发紧贴着头皮，长且微翘的睫毛装饰一双大而水汪汪的眼睛。

　　当初，王总调乌斯曼来给他开小车的时候，小伙子没有表现出大家预期的喜悦。他在油罐车高高的驾驶室里，正随着收音机里播放的旋律唱着一首节奏欢快的歌，声音嘹亮，摇头晃脑。大概是太投入了，他没有听见我们朝他喊话，直到他看见龙翻译和我的确是在朝着他说话。他立刻停止唱歌，但张着的嘴巴没有合上，神情有些紧张，以为自己犯了什么过错。

　　龙翻译冲着他大喊，乌斯曼，谢夫要调你去给他开小车了。谢夫在法语中是领导、老板的意思。乌斯曼磨磨蹭蹭地从大油罐车上下来，忽闪忽闪地眨着大眼睛，问我，给谢夫开小车吗？是我吗？这里有两个人叫乌斯曼，是不是开挖掘机的乌斯曼呢？

　　他斜靠在一棵杧果树上，白色的旧T恤衫被尘土染成了土黄色，一身的油味儿、汗味儿、体味儿，这复杂的味道混合着杧果花的醇香，被原野的风吹走又送回。

噢，乌斯曼，是你，开油罐车的乌斯曼。给谢夫开车，不会亏待你，工资肯定比你开油罐车高啊，重要的是，不用这么辛苦，不用这么脏。

龙翻译面带微笑地和乌斯曼说着话，他脸上的喜悦比乌斯曼多。这喜悦一点儿也没有感染乌斯曼，黑小伙忧虑重重，刚才唱歌的嘴巴一直没有合拢，好像有什么话要说又说不出来。宣读圣旨般的龙翻译没有收到预期的反应，他突然收起笑容，有几分无趣也有几分恼怒地说，明天去上班。

乌斯曼愣了很久，他靠着那棵杧果树，不理会旁边起哄的同伴们。工程车的司机们围拢过来，有羡慕他的，有妒忌他的。他们叽叽喳喳说个不停，惊飞了树上的几只鸟。

直到下班，乌斯曼都没有再说一句话，也没有开口唱歌。往常，他是一直唱着歌的。他总是唱着歌来，又唱着歌走，他的歌声像油罐车的喇叭一样嘹亮。他腰里挂着小收音机，总是播放着节奏欢快的曲子，乌斯曼随着这些曲子，边开车边歌唱。油罐车在工地的任务是给工程车辆送油，司机们都说，只要听见歌声，就知道乌斯曼来了，他的车不需要喇叭。

那一天，乌斯曼破天荒地没有唱着歌回家，他有点忐忑不安。腰里的收音机也像它的主人一样沉默着。

不论乌斯曼是否愿意，他必须服从命令。令我们不解的是乌斯曼为何毫无喜色，要知道，王总是在一大堆候选名单中选中乌斯曼的。王总是个挑剔的人，他挑选司机，不光需要驾驶技术好，还要求为人谨慎，手脚干净，憨厚少言。这些要求中，为人谨慎、手脚干净好理解，哪个领导都希望自己的员工具备这两项品质，倒是憨厚少言这个要求比较特殊，大概因为王总自己是个沉默寡言的人吧，他不喜欢自己的司机在工作的时候发出过多的声音。

早在一个月前，王总挑选司机的消息就在工地传开了，几乎所有的司机都跃跃欲试，纷纷让自己的主管去王总那里推荐自己，唯有乌斯曼是被主管推荐的。他开车技术好，为人诚实，又爱笑，一脸喜庆的样子很讨人喜欢。被推荐后，主管忘记了告诉他。

在一串长长的候选名单中脱颖而出，乌斯曼不喜形于色，他的大眼睛后面隐藏着不安。不过这不妨碍乌斯曼按时去新的岗位上班。他果然是个勤快又谨慎的人，一大早就在院子里擦洗王总那辆三菱吉普，黑色的车身在他近乎苛刻的要求下，焕然一新。车厢内的座椅、垫毯也都清洁到位。王总满意地站在不远处的乳油树下，脸上有明显的得意神色。

那一天我搭乘王总的车去七十公里外的一座大城市的银行提款，王总和我坐上车，乌斯曼却突然不见了踪影，我下车去找他，大门的保安说看见乌斯曼往村庄的方向走了，是一路小跑着去的。唉，这个家伙，临阵脱逃了吗？我心里正暗暗着急，一抬眼，看见乌斯曼正朝着我们的院子跑来。他换了干净的衬衫和长裤，领子雪白，穿着皮鞋。从我身边经过时，有些不自在，像穿着借来的衣服。香水的味道和他羞涩的笑容一起传递过来，令我几乎认不出他了。我见惯了他开油罐车时衣衫破旧的样子，也见惯了他尘土满面的样子。昨天的乌斯曼还是一个在高高的油罐车驾驶室里唱着歌、浑身汗味儿的脏小伙儿，今天竟然像我即将去的某银行的高级白领了。

一路上乌斯曼谨慎、沉默，车开得稳稳当当，速度恰好。到了银行门口，他下车，为我们开车门，送我们进入大厅，又出来。我隔着银行的玻璃门，看见他把车开到一处树荫下，等着我们。

两个小时后，我们从银行出来。远远地，我看见乌斯曼站在吉普车旁一副开心的样子，他又像在工地一样，跟着收音机里的音乐在放声歌唱。不是他自己的那个小收音机，是吉普车里的电台。依然是欢快的曲子，也依然唱得忘了自己在哪里。他身边聚了好几个陌生的小伙子，都用手掌或脚尖合着节拍在为他助兴。王总和我站在车旁边好一会儿了，乌斯曼还没有发觉，直到王总大喝了一声，乌斯曼，他才像从梦中醒来一样，恍惚了片刻后，回到他的角色中。

王总的脸上阴云密布，他说，乌斯曼，以后不允许这样，小车司机要稳当，要随时候着主人，要把车开到银行大门的台阶前，下车，为我们打开车门。

乌斯曼满脸惊慌，他惶恐的样子依然是张着嘴巴，忘记了闭上。他频频点头，一连声地说，谢夫，下次不敢了。

回去的路上，一向少言的王总大概觉得气氛太沉闷了，他想缓和一下，就又和乌斯曼聊了几句。他问乌斯曼，你高兴为我开车吗？乌斯曼憨憨地说，谢夫，为你开车，我要花很多钱买衣服和香水。王总被他逗笑了，乌斯曼却不笑，他眉头拧着，好像多么怀念穿着脏衣服、满身汗臭味儿的油罐车上的日子。

我在想，乌斯曼是怀念工地上的生活吧，尤其怀念能自由自在歌唱的日子吧。

乌斯曼为王总开车，一开便是四年。他越来越沉默，我很少听见他说话了，更不要说唱歌了。

我一直怀疑，那个在油罐车上大声歌唱的乌斯曼是不是眼前的这个乌斯曼。

巴拉丰木琴

My Life in Africa

一

放羊娃穆穆被蛇咬伤,而我则把右腿膝盖摔得血淋淋,偏偏我的狗二呆又袭击了穆穆的小黑羊,一时间,人哭、狗吠、羊咩咩地叫,打破了一个多么柔美的黄昏。

不怪穆穆,不怪二呆,也不怪我,当然更不能怪杧果园中恋爱的椋鸟。

杧果树在 月份挂上果实,一粒粒小青果子像大蚕豆似的,密密麻麻在脐带般的藤条上挤着。风吹过,摇来摆去,又像是风铃,只是没有声音。若它们具有金属质地,这杧果园一定叮叮当当,煞是悦耳。这会儿,两只椋鸟正在杧果树的枝丫间跳来跳去,它们的鸣叫婉转、轻柔。啾、啾啾、啾啾啾,像恋爱中的甜言蜜语,在同一个频道上此唱彼和,歌喉如被神吻过般动听。椋鸟是语言天才,这神奇的鸟能模仿各类动物的声音,甚至能像八哥或鹦鹉一样模仿人类说话或是唱歌。世间的事情就是这样奇妙，鸟儿模仿人类说话，人类又是多么羡慕鸟儿的歌喉，竭力模仿鸟儿歌唱。那只个头稍大一点的椋鸟，羽毛如深蓝的缎子，闪着光泽，乳白色的小斑点装饰着原本就华丽的翅膀和绒绒的胸部羽毛，鸟喙淡淡发黄。颜色稍显黯然的另一只大概是雌鸟吧，鸟类历来如此，华美总是属于雄性。漂亮的雄鸟半张开翅膀，炫耀每一根闪亮的羽毛，一遍遍把尾部的花斑抖动给它的同伴看，还摇晃头部的翎子，滴溜溜转动的黑眼睛在翎子下闪着痴迷的光。

我经常在傍晚的时候去杧果园偷窥椋鸟恋爱，求爱的场景是这个时节杧果园的固有节目。我的狗二呆也和我一起看。它是一条负责任的狗，不会允许它的主人一个人在杧果园溜达。我想二呆是能看懂鸟儿恋爱的，因为逢这样的时刻它便很安静，张着几乎滴出口水的大嘴，呆呆地看，从不用吠叫打扰求爱中的鸟。当雄鸟的求爱终于圆满，旁观者二呆才回过神来，摇摇尾巴，仍然不发一声。而当雄鸟因为雌鸟的不解风情而失去耐心飞走的时候，二呆便冲着憨头憨脑的雌鸟发出低低的如干咳一样的吠声。二呆是我一手养大的，我知道它没有恋爱经历，它经历单纯，经常犯傻。然而，对于恋爱这种事情，所有的动物都不傻，都无师自通。一条没有恋爱过的狗的干咳，此时会包含什么情绪呢？椋鸟顾不上细想一条狗的感受，它们忙着呢。托着雌鸟的那根树枝不会长久寂寞，很快就会有另一只雄鸟落下，重复刚才的故事。

今年的椋鸟格外多，往年我从没有见过它们成片地飞翔。我不知道栖息在非洲的椋鸟的具体种属，只知道它们是椋鸟，是繁殖力强、分布区域广的鸟，或许这里的椋鸟叫非洲椋鸟？它们和欧洲椋鸟是近亲吗？要知道欧洲椋鸟是被大名如雷贯耳的莎士比亚写过的鸟呀，也因此欧洲椋鸟有一个令人羡慕的别称：莎士比亚的鸟。非洲椋鸟大概没有进入过文学经典，但是这并不妨碍它们在非洲原野飞翔、恋爱以及繁衍子孙。经常有一群一群的椋鸟飞过杧果园上空，每一群有二三十只吧，像一个大家庭。它们不会如大雁那样排成好看的阵势，也没有大雁飞得高远、飞得苍茫，它们往往低空飞行，以觅食的姿态从一片树林赶往另一片树林，路过田野，或许就俯冲下来，捎带着把庄稼地里的蝗虫干掉。与大雁相比，椋鸟的飞翔显得庸碌，不过，椋鸟的飞翔也是飞翔，展翅、振翅、获得升力，无论高与低、雅与俗，飞，这个行为本身便具有无上的意义，是高远的。

放羊娃穆穆此刻准会经过杧果园，领着他家的一群羊和两头牛浩浩荡荡地牧归，夕阳也正好把一天中最柔和的面目呈现给大地，为万物镀上一层金光。羊蹄子、牛蹄子踢起的红土灰尘使暮色浑浊，也让黄昏具有烟火气息，不那么寂寥。羊儿们个个肚皮鼓鼓，原野里有的是草，这里属于西非的稀树干草原地带，牧草肥美，雨季青草如茵，旱季干草似毡。牛的肚子当然也是鼓鼓的，不仅牛肚子饱满，牛背上如驼峰一样的肉囊也是饱满的，否则它们怎么有资格被叫作驼峰牛呢。

穆穆肚皮却瘪着，这孩子可能一天都没吃什么正经东西了。原野上倒是有些能充饥的果实或者昆虫，放羊娃们总能找些东西填填干瘪的肚子，他们放牧是不带干粮的，讲究些的孩子或许会背一壶水，大部分放羊娃除了一把牧鞭几乎什么都没有，吃的喝的都在原野上，在树林里。比如这个时节猴面包树上就有干硬的果子，砸开坚硬的外壳，果肉像面粉一样能食用。虽然味道又干又涩，还微微泛酸，但饥肠辘辘的人是不挑剔味道的。若是能找到飞蚂蚁的巢穴，孩子们就有口福了，他们把还没有长出翅膀的嫩嫩的飞蚂蚁放在火上燎一下，肉香便往他们的鼻子里钻，那可怜的还没有见过天日的昆虫就终止了日后飞向天空的梦想以及一切梦想。飞蚂蚁含有丰富的蛋白质，这道原野大餐能时不时地给少年们补充营养。穆穆赤裸着上身，肋巴骨清清楚楚。这两排清清楚楚的肋巴骨就像穆穆的父亲

巴拉丰木琴

制作的巴拉丰木琴的琴键，令人产生想用木槌轻轻敲一下的冲动，敲一下就会有声音流出。马里著名的巴拉丰木琴，琴身长长的，如穆穆父亲令人记不住的长长的名字。本人名、父亲名、祖父名组成他的姓名，繁复拗口。我们索性省事地喊他老穆。老穆、老穆，他应着，不置可否地一笑。

　　我曾经在穆穆家院子里旁观过老穆制作一架巴拉丰木琴的全部过程。我像一个偷学手艺的人细细地看着他用砂纸打磨长短不一的木片，再看着他用质地不一的绳子串联木片，成为木简。他做得专注，偶尔抬头看看我，并不停下手里的活计。有我充当观众，他的手工有了一些表演的味道。木片是本地的乌木，质地坚硬得堪比金属，把它们打磨光滑不是件很轻松的事情。巴拉丰木琴最特别的地方在于装在每个音条下的共鸣器既不是木料也不是金属，而是一个个大小不等的圆溜溜的空葫芦。我曾经为非洲葫芦的形状而疑惑过，它不是上小下大的两部分，它是一个整体的圆，这颠覆了我对葫芦的一贯认知。老穆耐心十足，可也有一点点小笨拙，他把乐器重要的共鸣箱——葫芦上的孔，凿得不够圆，大小也不等。是简陋的开孔锥子太不凑手了还是巴拉丰木琴本身需要葫芦具有不同尺寸的孔，我不得而知。但是葫芦孔不够圆显得不美观，老穆也明白这一点，每当他钻了一个不够圆的葫芦孔时，他就抬头看我一眼，无奈又自嘲地笑一下。也许正因为如此，巴拉丰木琴充满了手工感，没有两件是完全一样的，连相似也做不到，每一架巴拉丰木琴都独一无二，原始，拙朴。而葫芦的大小、形状、厚薄都影响着巴拉丰木琴的音质，甚至用新葫芦还是用老葫芦也很有讲究，同样是葫芦，新老葫芦在含水量上的差异将导致巴拉丰木琴音质的细微差别，不过，我的耳朵是听不出来的，很多耳朵都听不出来，只有像老穆一样的老练的耳朵才能察觉。

　　在马里的城市或是乡间，巴拉丰木琴无处不在，就像杧果树之于原野。巴拉丰木琴上得殿堂也下得乡野，正规的音乐会上它是不可或缺的成员，它也是游走乡村的民间艺人的标识。一架巴拉丰木琴和一面非洲鼓就能撑起一个乐队。老穆年轻的时候正是这样的游走歌手，脖子上挂着他的巴拉丰木琴浪迹马里的乡野，自编、自唱、自弹，没有固定的曲谱也没有不变的歌词，就像信手拈来天上的云一样自由自在，每一首歌都像巴拉丰木琴一样独一无二且不可复制。

穆穆不放羊的时候是他父亲的小帮手，其实我看穆穆也帮不上什么忙，他太小，还是个顽童。老穆似乎也不想让穆穆插手，手工制品总是充满制作者的个体温度，它像艺术一样是独立和孤独的，别人帮不上忙。穆穆不过是递个工具什么的，有客人观看他父亲做琴，他比父亲还兴奋，歌唱、翻跟头，人来疯似的，就差上房揭瓦了，如果他家房顶有瓦的话。不仅他家的房顶没有瓦，这一带的房顶都没有瓦，富裕人家用铁皮瓦，穆穆家是茅草屋顶。

一张照片被穆穆从屋里翻出来，颜色已经发黄，也有点皱巴。照片上的两个人并排站在背景模糊的地方，一位是黑皮肤，另一位是白皮肤。看不清五官，但是我猜那位脖子上挂着巴拉丰木琴的黑人青年就是当年的老穆吧。在边走边唱的途中，他路遇了一位西方的游客，留下了这张照片。穆穆指着照片说：锡加索、锡加索。我听明白他说的是这张照片的拍摄地点，锡加索是马里的第三大城市，也是我们公司正在建设的公路的终点。

后来，因为养家糊口的需要吧，老穆放弃边走边唱的流浪生活，改行去附近的巴戈埃河淘金。这条巴尼河的小支流上遍布淘金者。老穆像热爱歌唱一样热爱河流，在西非，只要有河流的地方就几乎都有沙金。歌唱和淘金组成老穆的前半生，这听起来就让人羡慕，一个是自由的游走，一个是沉甸甸的财富，不过，老穆淘金好像没有见什么成效，他家的房子依然是茅草屋顶。淘金者老穆仍然热爱着巴拉丰木琴和音乐，当然，肯定，他也爱金子。在不淘金的日子里，他做琴，也卖琴。似乎他并不在意卖琴的收入，有人夸他的琴好、又碰巧他的心情也好的时候，那架琴或许就送给了夸它的人。游走艺人豪放的品性依然在淘金者老穆身上延续。

放羊娃穆穆不愧是民间艺人老穆的儿子，他带着自己的琴放羊。不是他父亲制作的可以用来去集市上销售的巴拉丰木琴，而是一把他自己的琴，穆穆做的琴。全部的配件就是尼龙线和树枝，细细的尼龙线和弯弯的树枝。树枝是琴架，尼龙线是琴弦。树枝弯曲地弓着腰，尼龙线则紧紧地绷直身体。线在枝上绕一圈是单弦琴，绕两圈是双弦琴。如果某一天穆穆碰巧弄到了一根长长的尼龙线，他一定会让他的琴有更多的弦。他用右手的拇指和食指弹拨着琴弦，轻声哼唱着一首歌，小脑袋左晃晃、右摆摆，小肩膀一耸一耸，陶醉般微眯着眼，如同舞台上表演的真正歌手。当然，穆穆的琴几乎不能发出任何音符，它不过是放羊娃随身带着的精神慰藉。但凡是见过穆穆弹琴的人都会被他感动，连他自己都被自己感动了。他的脸生动、快乐、沉醉，尤其在黄昏的时候，金色的晕圈罩着他，他和他的琴以及他的破旧衣服都闪闪发光。不论穆穆的那把琴是否能发出声音，也不论它发出怎样的声音，只要他的琴在他的手里，他的歌就在他的心里，广阔的原野就是他的舞台，谁能说穆穆的琴不是一把真正的琴呢？

放羊娃穆穆在牛羊的簇拥中，怀抱一把琴出现在杧果园边走边弹边唱的样子，竟然有一种流浪艺人的不羁和忧伤。这让我联想到他的父亲老穆，当年的老穆也是这样在乡间边走边唱边弹，也是这样不羁和忧伤吗？爱好和气质具有遗传性，穆穆音乐的天赋来自他的父亲吧。或者说，是这片大地为穆穆和他的父亲烙上音乐的印记。这片土地生长音乐，几乎人人都能随时放声歌唱，也能就地起舞。

我有时候会喊一声好，这让他很是得意。得意的穆穆从流浪歌手回归成放羊娃，顽皮的神色从他忽灵灵的大眼睛中溢出来，鬼点子什么的也从这双眼睛里跳出来,这神色属于他,属于他那个年龄的所有少年。他总是想着和我比试一下什么,比如蹦高、比如跳远。这种不平等的比试,穆穆显然是赢定了,他的身子骨轻巧得像那只漂亮的雄鸟,轻轻一跃,仿佛就能蹦到杧果树上去。不过我还是乐意和他比试一下,比试什么都行。他是寂寞的,在无边无际的原野,牛羊是他的玩伴,除了唱歌,他或许一整天都没有说一句话了。当然如果他愿意他可以和他的牛羊说话;我也是寂寞的,我们基地院子里整个白天只有我一人留守,同事们都去工地了,天黑透了他们才会回来,我也一整天没有说话了,当然如果我愿意,我可以给同事或朋友打电话,但我似乎不愿意这么干,独处久了的人,慢慢就拙于语言的表达了,我寂寞得开始偷窥鸟儿的恋爱;而在这个偏远之地,甚至连落日都是寂寞的,它每天沿着同一个轨迹坠入杧果园西边的灌木林,把余晖成千上万次涂抹在同一片地方。

那天,我们比试的是蹦高。小路上助跑一阵子,第三棵杧果树下起跳,以摸着离地两三米的一片树叶为判断输赢的依据。赤脚的小男孩轻盈得像只猴子,他不用助跑,只在树下轻轻起跳,就抓住了那片树叶。他简直能轻飘得成为那片树叶回到树枝上去,他薄而窄的身子或许真的就是一片树叶吧。而我,需要一本正经地助跑、不偏差地起跳、手臂伸得足够直,那片树叶才肯稍稍地沉下脸舔一下我的指尖。不过,在摸树叶的比赛中,我没有输得太惨,那天我突然身轻如燕,如有神助,而那片目标中的叶子也在我起跳的瞬间被一阵风拂过,它甚解人意地朝着低处舞动,我的指尖便与它轻轻相触。危险总是在得意中潜滋暗长,一块隐藏在草丛中的石头终止了我胜利的欢呼。在从高处落下的一瞬间,我的腿莫名地软了一下,右膝盖便准确地迎着那块石头最尖利的部分撞了上去,比指尖触摸树叶要准确一万倍。

一声尖叫划破静谧,在杧果园盘旋,随后,另一声惨叫追赶而来,两种叫声尚未落地，小黑羊又咩咩地急促呼喊，如婴儿的奶声奶气的啼哭。惨叫声来自穆穆，不过他不是为了我的膝盖，他是为他自己的手指。一条形如树枝、色也如树枝的蛇藏身在那块石头下，当我滚落在地，双手捧着流血的膝盖尖叫和哭泣的时候，蛇恨恨地吐出分叉的信子，在我和穆穆之间，它选择袭击穆穆，将两枚牙印留在穆穆的右手指上，而后，它迅捷逃遁，只见草动，不见蛇影。二呆扑向穆穆的羊群，血腥和混乱激发了狗的兽性，它像那条蛇一样，选择最弱小的目标，比如刚出生没有多久的小黑羊。椋鸟的伊甸园顿时乱作一团，扑啦啦，几十只椋鸟像机场的直升机接到命令般集体升空，慌慌张张撤离杧果园，朝着一片灌木林飞去，去那里安放它们的爱情。夕阳也落荒而逃，隐入地平线深处。

二

后半夜下了一场雨，初始雨点大而急，砸在我的铁皮瓦屋顶上噼噼啪啪的，很有一些雨季真正来临的气势。不过这气势只维持了大约两分钟就弱了下来，毕竟离雨季到来还有足足的四个月。偶尔游过天空的云还是单薄的、洁白的，这样的云颜色不够浓黑，分量也不够沉重，它们没有备好足够的雨就急急忙忙地抖落，缺乏后劲。雨的节奏慢慢变得轻柔，雨丝细细的，沙沙沙，像跃上房顶的猫般脚步小心谨慎、轻挪轻放。我知道这个时节的雨就是基地翻译老余说过的杧果雨，是西非特有的天气现象。杧果树挂果的时候，干旱了好几个月的西非大地总是会被一两场毫无征兆的小雨淋湿。说淋湿有些渲染，一场杧果雨过后，大地往往还是干燥的，甚至连树叶上积累的灰尘都不会少一星半点，到处都看不到雨润泽后的痕迹。西非大地干旱得太久了，细而疏的雨丝于大地而言就像轻佻的情人的吻，挑逗般地来了，又不动声色地收走。我一直觉得杧果雨就像一个梦幻，它往往在夜里悄悄地来，如果我熟睡，便连声音也不会听到，而次日一轮新鲜的太阳将如昨日一样走过天空，像什么都没有发生过一样。我总是找不到什么来证明杧果雨真正地来过，或许就连那噼噼啪啪和沙沙沙沙的声音也是梦中的情景呢。

这场杧果雨却被我捉住了。因为膝盖疼痛而无眠，我终于捉住了一场来无踪、去无影的杧果雨。疼痛似乎因为雨的到来而减轻，我在黑暗中细数雨脚的变幻、雨丝的疏密以转移对伤处的注意力。雨声的催眠作用逐渐显现，而梦这个精灵不仅热爱潜入深如湖泊的酣睡，它也愿意冒着搁浅的风险在浅滩嬉戏。只有一个打盹儿的短工夫，那条蛇便缠绕住我的右膝盖，越缠越紧，直到把我勒醒，也把我勒得冷汗淋淋。我喊了一声穆穆就完全清醒了。穆穆，不知穆穆是否也疼痛难忍，可怜的放羊娃，若是毒蛇，他的小命堪忧。但愿如老余所言，那只是一条无毒的蛇。

杧果园惊心动魄的一幕是被我即刻在电话中告知基地翻译老余的。我瘫坐在草地上，一只手捂着我的膝盖，另一只手拿着电话。他在电话那端追问：看清蛇头的形状了吗？三角形还是圆形？我心有余悸地望着摇动的草，多么惧怕那条逃走的蛇再原路返回，我在圆形和三角形之间搜索我的记忆，来回徘徊，竟然一片茫然。老余安慰我说不像是毒蛇，毒蛇大多颜色鲜艳，毒蛇也从不迅捷逃遁，毒蛇从来就慢吞吞，从来就不以逃跑的姿态示人。老余知识渊博，说起话来喜欢滔滔不绝。我回到基地院子，老余也已经从工地返回，他急急地拿出一本书，翻了几页，指给我看，而后他坚定地下了判断：是枯树蛇，无毒。他合上百科全书般厚实的书，镜片后的小眼睛放出笃定的光。但是，为了稳妥起见，我和老余还是又去了一趟穆穆的家，告诉他的父亲老穆，若是穆穆有中毒的迹象，务必来找我们，我们的吉普车将送穆穆去距离这里七十公里的大城市锡加索的大医院，那里有中国医疗队，有治疗蛇伤的血清。说完这些，我们长长地舒了口气，站在穆穆家的院子里，像是做错事又道完歉后尴尬的人。

穆穆家像周围所有的人家一样没有光亮，在尼埃纳，黑夜降临之后，只有我们基地的院子才有灯的光芒。好在那会儿有月光，前半夜是有月光的，降落杧果雨的那片云还没有潜入尼埃纳的天空，它们还在半路，这片天空还是月儿的天下。半轮月亮散发的清光笼罩着穆穆家的院子，几间茅草屋顶的房子、圆顶的粮仓和尖顶的鸡舍在月光下像一幕童话剧的布景。老穆正在为穆穆清洗伤口，一盆看不出颜色的水发出植物汁液的味道。民间艺人老穆此刻又像乡间医生一样，用土办法给穆穆解毒。我们用手电筒帮着老穆照明，穆穆已经停止了哭泣，一张没有洗过的小脏脸被泪痕横七竖八地占领。他乖乖地听任父亲摆弄他那只手，时不时地龇牙咧嘴。老余对植物和风土感兴趣，他凑近那盆水，用鼻子使劲闻了闻，煞有介事地说，嗯嗯，像是紫花地丁，不对，也或许是半边莲。他解释说这是治疗蛇伤的神奇植物，上了鼎鼎大名的《本草纲目》呢。我暗暗笑了一下，提醒老余说这里是非洲。紫花地丁和半边莲都是温带植物，非洲怎么会有？老余却说，只要有蛇的地方，就有紫花地丁和半边莲，或者它们的同宗兄弟，不过是换了种叫法而已，就像大地上生长不同的庄稼一样，植物变幻面目拯救人类，这是上苍仁慈的安排。

老余又犯了说起话来滔滔不绝的毛病，像发表演讲。他对天文、地理和哲学充满兴趣。老余其实不老，却常常说一些很"老"也很劲道的话，他有十多年的援非工作经历，走遍了三十多个非洲国家。他像一只非洲椋鸟，飞翔到哪里就说哪里的语言。英语、法语、西班牙语都不在话下，最令人佩服的是他学习本地土语的本领，不论是有文字的班巴拉语，还是没有文字的塞诺福语，他都娴熟无比，语言于他而言就像音乐于老穆父子，是天赋，是长在身体里的东西。人具有某种天赋也是上苍仁慈的安排。

上苍果然仁慈，穆穆安然无恙，可是，他的小黑羊却病了。小黑羊身上没有伤，二呆只是追逐了它，并没有下口咬，二呆终究是一条被驯服的狗而不是狼，况且基地的伙食也让它从来就不知道什么是饥饿。但是小黑羊从没有见过这个阵势，它不明白往日友好的二呆怎么突然就像狼一样扑过来了呢。其实小黑羊也没有见过狼，西非的稀树干草原地带没有大型的食肉动物，小黑羊在和平安宁的环境中生长，一条突然发癫的狗就把这个柔弱的小家伙吓病了。穆穆抱着他的小黑羊站在我们基地院子的大门口，我留心看他的右手，几乎看不出受伤的痕迹，看来，紫花地丁或是半边莲的同宗兄弟果然对蛇伤具有神效。穆穆这小家伙好了伤疤忘了疼，他竟然完全不在意自己的手指，他的全部心思在小黑羊身上。他说，Madam 贾，是你的狗吓病了小黑羊，你要为它看病。小黑羊软绵绵地蜷在穆穆怀里，像个病孩子般安静、无力、撒娇。二呆窜出来，围着穆穆绕圈子、摇尾示好，它忘记了昨天闯的祸，它单方面就一笔勾销了恩怨，像什么都没有发生过似的撒着欢儿。我拿出一张面值一千西朗的纸币，递给穆穆。放羊娃摇了摇头。我换了一张两千西朗，再次递给他。这个金额是我们雇用一个本地普通工人的日工资，而一个本地人养活自己每天只要五百西朗就够了。放羊娃却仍然摇摇头。我有些愠怒。尼埃纳集市上的兽药难道很昂贵吗？见多识广的老余再次道破了玄机，他调侃地说，亲爱的Madam贾，你看不出来吗，放羊娃是想让中国女士和他一起去集市上为小黑羊买药，有中国女士跟着为他付款，放羊娃该是多么风光啊，你就去吧，一包兽药大概五十西朗，满足一下一个乡村少年的虚荣心吧。老余朝我挤挤他的小眼睛，又说他也想去集市上逛逛，没准儿能淘点稀罕物件呢。

那天碰巧是星期天，星期天是尼埃纳的集市日。四邻八乡的村民们一大早就从各自的村庄往尼埃纳赶，镇子中心的小广场熙熙攘攘，人头攒动。有骑自行车来的、有赶驴车来的，女人们大多步行，腰里系着娃娃，头上顶着包袱，噗嗒噗嗒的，夹趾拖鞋拍打着地面。娃娃老老实实端坐在母亲腰部，不用担心掉下去，女人上翘的臀和细细的腰之间形成的凹陷仿佛是娃娃天然的座椅，一块头巾样的布兜着娃娃，又为这把座椅增添了防护栏杆。我学着非洲妇女的样子背一个一岁多的小男孩，那孩子在我如悬崖般陡峭的臀部没有能够找到放下小屁股的地方，他双手紧紧地攥住我的衣角，双腿本能地夹紧，发出似乎要跌入万丈深渊的恐惧哭声，他的母亲则在一旁笑弯了腰，笑出了眼泪。

非洲的乡村集市就是一场纯手工品的汇集、展览，也是原野各种作物收获的展示。木制器皿造型奇怪而粗糙，刀劈斧砍的痕迹根本不屑于用砂纸去打磨，更不会用油漆来遮掩，而是就那么直挺挺地以拙朴的面貌展现于朗朗日下。粗糙的器皿盛着我认识的棉花、花生、玉米、腰果和我吃过的各种热带水果，也盛着我没有见过的更叫不出来名字的谷物或果实。

销售产品仿佛不是非洲乡村集市的最大功能，聚集、交流、寒暄才是。一周或是更长时间没有见面的人，惊呼一声，然后握着手开始冗长的问候。不仅互相问好，还要问及家人朋友，每个人的名字都像火车一样长，要全称地念出来。见面时问候一遍，告别时再问候一遍，本来已经转身要走了，又想起了什么，再接着说，说之前先问候，像刚见面一样。这样聊着聊着，天就过了正午，再聊着聊着，集市就该散了。各自收拾各自的货物，回家吧。本来想卖了玉米买些木薯的，算了，回家接着吃玉米吧。散漫、随性，他们就像天上的云一样。

我们在集市上遇到了卖巴拉丰木琴的老穆，他的作品摆在他面前，此刻是商品。老穆用两把小木槌弹着他的巴拉丰木琴，唱着一首曲调悠扬的班巴拉歌谣。琴声灵动悦耳，如水在流动。老穆的嗓音略微沙哑，像旱季刮过原野的风。周围聚拢了一些人，有人唱和，有人起舞。集市的一个功能是交换商品，另一个功能就是交换情绪。而情绪流动的最好形式是音乐，并非语言。

老余一定能听懂老穆的歌词。他说若是有时间和机会，他将搜集散落在民间的班巴拉民歌，整理后翻译成汉语，或者更广阔一些，翻译成他所掌握的所有语言。不知道老余是否把这个宏大的想法告诉过曾经的歌手老穆，其实老穆至今也依然是歌手，往后也会是的。老穆若是知道这位中国公司的余翻译将干一件传播班巴拉文化的善事，他一定会激动得彻夜弹琴和歌唱吧？

眼下老穆唱着的这首民谣的曲调悠长、苍凉，有如什么东西在古老的大地上涌动，不可阻挡又无限悲怆。老余听得入神，忘记了为我翻译歌词，我拍了拍他的胳膊，他才如梦方醒，可也没有完全醒来，精神分明在另一个天地游荡，他直愣愣看我半天，仿佛我是个陌生人。后来细想想，是我操之过急，我若不急于知道歌词，说不定我能创作出属于我自己的歌词。而一旦知道了歌词，便限制了对旋律的无限想象吧。

当然，那天我还是知道了这首歌的歌词。难怪如此悠长、苍凉，原来是一首关于河流的歌，也是关于流浪的。

巴戈埃河，流啊流啊

你要去哪里

你要去巴尼河

巴尼河，流啊流啊

你要去哪里

你要去尼日尔河

椋鸟椋鸟，唱啊唱啊

你要去哪里

你要去流浪

沿着河流，飞吧飞吧

去流浪，去流浪

穆穆和着歌曲的节拍，和他的父亲一起唱。头微微地仰着，右手做着弹琴的动作，那是蛇留下牙印的手，牙痕已毫无踪迹。我开始怀疑那条蛇是否真的咬过他，像怀疑杧果雨是否真实洒落。或许那是一条神蛇，神以这种方式亲吻了一只弹琴的手。穆穆就这么唱着，忘记了怀里抱着的是小黑羊，还以为是他自己的那把琴，他的手在小黑羊的一根根肋巴骨上划过，像拂过一排真正的琴键。

尼日尔河落日

My Life in Africa

一

那条河，巴戈埃河——巴拉丰木琴艺人老穆歌里的河，在二月，它是瘦弱的。雨季还没有到来，这片大地上所有的河流都在等待上天之手翻云弄雨赐给它们延续生命的水。可时辰还早，干燥的风起码还要在此盘旋三四个月才肯离开。此时如火的干风正和大地纠缠、撕扯，也或许是爱恋，那种狠狠的爱恋——大自然的万千情绪，就是这样复杂，爱恨交织，让人捉摸不透。风贴着地皮一遍遍掠过，风在情场总是处于进攻的一方，它像攫取爱一样掏空大地全部的水分，表皮的、脏腑的。大地被动地应付，敞开胸怀、裂开皮肤，任风恣肆，而后，似乎能听到大地噼噼啪啪碎裂的声音。

我几乎每天都要站在我们基地如十层楼那么高的沥青搅拌机的顶端看巴戈埃河。当然起初我不是为了看巴戈埃河而登上那么高的地方，那会儿我还不知道巴戈埃河就在附近，此前它仅在老穆的歌里出现，而歌里的东西总是那么美又那么远。沥青搅拌机螺旋状的楼梯又窄又陡，在四十摄氏度以上的气温中攀爬楼梯，我总是气喘吁吁、汗流浃背。我一次次站在高处往远方望，初衷不过是为了更好地完成基地负责人、翻译老余布置给我的一项任务，当然他的任务不是让我登高，他只是说，多拍一些工地的照片，宣传报道的时候有用。我们正在重修的公路是西非的一条高等级沥青公路，号称马里的运输生命线，还是西非高等级公路网的主干道。内陆国家马里七成以上的进口或出口物资都奔跑在这条公路上，它们被大型货车载着，工业原料或是成品从邻国的港口来，热带水果以及干果品又奔赴着往那里去，那里有能够触得着大海的口岸，大西洋几内亚湾的港口是马里通往海洋、通往世界的门。来来去去，川流不息。公路建设的开工仪式更是因为有总统先生的亲临而充满荣誉感，时常有扛着笨重摄像机的当地记者们在工地采访，他们咋咋呼呼的，把拍摄的过程搞得很热闹，招引得他们的同胞——我们雇用的本地工人，用羡慕而骄傲的眼神射向他们，而他们情愿在这样的眼神中被射得体无完肤。

  我们公司在国内的总部需要很多图片资料，总部负责宣传的那个小伙子在电话里对老余说，最好用照相机拍摄，手机图片画质不行。我便拎着我的老尼康相机，沿着我们建设中的公路，从起点布古尼到终点锡加索，去拍一条路，从外表到内里，从红色的土方堆垒到黑色的沥青摊铺，一条路牵扯着我从荒野到村庄、到城市。它带着天空的太阳和云朵，带着它身旁的大树和小草，也带着依附于它的商铺和人家，还有建设者的表情，黄皮肤的、黑皮肤的，进入我的镜头。本地的工人们都很配合我，像配合他们的同胞摄像师一样，无论我怎么拍，他们都充满耐心，而我总是想抓拍甚至偷拍更多他们不经意间的动作或是表情，但却往往不能得逞。比如我本来想悄悄拍他们的工地午餐，却发现他们一个个用手抓揉出饭团,整个填入大嘴,细长的手指尖几乎触到喉咙,这明显是故意做出的夸张动作,然后他们扭头看着我的镜头,一个劲儿地笑,那笑容和笑声充满得意。他们说,Madam贾,你藏不住自己的,你身上有青草的气味,你们中国人身上都有青草的气味。青草气味的说法让我十分好奇,我仔细闻闻自己的胳膊,为防晒而涂抹的乳木果油被太阳晒得发出食品将要被烤熟了的淡淡香味,除此之外,我的嗅觉没有别的收获,我想细细问问他们,是哪一种青草?又何以在青草遍布的原野单单闻出我身上的青草气味?却终因说清这个问题需要调动更多的法语词汇而我的词囊过于干瘪而作罢。后来,我的镜头越来越无法区分两种面孔的差别,没有黄色和黑色之分了,我的那些同胞同事们,他们的脸以及暴露在阳光下的身体其他部位都被太阳烤出同一个色系,黑黝黝的,笑起来时牙齿闪着一样的白晃晃的光。

  厨娘卓丽芭对我拍摄的照片不以为然,她说:Madam贾,你的照相机把我拍得太黑了,不美丽。她说这话时,摇着头,神情怏怏,一只手在她的白裙子上摸着一条波浪状的蕾丝花边,另一只手抚着心口,一副委屈得想哭的模样。如果说这个世界上仅有一件事能令卓丽芭感到沮丧的话,那就是:她的美丽不再被人认可。我知道她很想要几张穿着白裙子的漂亮照片,我的尼康单反照相机使我看起来像一个很专业的摄影师,至少比那些拿着手机拍摄的人显得专业。卓丽芭对我寄予希望,她认为真正的照片只有像我的老尼康一样笨重的照相机才能拍摄得好,才能把她在镜子里的神态定格在一张相纸上。卓丽芭穿着白裙子的样子在镜子里的确是那么美,像婚纱拥抱着的新娘。她极爱惜这条白裙子,以至于除了在月光下舞蹈之外,不轻易穿它。白裙子也被保护得像一件婚纱,只在某个重要时刻登场。而最近白裙子频频亮相,是为了配合它的主人进入我的镜头。可是,我却没有把穿着美丽白裙子的美丽厨娘卓丽芭拍得更美丽。我是一个技术拙劣的摄影者，当拍摄场景的颜色反差过于强烈时，我便失去仅有的一点拍摄技巧。尽管我反复调整相机的各种参数，依然无法把卓丽芭的五官拍得更立体，除了牙齿和眼白，她的脸陷在一片黑影中，而白裙子总是成为照片的主角，仿佛它不是作为一件衣裳来为人服务的，它抢了主人的风头。年轻姑娘轮廓清晰俊俏的脸在美丽白裙子的映衬下，反而丧失了一张脸该有的层次和柔美的线条。当然，白裙子很醒目、太醒目，也足够美丽，它自顾自地美，没有与卓丽芭融为一体，它属于它自己，它不为主人而舍弃自己的光鲜。而当卓丽芭不穿白裙子时，那些照片是多么美。花朵裙子、条纹裙子、波点裙子、蓝裙子、绿裙子都极尽所能地讨好它们的主人，它们乖巧、顺从，以陪衬主人的美为唯一使命，只有白裙子那么骄傲、倔强，不肯妥协。可卓丽芭偏偏就爱着白裙子，像爱着一个梦，女孩的梦、女人的梦。

　　由此，卓丽芭爱上碎石工巴布的手机便成为顺理成章的事情。是巴布的手机，而不是巴布。那是一款产自中国深圳的传音手机，黑色，厚实，笨拙，像一块小砖头般有棱有角。它的音量很大，巴布跟着手机的音乐唱歌时，震天响的声音令我不相信音源是一部小小的手机。我不知道这款手机在功能上与其他牌子的手机有什么更多的不同，只知道传音手机在拍摄上有特别的"美黑"功能。卓丽芭肯定不是喜欢传音手机的大嗓门，她另有所爱，她单单爱那独特的"美黑"功能。巴布用他的传音手机为卓丽芭拍的每一张照片都比我拍出的更美，姑娘的脸轮廓柔和、线条细腻、表情生动。传音手机令人不可思议的脸部轮廓自动曝光补偿功能把卓丽芭姣好的容颜定格在一方小小的荧屏上。白裙子屈服了，白裙子与卓丽芭融为一体，成为她的附属，成为一件真正的衣服而没有与主人貌合神离，更没有抢夺主人的光芒。这个拍摄效果几乎只有传音手机能够做到。传音手机辗转到达巴布手中时，已经不知经历了几任主人，上一任主人并没有告诉巴布手机的特别之处，他收了巴布六千西朗后，打了个开心的响指就消失在集市的人群中。巴布没有指望用三天的工资买来的廉价旧手机能有什么更强大的功能，只要能接打电话和发出响亮的声音就达到了他购买手机的目的。巴布是偶然发现的，传音手机拍摄的照片与他们的黑色皮肤是如此和谐，那一张张影像俊朗得不像他们但又分明就是他们，从未有过的面部轮廓的丰富层次使得黑小伙开始热爱自己的肤色。他把这个发现及时传达给卓丽芭并从姑娘那里获得了共鸣，他们陶醉在互拍和自拍中，院子里常常爆发出姑娘和小伙儿响亮的笑声。巴布不知道传音手机正是凭借独特的"美黑"拍摄功能而占据了非洲手机市场百分之四十的份额，号称非洲之王。份额、名头这些又高又远的概念和碎石工巴布实在是没有什么关系，然而，与份额、名头有关系的"美黑"功能却与巴布产生了很大的关系。差一点，就差那么一点点，如果他的传音手机能晚一些被摔坏的话，他或许就能获得爱情吧。他一直这么想，也一直这么相信。

  我依旧拎着我的老尼康相机拍摄我们的路。路默默地承受镜头以各种角度的注视、打量，它从不会提出任何抗议。是从一次骤雨过后，从我首次登上沥青搅拌机的顶端，望见了一览无余的公路、也望见了河流之后，攀爬这个耸立于原野中的庞然大物成为我每日必做的事情。而那第一次攀爬，源于一条彩虹的诱惑。在西非，骤雨过后，必有彩虹，我攀爬至高处，幻想离彩虹更近，却发现再也没有哪一个高度和角度能如这里全视角望见我们的路在原野的蜿蜒走势，像飘带也像游弋的蛇。它从西边的布古尼来，往东边的锡加索去。一些狭窄路段、弯道或是有桥涵施工的路段，路两侧修有临时辅路，辅路如躯干伸出的细长胳膊，拐向路边的杂草丛，被疯长的野草纠缠，又突然在某一个地方挣脱缠绕，探出头来，与躯干汇合。往来车辆像负重的牛般慢行在一条并不因为重修而关闭的公路上，似乎能听见车辆和公路同时喘息的声音，而公路的喘息声更大，也更疲惫，带着破碎的叹息。一条边境公路，被马里政府誉为生命之线，这崇高的赞誉成为公路的荣誉也成为它的负担，超载的大货车沉重地碾压在生命之线上，永无止歇。老余说，这条路啊，像一个人，是贫寒之家的独子，肩上的重担无法卸下，没有其他的兄弟分担。因而纵使在重修期间，生命线上的繁忙也没有减缓，半幅修建、半幅通车成为我们建设公路的模式，独特的身份注定了它昼夜不息，纵然它已经破败不堪，纵然大多数路段连路灯都没有，喧嚣的车辆依然从白昼驶至黑夜，又从黑夜驶向新的白昼。

我往更远的地方望过去，就看见了一条河流，天然的曲线闪着白光。西非的稀树干草原地带，河流的白光能在大片大片的绿色中脱颖而出，而天空又总是一成不变的蓝，绿色和蓝色都是安静的颜色，因而河流的光芒在天地的夹缝中得以无所顾忌地张扬。当然，我能在高处看到河流的时候是雨季，雨季令河流水量充足，河床宽阔，波光也有力量传得更远。旱季就不一样了，烈日和干风几乎抽干了河流的水，它瘦弱、奄奄一息，无论我怎样用尽目力，也无法找到相同方位曾经闪烁的光亮。

我在那个干旱的二月，便频繁地到巴戈埃河边去看河流，去看看它是否已经干涸得消失于原野。从我们基地院子出发，沿着一条红土路往南走。卓丽芭不忙的时候会陪我去，大多数时候是我独自去，她对河流的兴趣永远不会超过对一条裙子的兴趣。路上需要经过一块低洼地，雨季的时候，低洼地像湖泊一样蓄着水，还像模像样地长了一片如莲花样的植物。是不是莲花，我不知道，我套用老余的话，"不是莲花也是莲花的同宗兄弟"，老余总是这样解释那些我们没有见过的植物，然后又常常感叹着说出"大地慈悲，植物变幻面目拯救人类"之类的话。老余就是这么一个人，博学、健谈、善感、悲悯，又有一点点迂腐。

我坐在岸边看着巴戈埃河细小的涟漪，时常担心它撑不到雨季来临就枯死在半路，那么，老穆歌里的情景就不会实现了。那首歌伴着老穆的巴拉丰木琴第一次被我在尼埃纳的集市上听到后，老穆又多次唱起。第一段歌词是这样的：巴戈埃河，流啊流啊，你要去哪里？你要去巴尼河；巴尼河，流啊流啊，你要去哪里？你要去尼日尔河。这首歌除了第一段歌词固定不变，接下来的歌词便有了即兴的意味，老穆看到什么就唱什么，或许是飞鸟，或许是树木，也可能是云朵，什么飞入他的眼睛他就唱什么；什么进入他的内心，他就唱什么。巴拉丰木琴弹奏的旋律却是一致的，悠扬惆怅的曲调让我充满想象，巴戈埃河便在这想象中一次次从我眼前流过，仿佛我不是从来没有见过它，以至于当我站在沥青搅拌机的顶端看见那条白线划过原野时，我便肯定地大喊了一声：巴戈埃河。

一些傍晚，我在逐渐西斜的太阳下，沿着那条红土路，走过干涸的洼地，莲花样的植物早就没有踪影了，或许它的种子已经植入土地深处等待雨季的到来。几场雨过后，它的孩子们将生长并盛开如它当年的模样。我走到巴戈埃河边，在寂静的河畔，静静地坐上一会儿。巴戈埃河仍然顽强地撑着，在旱季，它保持一条河流该有的样子，纵然疲倦，仍然往远处奋力前行，就像一条在原野里坚强爬行的不屈不挠的蚯蚓，小而顽强。有时候我想，若是老穆和他的巴拉丰木琴此刻也在这里，该有多好，一首歌咏河流的歌曲在河流之畔唱起，该是多么相称又相悦。其实，我这么想着的时候，老穆就在巴戈埃河上，只不过他的身份是淘金者而不是歌唱者。老穆结束流浪歌手生涯后在巴戈埃河上淘金，一条河流的淘金者或许离河流更近，近到探入它的激流、感受它的冷暖。淘金是老穆谋生的手段，歌唱曾经也是，此时，歌唱成为他谋生之余的精神慰藉。淘金者老穆、歌唱者老穆一直都在巴戈埃河上，这条河流滋养他的一切。

二月还不是西非最热的季节，要到四月，这片大地才会像传说中那样被火焰炙烤。尽管如此，傍晚时分仍旧热浪滚滚。原野里几乎不见人影，牛羊也是懒懒散散的，被阳光晒得蔫头蔫脑。放牛牧羊的孩子，早就躲到杧果树下了，西非的杧果树善解人意地长成伞的模样，这也是植物的慈悲，是老余说的植物拯救人类吧。好在纵然骄阳似火，但毕竟是傍晚的太阳，已经退去了正午的毒辣，以一种稍微柔和的光芒，照耀着巴戈埃河。偶尔会有一叶小舟，行在碎碎的波光里。看见它朝我驶来，我就大声问，有鱼吗？渔夫嘴里说着Capitaine、Capitaine，头左右摇晃。我明白他今天没有捕到上尉鱼。其实即使他捕到了上尉鱼，我也不会买。我这么朝着划船人喊话，只是想在这个寂静的时刻，对着河面说说话，也听听河面上微风送来他和善的声音。西非几乎所有的河流里都有上尉鱼，这是上苍赐给尼日尔河流域的礼物。巴戈埃河是尼日尔河支流巴尼河的支流，上尉鱼在巴戈埃河中如同在尼日尔河的任何支流中一样，肉质细腻而洁白，是没有一丝一毫杂质、暗含着高贵的那种洁白。我们驻扎此地后，经常有渔夫上门销售上尉鱼，它鲜美的味道迅速征服我的味蕾，但是一个童话般的传说令我因为吃过它洁白无瑕的肉而深感罪恶。上尉鱼在我心里不再是鱼，更不是食物，而是那个中了魔咒、再也回不到人形的英俊上尉。

　　顺着水流的方向我一直往远处看，在下游的某个弯道处，有很多如老穆一样的淘金者。我目力不及，不能看得那么远，我视线之内的巴戈埃河依然宁静而清澈，不过能想象得出，有金子的地方就会有昼夜不息的淘金者，他们目光炯炯也形容憔悴，他们拉网式地把河床挖得坑坑洼洼，也滴水不漏般把河水翻得浑浊不堪。蕴藏金子，对一个地方或一条河流来说是幸抑或是不幸，似乎很难说得清。这一带民风淳朴，金子带给他们闪亮的财富，也使他们走向失却之路，往昔的宁静被打破，巴戈埃河将越来越不清亮。而一条河流，它最美的状态是两岸芳草，它最善的结局是一路清澈地流向一条更大的河流，如孩子投入母亲怀抱般融入、融化。

二

波光荡漾，阳光照在巴戈埃河的水面上，亮晃晃的，晃得淘金者老穆睁不开眼睛。尽管巴戈埃河的每一条涟漪都闪着金光，老穆的眼睛也足够犀利，但是他却已经连续很久没有从巴戈埃河里捞出一星半点金子了。平底簸箕里的河沙被冲洗后，浮沙散尽，最终的沉积物中再也没有令他眩晕的金色颗粒或是金色粉末，而被树枝遮挡的河畔早已被他翻了好多遍，他与所有的淘金者都神秘地认为有树枝挡住的地方更容易有金子，可是，金子大概是被树枝遮挡得太严实了，或者金子已经被树枝牢牢把持，它不情愿让淘金者攫取上天赐予大地与河流的宝物。金子不再触碰老穆的指尖或是从他的指缝间逃走。雨季的第一场雨降落之后的那个傍晚，天空重新放晴，霞光和彩虹把半面天空染得异常绚丽。过分的美往往令人感到悲壮，仿佛有什么东西在进行诀别。老穆的脖子上挂着巴拉丰木琴，在我们院子里的乳油树下歌唱。这个情景不是第一次出现，他是我们的近邻也是常客，每当有什么节日，比如我们的春节或是他们的开斋节，我们院子里就会燃起烤羊肉的篝火，老穆和他的巴拉丰木琴便不请自来，正巧他的歌唱也是我们喜欢的，为节日增添了喜庆的气氛，有了琴声和歌声的助兴，那炙烤羊肉的火焰燃烧得更加激情，而火焰之上滋滋冒油的羊肉，也在这旋律中散发出越发诱人的脂肪香。于羊而言，老穆的歌算是献给它的安魂曲吧，羊在这曲调中极不情愿地完成它作为人类食物的宿命。令我们感到意外的是老穆这次雨后的歌唱，调子却低沉忧伤，与往日大不相同，往日他总是弹唱欢快而激越的曲子，激发人的食欲以及食欲满足之后的回味。可这个天上有晚霞还有彩虹的傍晚，我们却听到了老穆的忧伤。在此之前，我们一直以为他是快乐的，我们想象中的淘金和歌唱都是令人惬意的事情，都有闪闪发光的东西近在眼前。尽管我们听不懂老穆的歌词——除了老余，我们谁也听不懂，但是那曲调依然传达给我们忧伤的情绪，我从老穆的琴音里听到了他内心的焦虑和无助，巴拉丰木琴的每一条木片都被老穆敲得那么凄惶，甚至连乳油树上的鸟儿也听出了老穆的焦灼，它们安静地立于枝丫，屏息静听，不似往日那么聒噪。我猜测老穆大概有什么事情要请求老余的帮助，果然，老穆结束歌唱之后叹息一声对老余说：余先生，我和金子再也不会相遇了，巴戈埃河里有很多金子，只是，金子再也不会咬我的手指了，可我的小儿子穆穆偏偏病了，他快要死了。

穆穆，放羊娃穆穆，那个在原野轻灵如一只鸟的穆穆、在夕阳下弹着自制琴的穆穆，得了重型疟疾，瘦弱的少年更加瘦弱，像一片被风吹干的树叶，就要从枝头落下。老余能说什么呢，只能借钱给老穆，让他赶快带穆穆去锡加索的大医院看病，那里有中国的医疗队，还有治疗疟疾的特效药青蒿素。

淘金者老穆在第二场雨到来之前成为我们的工人，如今他叫碎石工老穆，他与巴布成为工友，也成为搭档。他们负责为一台昼夜运转的碎石机投料，有时上白班，有时值夜班。巨大的传送带把石料送进碎石机的大嘴，又从另一个出口吐出碎石，堆积成山。老穆站在石山的一角，他穿着醒目的橙色工作服，以便运送石料的司机能在一片灰蒙蒙中找到他，当然他还戴着防尘口罩和护目镜。我拎着我的老尼康相机在石山附近转悠的时候，看见老穆手里挥舞着一面三角形小红旗，他正在指挥协调工人们装卸石料或石子。见我举起照相机，他立刻调整了一下站姿，腰板挺直，臂膀有力，手里挥舞的小红旗呼呼生风。雨季是生产石子的旺季，每天一场几乎是按时降落的雨为碎石场天然地除了尘。只要碎石机运转着，石子的产量就有保障，公路施工的工期也就不会成为老余天天挂在嘴上和拧在眉心的担忧。

有那么一天清晨，老余听见鸟鸣声格外清晰，叽叽喳喳从院子里的那棵乳油树上落下来。树上有一个鸟巢，住着一大家子鸟，清晨出巢、傍晚归巢，是鸟最热闹的时辰。老余感觉诧异，往日，想静听鸟鸣声是略显奢侈的念想，碎石机的噪音总是成为鸟鸣声甩不掉的拙劣伴奏。老余不相信自己耳朵似的又侧耳细听，这双耳朵已经被碎石机的噪音侵占了很久，一旦侵略者停止进攻，它们立刻恢复本该有的自由和灵敏。此刻，老余的耳朵不仅捕获了婉转清脆的鸟鸣，就连远处巴戈埃河的流水声似乎都能微弱地抚弄他的耳膜。怎么可能这么安静呢？基地的碎石机是昼夜工作的，工人们三班倒，人歇机器不歇，难道是机器出故障了吗？或者难道是……老余想到了另一种可能。他疑惑地走出小屋，觉察了院子里的异常。碎石机果然静默无声，工人们黑压压地站在院子外面，到了上班时间，他们仍然不动。大卡车开来了，在人群外停了一会儿，又空着开走。往常都是争着抢着往车上跳，争不过的人就得走着去工地，要走好一阵子。到得晚了，就可能抢不到好活儿，占不着顺利的工作面儿。可是，今天，他们都不去争抢着上大卡车，个个都安静地站着，往常可没有这么安静，往常都是叽叽喳喳的，又唱又扭的。他们爱唱歌，一大早起来就唱，等车的时候也不闲着，有拿个老式小收音机的，随便哪个电台都是旋律激烈的音乐，配合他们扭动。可是，这会儿，他们都站着，沉默着。

太阳渐渐升高，空气燥热起来，天空没有一丝云彩，兜着雨水的云朵尚在别处，它们正急急赶路，要到傍晚才能抵达，疾风暴雨一阵子，再迅疾离开，去往另一个地方撒布上天的恩泽，整个雨季都是如此。老余在院子里的树下站定，其他同事也都这样站着，与工人们对望，像两个阵营。老余默默地抽着一支烟，又缓缓吐出烟雾，相似的场景在烟雾中交织、叠合。他忆起在尼日尔河畔的莫普提建造灌溉大坝的时候，也是一个早晨，也是这样的对视，那个工地就在尼日尔河边，在巴尼河与尼日尔河的交汇处，河水哗哗的声音敲击着清晨的寂静。他的老师、老翻译徐先生也如此时的自己一样，默默地抽着一支烟。徐先生抽完烟后对他说：不要急躁，这是沟通的方式，尊重和理解是解决问题的法宝。老余能记起他的老师说过的很多话，而这个早晨，这句话尤其清晰，像他听见的鸟鸣声一样清晰。

怎么说呢，"罢工"这个词在那个早晨从遥远的地方蹦到了我的眼前。此前它仅仅是一个词，被囿于纸上或者荧屏，此后，这个词变得真切而鲜活，被附加新的释义。

老余庆幸不是碎石设备出了故障，他认为解决工人的罢工比维修设备更容易。机器是冰冷的，没有情感，况且在这偏僻之地，想购买机器配件简直比登天还难，境外采购是一个漫长的等待，能把他急得发疯。而人，只要身体里流着热血，不论皮肤是什么颜色，血液的颜色是一致的，温度也一致。

老余抽完烟，走了过去，到大门口，在黑压压的阵营前站定，工人们先是齐刷刷地望向他，眼睛都亮晶晶的，又在和他对上眼后迅速闪开、溜走。老余不信自己的眼睛捉不住人，他的眼光在工人中搜寻，他要找一个谈判代表。他凭经验知道，某个迎着他的目光一直和他对视的人必是首领。他看见了老穆，眼光在老穆脸上停留了那么两三秒钟，正当他的眼光要移开时，他感觉老穆的眼睛与往日不同，那双眼睛在犹豫了瞬间后便迎住了老余的目光，像盯住巴戈埃河里的金子般，眼神灼灼，并暗含期待。老穆那天正穿着老余送给他的衬衫，崭新的条纹衬衫，平日老穆是不舍得穿的，他干活时穿工作服，不干活时穿件旧T恤衫。新条纹衬衫分明像一个宣告，无言地告诉老余，今天是个特别的日子。此刻老穆的身份是工人代表老穆，穿条纹衬衫的工人代表老穆坐在会议室的长条桌前，他一本正经地报上自己的全名：穆萨维·马马杜·科纳科姆。我几乎已经忘记了老穆如火车一样长、一样分节的全名，这名字中除了他的本人名还包含他的父名和祖名。我只在他的录用登记卡片上见过他的全名，其余时候他被我们省事地喊成老穆，歌唱者老穆、淘金者老穆、碎石工老穆，甚至在每个月的工资表上，我也只写他的本人名穆萨维，另外两节车厢被我遗忘在铁轨上。但是今天，这个严肃的场合，火车整齐完整地开过来，披挂一新，进入一个仪式。老穆需要仪式，他需要他的全名和新衬衫为他撑起一个仪式。

罢工以及由此产生的仪式在两个小时以后结束。后来此情此景又在其他的几个早晨重复，条纹衬衫像一面旗帜，在黑压压的人群中很是醒目。老穆赋予这件衬衫非同寻常的意义，以至于除了这个时刻，他从不穿这件衬衫。衬衫保持着崭新和挺括，折痕依旧而顽固，或许那折痕还是衬衫的原主人老余留下的呢。后来几个早晨的情景与第一次如出一辙，先是对峙，而后谈判、互相妥协、解决，再然后，当然是大卡车又开来了，人人兴高采烈地争抢着上，大机器也恢复轰鸣，就像刚才不过是太阳钻进云层里打了个盹儿，再出来时，天地一切照旧。我们越来越充满经验，我们知道这里的工人们一旦有什么诉求的话就会采取这种方式与劳资方沟通交流，整个过程温和而彬彬有礼。等待谈判结果的工人们都不散去，他们仿佛预先知道，过不了多大时辰就会复工。

第一次罢工的谈判达成了怎样的共识已经被我遗忘，肯定有共识达成，否则工人们不会在两个小时以后复工。我能记住的是，老余和老穆从会议室出来之后，站在乳油树下握手，像履行外交礼节。是老余先伸出的手，老穆慌张地迎上，黄皮肤和黑皮肤的手握在一起。老余让我用老尼康相机为他们拍了几张照片。那天碰巧我的相机有些卡壳，快门怎么都按不下去，他们便一直握着手等我，有些尴尬。尴尬中需要找一些话来说，老穆竟然说了一句很官方的话，他说感谢中国公司为当地人提供了就业的机会，这句话是锡加索大区的政府官员说过的，又在媒体上多次出现过。老穆严肃而真诚地复述着官方的说辞,曾经的流浪歌手老穆是工人中见过一些世面的人,他把这句官方的话复制得很得体,如同他面对的是官方电视台的摄像机而不是一部民间的照相机。他们在我的镜头中笑着,上午的太阳既明朗又不毒辣,他们的脸因而显得轮廓清晰而柔和,那笑容和以前一样,又似乎不一样。

傍晚的雨如期到来,倾盆而下,狠狠地洗刷着大地,早晨我们站过的地方已是一片泽国,原野被水气笼罩,朦胧而混沌。不久以后,云层慢慢变薄、变白,缝隙间透出亮光,猛烈的事物大概总是难以持续吧,要不了多久,云将乘风而去,把天空让给彩虹,彩虹是天地间搭起的一架桥梁。天和地也时时刻刻在冲突、在纷争,它们通过七彩之桥达成和解。

老余神情轻松,他吹了一声口哨,吩咐厨师小陈,把高音喇叭打开,放歌,搬凳子、椅子出来,树下乘凉。他还派人去村庄买羊,说是大家辛苦了,晚上在院子里烤全羊。烤全羊于我们而言不仅仅是美味的食物,也是隆重的仪式,既是肠胃的安慰也是精神的慰藉,它昭示某个重要的节日,非年非节的时候那就昭示心情吧。老余显然心情很好,顺利解决劳资纠纷使他觉得自己的品格和能力又向恩师徐先生靠近了一点。徐先生在老余心里就像雨后的彩虹,挂在天空,悦目悦心,近在眼前,却可望而不可即。老余从来没有想过自己能够达到恩师的境界,不过他正一步步靠近他心中的彩虹。

那位我从来没有见过面的徐先生,在老余一次次的讲述中,面目越来越清晰。我把他想象成老余现在的年纪和模样,如老余一样细高的个子、戴着近视眼镜、额头有深度相似的皱纹。徐先生二十几岁来,六十多岁走,在这块原始而神秘的大地上修路、筑桥、建造大坝和大厦,他见证了那些砖砖瓦瓦筑起这个国家的骨骼,他不曾摸过一砖一瓦,他的手白皙而细嫩,那是一双书生的手,无缚鸡之力,可是那一砖一瓦却牵扯着他的心，一牵扯就是四十余年。如今他走了，不是离开这块大陆，是离开更大的大陆，离开人世。在离开人世前他没有离开过非洲，离开人世后也没有。他长眠在非洲，长眠在尼日尔河之畔的水城莫普提。老余说莫普提的尼日尔河落日壮美无比。许多个傍晚，他们在河畔凝望尼日尔河落日，尤其是在旱季，空气干爽、透彻，这样的天气仿佛是为尼日尔河落日而量身打造，舞台和背景已经准备妥当，那天空的君王驾着祥云来了，在极短暂的时间里，太阳由白转黄继而被血浸透，晚霞如蔓延的火，点燃了天空，也点燃了尼日尔河水，把徐先生染红、把老余染红。他们就那么红彤彤地站在河畔，直至太阳完全隐入地平线，而半面天的红霞依然鲜艳，像太阳痴情的恋人久久不肯离开。每逢这样的时刻，他们会突然停止聊天，不论正在说着的事情有多么重要或是有趣，他们都会停止说话，肃穆地与落日互相凝望。当生命与美对视的时候，语言成为噪音。如今尼日尔河畔曾经的对视成为单向，那轮落日凝望着徐先生的墓碑，墓碑下葬着他的衣冠，葬着他的尸骨，也葬着他的灵魂。

这个傍晚，在距离莫普提几百公里远的马里南方小村庄，在看不见尼日尔河落日却能听见巴戈埃河微弱水流的地方，老余想念着他的恩师，但他的彩虹已逝且永逝。那么就让一只羊来献祭吧，羊是食品也是祭品，总是如此。

柴火堆起来了，全羊上架了。男同事们都赤膊，拿着剔肉的刀围着滋滋流油的羊肉。雨后的傍晚凉爽，空气清新，小昆虫们在因雨水浇灌而格外茂盛的野草丛中欢叫，演奏它们生命中最高潮的乐章。每一场雨都是对野草的滋润，而野草甘心充当昆虫的食品和祭品。

肉香飞出院子，弥漫原野。厨师小陈把高音喇叭的音量调得足够大，那天放的曲子是《今天是个好日子》，嘹亮的女高音也飞出院子，飞向红土路，飞向巴戈埃河。

音乐天才老穆学会了一首歌：《今天是个好日子》。某一天，他会弹着他的巴拉丰木琴把这首歌唱出来吗？

三

每天傍晚踩着钟点准时到达的雨淋湿了朝南的那面墙，我在第一颗雨珠砸下来之前把粘贴在墙上宣传框里的照片取下来。墙每天在这个时刻被打湿一次，照片被我悉心保管，它们完好无损。第二天太阳升起，露水收敛，酣睡后初醒的原野轻轻呼出新鲜而芬芳的气息。照片被我重新粘贴上墙，初升的光映照着整面墙也照亮每一帧照片。不用担心傍晚之前有什么东西损坏照片，如果非要担心的话，那就是阳光过于强烈，照片将渐渐退去色彩。阳光就是这样，它慢慢收走给予过这个世界的所有光鲜。

我们把这面墙叫作照片墙。除了展示我在工地拍摄的照片外，同事们的家人从国内传来的照片也被彩色打印机打印出来，粘贴在墙上，当然是在照片主人愿意与大家分享的前提下。比如厨师小陈，他的妻子和掉了一颗门牙的儿子的合影，就是他主动粘贴到墙上的。他一天之中无数次从这面墙前经过，也无数次看着这张照片，再轻轻地笑无数次。有时候，我看见他拿着锅铲站在照片前，我一点也不奇怪，厨房就在几步远的地方，等着油锅热的那点时间，小陈更愿意站在这面墙下想些什么或是什么也不想。

所有来我们基地的人，都会在这面墙前停留，驻足那么一会儿或是更长时间。来工地参观的、检查的、交流的人们其实更愿意看与工地无关的照片，有关的情景他们在现场已经看得够多了，他们想换换脑子，让眼睛清新一下。而那个正在咧嘴笑的孩子或许一下子就笑到了他们心里。正在换牙的孩子，他咧嘴笑的样子有些羞涩，像是笑到一半突然想起来自己的门牙跑风,想撤回笑,已经来不及了,只好难为情地把头倚在他母亲胸前。

不知道是什么时候,一张河流的照片被粘贴到照片墙上。仅凭河岸与河水,没有岸边的建筑或是自然风貌来为一条河流标签,我无法判断它是哪条河流,但我依然是喜欢的,不论是在实地凝望一条河流还是在照片上端详它,哪怕它弱小又无名或是季节性地隐匿,河流总是能令人想到悠远、想到人的脚力无法抵达的广阔远方。两天之后,河流的照片被另一张照片替换。这张新粘贴上来的照片,拍摄场景也是河流,虽然依旧没有更多的旁证来验明它的姓氏身份,我却在看到它第一眼时就喊出了声:尼日尔河。如同当初我站在沥青搅拌机的顶端看见一条白线划过原野时,便大声喊出巴戈埃河的情景。厨师小陈做出了和我一样的反应。我想,凡是听老余讲过徐先生、讲过尼日尔河落日的人,大概都不会在面对这张照片时失去判断。

河水通红通红,染红河水的那轮太阳具有更深也更重的红色,它比中午的太阳更大,甚至也大于早晨日出时的太阳。大一圈的太阳缓缓沉向河的对岸、沉向傍河的渔村、沉向渔村尖顶的茅草屋后,而一叶渔舟正停留在河心的波光中,伫立船头的渔夫用力把一张渔网撒向落日的余晖,那网就仿佛是兜住了一些什么或者说挽留了一些什么,坠落的太阳也便放慢了步伐。

那是尼日尔河畔的莫普提,也是巴尼河畔的莫普提,两河交汇处的莫普提四面环水,这座城市是马里的骄傲,尼日尔河则是整个西非的骄傲。那条从富塔加隆山谷流出的溪流,如果没有逆着海洋往东北方向前行的话,它充其量不过是一条流程不超过三百公里的小河,因迅捷到达海洋而省略了一条河流漫长的历程。正是这次义无反顾的逆行,它才能经历荒原、峡谷、山崖、绝壁,才能奔腾四千多公里去品尝广袤中的艰辛以及险境中的丰富和悲悯，并使撒哈拉沙漠南端的干旱土地不再是死亡之地。老余说尼日尔河是慈悲之河，逆行、流经沙漠而不干涸，那是上苍恩赐给西非的生命之河。他在号称"马里威尼斯"的莫普提参与了水利大坝和农田治理的工程，和他的恩师徐先生一起。那时老余是多么年轻，以至于在凝望尼日尔河落日的时候，他幻想着那是太阳这个天空的君王在与尼日尔河热恋，只有热恋才会有如此浓重的颜色，仿佛每一次都是爱的永别，决不再次重复。而非洲西部最著名的内陆三角洲、几万平方公里的鱼米之乡和天然牧场是这场热恋的背景、舞台，那么磅礴，那么奢侈，那么悲怆。

其实，我总是在面对一张太阳升起或是沉落的照片时陷入迷茫，我承认自己常常无法在这样的照片中区分清楚日出、日落。在一张静态的图片上，又没有其他参照物提示的时候，判别那轮地平线附近的太阳是刚刚从它沉睡的地方苏醒后一跃而出，还是在至高的天空目睹了人间悲欢之后正要绝尘而去，是充满智慧的事情，我想我大概需要用一生的时间来学会识别并欣赏落日之美吧。

这张照片的拍摄之地成为我的向往，也成为厨师小陈的向往。在这向往中，太阳一天天东升西落，天空越来越低，密布乌云，雨势越来越强大。

有些夜晚，发电机停止运转以后，空调不得不安静下来，屋里闷热，我去院子里透气，遇见小陈。他总是喊我一声贾姐，和我聊上一会儿。这个湖南小伙儿，第一次出国务工，他想在非洲多干几年，多挣一些钱，早一点还清房贷。整个基地凡是与吃喝相关联的事都归小陈掌管，比如粮食、肉类、蔬菜的采购及各个驻地的分配，比如培训厨娘，比如拉水、喂猪、种菜。小陈深感责任重大，他在国内只是某湘菜馆的掌勺厨师，除了管理锅碗瓢勺，他从没有想过管理别人。他焦虑而紧张，从早晨开始，满院子都充斥着他的大嗓门，他吼厨娘卓丽芭，怎么又把粥熬煳了？怒斥浇水的种菜工，菜园的水已经溢到路上了。然后，他动作麻利地炒菜，将头天晚上蒸好的馒头再馏一遍，馒头若是不够吃，就赶紧烙几张饼。清晨的好空气中，院子里一派忙乱，鸡飞狗跳。早饭后，同事们驾着各自的皮卡，载着各自的工人，动静很大地纷纷出门去工地。他等大部队都出门了，才能开着一辆被挑剩下的破皮卡，晃晃悠悠地去集市上买菜。如此繁杂的琐事使他紧张得失眠。夜里停电以后，他从集装箱宿舍中溜出来，拿个本本，拿支铅笔，就着手电筒，写写画画。我看他的本本，歪歪扭扭的汉字记着第二天的工作事项。在一些蔬菜的下面，用汉字的谐音标注着法语或者班巴拉语的读音。他说，太难了，真不如在国内掌个勺，混个肚儿圆。他向我诉苦，说集装箱宿舍太挤，几个大男人，都打呼噜，后半夜停电，空调一停，屋里闷得睡不着，便开着门睡，但蚊帐不严实，蚊子太猖狂。说着话时，他扬起手掌，朝着那痒的地方一巴掌拍下去，狠狠地，像痛打强盗；又举起手掌，在手电筒的光下看着横七竖八的死蚊子在他的掌心留下的点点血渍。他的血型使他格外招惹蚊子，他便总是在得疟疾，一场接着一场，中间间隔不了几天。高烧、发抖、深入骨头的疼痛、腹泻到脱水、头痛欲裂，疟疾发作起来如世界末日来临，每一次他都会想到死。此前，死这件事离他是多么遥远啊，他那么年轻，刚来的时候，身体壮得像头牛。不过疟疾这种病不挑人，与是否强壮没有关系，携带疟原虫的蚊子是传播的元凶。

高烧发作的时候，小陈披着毯了，这是我们最厚实的覆盖物，似乎就是专门为得疟疾的人准备的，除非得疟疾会冷得发抖，每天四十摄氏度以上的地方，谁会使用厚实的毛毯呢。尽管披着毯子，他还是倚着照片墙瑟瑟发抖。这面墙朝南，倚着这面墙便能被全非洲最热辣的太阳照射，像火一样，而他还嫌不够，他还是冷，还是发抖，他想要再猛烈一些、更猛烈一些的太阳。干脆就来一场火吧，把他和那该死的疟原虫一起烤化了吧，同归于尽了吧！可是，他是多么怕死啊，他不敢想，他若想的话，就会想到那份出国务工合同，那份合同最恐怖和最冷酷的条款就是：若是身故，就地安葬。他更猛烈地颤抖了一下，而后有泪水流出。

怎么会呢？我安慰他，我说有青蒿素就不怕；我逗他说，大小伙子，媳妇儿漂亮、儿子乖巧，你不会死的，世界舍不得你。我们不约而同望向墙上的照片，那笑着的孩子、那尼日尔河的落日便也望着我们。这一望，小陈的泪水更稠密了，他哽咽着说，若是连尼日尔河都没有见过就死在非洲，太窝囊了。我没有接他的话，我心里也涩涩的。

这面墙，朝南的照片墙，在雨势最为强劲、蚊子也最为猖狂的八月，成为一面特别的墙。得了疟疾的同事们，像约好了似的，都披着各自的毯子，倚着这面墙，晒全非洲最炽烈的太阳。某一天，我看见了八个同事，他们披着花色相同或相近的毯子，像一群行为艺术表演者，把自己的影子投在那面墙上。

那面墙上，慢慢褪色的照片和影子叠合在一起，形成一幅更大的黑白影像。

雨终于在肆虐够了原野后渐显疲惫，它如一个强壮的男人走入暮年，心有余而力不足，尽管狂风、雷鸣、闪电这样的前戏在雨前仍然颇具声势且毫不紊乱，但是，雨，那真正的内容却渐渐稀疏而短暂。及至终于有一天，狂风、雷鸣、闪电过后，一棵小树被刮倒，而雨竟然一滴也没有落下，它把最后的不甘和恼怒发泄到一棵小树上，而后就离开了这片原野。

巴布的传音手机就是在那个时候从碎石场的石山上摔落下来的，像一块自由落体的石头，在降落的路途中，它又和几块突出于山体的大石头亲密地接触了几下，而这几次的碰撞改变了它自由落体的速度和方向，最终，一条石缝接纳了它残缺不全的躯体。

石山不大，它只是一个小石山，巴布踩着一块块石头慢慢接近那条石缝本来不是一件很难的事情，但是，那天的风是狂风，不甘的、恼怒的狂风，在这样的风中，巴布就没有那么好的运气了。尽管他的搭档老穆一再劝阻他，说手机已经摔坏了，再去集市上买一个就是了，不过就是三天的工资嘛，但是巴布说那部手机里有卓丽芭的很多很多很美很美的照片，他要找到它。

巴布最终找到了他的手机，而他是和他的手机一起从一块大石头上摔落下来的。巴布要为他身体的瘦高而庆幸，因为身体瘦而轻盈，因为身材高而四肢纤长，他在跌落的过程中，纤长的手指及时抓住了突出的山岩。他就那么牢牢地抓着，两臂张开，双脚悬空，如正在向上的攀岩者而不是向下的跌落者。这么悬了一会儿，巴布微微侧过脸，看看离地面不过两米多的距离，他便双腿微躬，双手松开岩石，像一只顾长的鸟似的，落下。

我猜巴布的脚脖子大概受了一点伤，他瘸了好几天，手指也被尖利的岩石划出了血痕。他的手机终于安静了，他也安静了，神情落寞而忧伤。

卓丽芭走了，她离开了基地。她攒够了去美容院的钱，她要去首都巴马科的美容院漂白她的皮肤。传音手机再好也终究是自欺欺人，她要真正的白，她说她要找一家最好的美容院，她将拥有更白一些的皮肤，以配得上她的白裙子。

白裙子，白裙子，又是白裙子。让卓丽芭快乐的白裙子，让卓丽芭不快乐的白裙子。我是从什么时候开始后悔把白裙子送给卓丽芭的？说不清楚，似乎没有明确的时间节点，后悔这种情绪就像爱情一样，有时悄悄在心里徘徊不定，有时又如一见钟情般一锤定音。

美厨娘卓丽芭曾经穿着白裙子——我从尼日尔河畔的古城塞古带回来送给她的白裙子，跳过梦幻般的月光之舞。那些夜晚，忙完了厨房的活儿，洗过澡、喷过香水的卓丽芭换上白裙子，她拎着裙摆，小心翼翼地走在小径上，朝等待她舞蹈的人们走来，美丽得像月亮的一枚碎片掉落人

尼日尔河落日　189

间。那时她是多么快乐，可她又是从什么时候开始不快乐的呢？

只有老穆是快乐的，他天天唱着歌，弹着他的巴拉丰木琴，而他的小儿子穆穆在不放羊的时候则弹着自己制作的不能发出任何音符的"琴"跟在老穆身后，父子俩像一支游走乡野的乐队。

我想唱着老穆的歌，去莫普提。再也没有哪首歌比它更贴切了。我已经能完整地唱完第一段。

巴戈埃河，流啊流啊
你要去哪里
你要去巴尼河
巴尼河，流啊流啊
你要去哪里
你要去尼日尔河

当然，我的歌唱没有巴拉丰木琴的伴奏，尽管老穆多次说过他要送给我一架他亲手制作的巴拉丰木琴，但是我在一遍遍唱这首歌的时候，依然没有属于我自己的巴拉丰木琴。老穆为他的赠送行为设置了一个时间限定：等我回中国的时候。

我想我会说服老穆，让他提前实现承诺，如此，当我伫立于莫普提的河畔，凝望一轮尼日尔河落日的时候，巴拉丰木琴也在。

黑金缎带

My Life in Africa

一

太阳光芒涣散,被一团绯色的云绑架着往西边坠落,在彻底落入地平线设置的圈套之前,它用力抛给世界一块褐色的面纱。随后,暮色轻轻包裹原野,大地在被浓黑吞没之前呈现短暂的褐色。既不孤单也不成林的树从车窗外逆向而过,零星的村庄也与我们背道而驰,却终究,万物奔赴的是同一个黑夜。

越野吉普车如醉汉般摇摇晃晃行驶在我们的路上。我们的路?对,我们的路。从中标的那天起,这条二百零八公里的路就是我们的路了,我们昵称它二〇八,像喊自家兄弟的排号。是不是很霸道?在西非的大地上,却偏要把人家的路叫作我们的路。没办法,修路的人都是这样。五十年前,法国人初修这条路时,肯定也是如此。这是我们的总经理老何猜测的,资深的道路建造专家老何说全世界的修路者都是这样,这叫热爱,也叫职业精神。他甚至用法语说出了这个霸道的词,他对他的法国同行佩服得很,夸赞说这真是一条好路,在气候如此恶劣的地方被超高超宽当然肯定严重超重的大型货车碾压五十年,路才坏到这个地步。要知道,在这里,旱季的太阳猛烈到几乎能烤化一条沥青公路,而雨季的暴雨则像是集结了全世界的水倾盆而下。老何不是轻易把赞美送给别人的人,他的心思我明白,铺垫了这么多,他是要引出后面的话:等我们的路修好了,一定不会比法国人的差。

此刻我们从藏捷布古去库芒图,从一个驻地去另一个驻地,是例行的巡查。汽车的灯光照亮坑洼不平的路。这条路眼下面目全非,时间伙同超载的货车把它碾压得破损不堪。稍好的路面上,司机达乌达把车速开到一百公里,老何吆喝一声:达乌达。黑小伙儿嘿嘿一笑,降了车速。

那处弯道,快到那处弯道了。老何喊了一声,又提到了那处弯道。这是老生常谈了,二〇八的每个人都知道那个弯道处有个大坑。一条需要被重修的路有大坑算什么稀奇,没有坑才奇怪呢,但那不是一个寻常的坑,被老何反复如祥林嫂的故事般絮叨着的大坑确实不是一个寻常的大坑。怎么说呢,在我第一次见到那个大坑时就觉得它的纵切面实在太特别了。破裂的路袒露着胸怀,底基层、基层、碎石、沥青一层层展露无遗。红色的黏土层、白色的碎石层、黑色的沥青层,像纵切的夹层蛋糕般紧致完美。因为这个纵切面的暴露,我得以看到一条路内里的结构和顽强保持的尊严,就像一位外套被扯破的姑娘,你以为她不成体统的时候,却发现,她贴着肌肤的那层衣,却仍然完整、坚固、体面,她的尊严一下子就被捍卫住了,就那么被捍卫住了。路是不是也在用这种方式捍卫建造者的荣誉呢?

达乌达提速超过一辆艰难笨重行驶的大货车,借着车灯的光,我看见一包包货物堆得像山一样,而货物顶上居然还坐着一层人。老何皱了一下眉，让达乌达把车停在大货车前方的路边。达乌达停车，没有熄火，车灯依然雪亮地射向前方。而后下车，摇摆手臂、扯着喉咙喊停了大货车。达乌达和货车司机用班巴拉语说了几句话，我不懂，不过我猜也能猜到，一定是提醒对方注意行驶安全，告知货车司机前方路段有弯道和大坑。这辆车若是侧翻在那里，既危险又影响施工，依照当地人的工作习惯和效率，即使有救援，两个星期也不会清理完毕。

夜色更浓，空旷的原野有清淡的月光。我想起下午遇到的那个在原野点燃小炭炉的人，这会儿那个人大概已经钻进小帐篷。不会有野兽来威胁他的生命，这里属于西非的稀树干草原地带，没有大型的猛兽，连小型的也几乎没有。而如果连蛇类也不来打扰他的话，他将能更加淡定地享用明天清晨的咖啡以及午后的红茶。

那人就那么坐在午后的原野，在虽已偏西但依然毒辣的阳光下，他毫无焦躁和慌乱。眼前是一起车祸的残局。救援可能已经进行了几天，一部分货物堆在原野，另一部分已经被转运走。大货车侧着身子睡在路上，车头枕着路肩，庞大的身躯占了半幅路面，像一个累极了的胖子终于能够躺下。看起来它是缓缓躺下的，睡姿不算难看，没有剧烈的破碎和变形，仿佛只要被一只大手扶起来就能照常行驶。那人的身后是一顶小野营帐篷。他燃起小炭炉，在煮什么东西。动作慢悠悠，不慌不忙。他在等吊车到来，不知等了多久，也不知还要等多久。在我盯着他看的当口儿，小炭炉上的液体煮好了，他慢吞吞地把壶中的液体倒入小杯，不断抬高那只拿壶的手，以便从壶口处涌出的水流在到达茶杯的路途中能划出更长更美的曲线，而后，他端起小杯慢慢地喝咖啡或是红茶，那悠闲的神情仿佛眼前的车祸现场与他毫无瓜葛。

我猜不透他是司机还是职业看货人，看神情他不是司机，司机面对车祸现场怎么会有如此闲心？不过也难说，长时间的等待或许已经消磨了他的焦躁情绪，他已麻木。好在这个时候是旱季，不会有雨，一滴雨都不会有，夜晚的气温也能忍受，只是白天酷热难熬。距他不太远的灌木丛中有一棵大树，看树形像金合欢树，树冠巨大。有了树，这个人的白天就能过得去。在西非就是如此，纵然四十摄氏度以上的高温是家常便饭，但是只要有树便有风，有风，日子就能熬下去。

老何几乎要为那人的从容而发火，他恨恨地说，这将影响藏捷布古路段的工期。而那个不慌不忙的人端起他的杯子，冲着老何一笑，开始喝他的下一杯茶。他温吞吞的样子和热辣辣的阳光形成反差，就像猛烈的火焰面对一堆潮湿疲软的木柴，无论火焰怎样努力也无法点燃。老何却被点燃了，他时时刻刻被诸如工期和成本之类的事情点燃。

黑暗的车中传来老何的叹气声，他一定也在回忆下午的所见。望着车外黑魆魆的原野，他一直没有说话，直到车颠簸着到达库芒图。

怎么说呢，库芒图这个驻地，起初我们不把它叫作库芒图。在测量工程师小孙的工作笔记上，这个驻地被叫作K83，它是二百零八公里道路上的一个点，距离起点布古尼八十三公里。同事们都习惯用精准的数字称呼公路上的每一个点，比如小孙打电话喊小李，从来都是说：嗨，带上全站仪到K83处集合。后来，K83被选为驻地，先是盖了一栋简易的板房，又搬来两个大集装箱。宿舍有了，厨房有了。有了厨房也就有了厨娘，阿丽莎做的炖羊肉简直香极了，她有秘密武器，是一种香茅草，长在院子后面的杂草中，用香茅草炖出的羊肉有柠檬的芳香，还具有解暑的功效。只要她炖羊肉，便连那天的风都是香的，这香味还引来了一条流浪的黄狗，它流着口水偷偷摸摸溜进来，在饱食了一顿肉骨头后，就住下不走了。且先来为主，龇牙狂吠驱逐晚来的流浪狗，主动承担起看家护院的职责。更令人惊奇的是，黄狗竟然能一眼识别老胡是K83驻地的负责人，每晚妥妥地卧在老胡的宿舍门口；又在清晨见第一面时，亲热得像是久违的老朋友般围着老胡打转，于是老胡同志的好心情便从清晨就开始了。

阿丽莎扯了几根晾衣服的绳子，一端系在集装箱的窗框上，一端系在木桩上，想扯几根绳子就立几根木桩，她花花绿绿的衣裙和我们的工作服晾在绳子上，被风那么一吹，飘来荡去散发着洗衣粉的清香，我就觉得这个驻地不能再叫K83了，尤其是院子外面一大片野燕麦像金色的波浪一样随风摇过来又摆过去的时候，K83难道还能叫K83吗？它不需要一个有温度的名字吗？

老何赞同我的意见，他说那就叫库芒图吧。在班巴拉语中，库芒图就是野燕麦的意思吧？我每次一说库芒图，阿丽莎就指着那片野燕麦，就像我一说呜噜，她就指着黄狗一样。而我知道在班巴拉语中，呜噜是狗的意思，那么，库芒图就是野燕麦？没错，准是这个意思。

阿丽莎像我一样喜欢那片野燕麦，我们互为模特和摄影师以野燕麦为背景拍摄了许多照片。野燕麦的黄是那种细腻的金黄，闪着柔和的光泽，一点也不炫目。红色的裙子、白色的裙子、绿色的裙子都和它相配，甚至与它同属一个色系的黄色裙子在它的映衬下也不会被埋没。阿丽莎恰恰喜欢穿黄色的裙子，是那种明艳的黄，在一大片柔和的野燕麦黄的衬托下，越发显得娇媚。

我是一个会启发模特的摄影师，我说，阿丽莎，你要动起来，最好跑起来。她便果真跑了起来，脱掉夹趾拖鞋，赤着脚跑过一大片倒伏的野燕麦。黄裙子被风拂动，也被野燕麦簇拥，如一团火焰捧着焰心。

所以，K83必须叫库芒图，它只能叫库芒图。

老胡在大门口迎接我们，老何握着老胡的手，问：你们什么时候搬家啊？老胡吭吭哧哧，不敢看老何的眼睛。黄狗讨好地绕着老何转圈，它竟然又识别了老何是二〇八的最高领导者，它蹦起来舔老何的手，献殷勤，低眉顺眼，摇着尾巴。没人教它这些，但是狗的感觉就是这样灵敏，它能嗅出人类的一切。

搬家两个字被老何挂在嘴上，像成本和利润一样成为他的口头禅。

本来嘛，一群修路的人，跟着路边修边走是工作的状态也是生活的常态，在一个地方驻扎得久不是好事情，那说明工期超过了预算，不仅业主方要扣工程款，公司还要担负延时的人力物力成本。老何不允许这样的事情发生，他在会议上总是追问各个施工段的负责人，他不问你们什么时候完工，他曲折地问，你们什么时候搬家啊？眼睛咄咄逼人地盯着对方，没有半点缓和。那被问的人常常面红耳赤，不敢迎着老何的眼光。及至终于要搬家了，便扬眉吐气地折腾出很大的动静，尘土飞扬，人欢狗叫。那是荣耀的事情，不喧嚣不足以引起老何的注意，也不足以吐出憋在胸口很久的那口气。集装箱改建的小房子被吊车一把抓起来送上大平板车。板房被拆卸，重新恢复成板材。

库芒图周围的村民们都来围观，他们站在铁丝网外，眼睛直勾勾地望着忙碌的搬家者，看看是否能捡些残砖剩瓦回去加固他们在雨季岌岌可危的茅草屋。十二岁的邻居小姑娘曼娜对建筑材料没有兴趣，她的眼睛盯着一面缺了角的大镜子。尽管她家的茅草屋也像村庄里的其他茅草屋一样低矮地趴在杧果树下，但为茅草屋操心似乎不是她的事情，她只在意她的花裙子以及怎样让头上的十几根小辫子坠上更漂亮的塑料小花。她晃动她的小辫子，灵动的大眼睛在凌乱的院子里一处处搜索，找寻被我们丢弃的又恰恰是她想要的物件。当那面破损的镜子被放在土墙旁的时候，曼娜立刻从静观的人群中跑出来，跑向那面镜子，水汪汪的眼睛讨好地望着厨师小陈。小陈正指挥工人搬东西，冰箱、碗柜、锅碗瓢勺、柴米油盐等杂七杂八的东西已经把这个湖南小伙子烦得透透的，他哪里顾得上什么镜子。他看着镜子愣了愣神，奇怪厨房里怎么会折腾出一面镜子，难道是为了防止老鼠偷吃粮食吗？小陈左手正拎着一只死老鼠的尾巴，他用力把这只肥硕的家伙扔向院角的垃圾堆,然后,他拍拍手,又对着拎老鼠尾巴的那两根手指头吹吹气,仿佛要吹去黏在上面的鼠毛。他朝着镜子不耐烦地挥了挥手,曼娜便拥有了一面能天天照见花裙子、小辫子的大镜子。

我们坐上皮卡,跟着平板车、跟着自己的房子迁徙,像流浪者一样漂泊。阿丽莎跟着我们迁徙,找个好厨娘不是一件容易的事情,我们想在下一个驻地也能吃到她炖的羊肉,只是不知新驻地的院子里是否有香茅草藏在杂草丛中,等待阿丽莎去一眼认出它们。

哦,库芒图,再见,小陈对着空旷的院子大喊一声。哦,野燕麦,再见,我朝着院子外那片金色浪花也大喊了一声。回应我们的只有小姑娘曼娜,大人们都散了。曼娜站在那面镜子旁,那已经是她的镜子,她并不急于搬走,她回身扬起手臂,像主人送别客人一样朝我们挥动。黄狗站在她脚边,望着我们,表情淡定,它不追撵我们,仿佛它早就知道和我们的缘分不过就是这么短,我们甚至来不及给它取一个名字,它就恢复了一条流浪狗的身份。

小陈在车里放音乐,几首歌轮回着听,有欢快的曲子,也有忧伤的小调。皮卡在路上奔跑,欢快或忧伤像窗外忽而飘来的云,又忽而飘走。

赶往另一个地方,村庄或者荒野,重新安家,埋锅造饭,举杯喝酒。每逢搬家,老何便嘱咐,到了新驻地,大家要喝一杯啊。也总能喝上一杯,白酒或是啤酒。白酒是从国内海运来的,随着生活物资一起在海上漂了两个月才到达邻国的港口,又用大货车运到这个内陆国家的偏僻之地。小陈调侃说这是豆腐盘成了肉价钱、浏阳小曲盘成了五粮液。啤酒是在当地买的嘉士伯,这种丹麦啤酒需要去大城市锡加索的杂货店里预定。早有专门建基地的同事安装好了发电机,也备好了饮用水,是从距离最近的村庄里买的水,几大塑料桶水并排摆在铁丝网围起来的院子里。帮厨洗衣的本地妇女不愁找,闻讯而来的姑娘大嫂等着被挑选。她们穿得花枝招展，看得出来刻意打扮过，还喷洒了不少香水，如同来参加选美大赛。她们排着队从小陈面前走过。小陈是裁判官，他似乎喜欢胖子。这个审美趋向被其他同事嘲笑。小陈向老何诉苦，老何支持他的小老乡，他们认为穷乡僻壤，体胖至少在感官上说明这个人还没有被艾滋病、霍乱、乙肝、伤寒等可怕的传染病纠缠。被小陈看中的姑娘大嫂们留下先干着活，随后带她们到锡加索的医院体检，合格的就正式雇用。当然她们需要培训厨艺，仍然是小陈负责这项工作。揉面、蒸馒头、包子、饺子，一样样来。小陈擅长做湘菜，辣椒是他的法宝。二〇八沿线，经他手带出来的女徒弟，日后做的菜都有湘味，姑娘们都会用汉语说辣椒这个词。时间久了，小陈本来的名字被厨娘们忽略，她们喊他辣椒先生。每每有哪个施工段搬家，辣椒先生就处于紧张和忙乱状态，他边教边发火，锅铲敲得当当响，带着辣味的吐沫星子飞溅到锅里和姑娘们的脸上，直到她们能独立操作了，小陈才能松一口气，而这个时候，另一处的搬迁或许也为期不远了。

迁徙，迁徙，红土地广袤无际，我们在起点布古尼和终点锡加索之间穿行，相距二百零八公里的两个城市，我们从旱季走到雨季，又从雨季回到旱季。两个季节交替而来，它们协商好了要平分时间，也谋划妥了要极致表现。旱季天空没有一丝云彩，大地皲裂，凤凰木炸开艳红的花朵，木棉树高擎点燃的火炬，猴面包树枝丫枯槁，杧果花干香四溢；雨季黑云翻滚，暴雨如注，原野滔滔，白鹭鸟踏水而来，灌木丛疯长成林。

二

沥青搅拌楼，这个庞然大物在杰杰纳竖起来，就像当初爆破石头山一样，也招来了附近村庄的老乡们看热闹。不过沥青搅拌楼的安装不是靠巨大的声响吸引人的，它靠的是庞然的体积和高耸的气度。十层楼那么高，方圆两百公里都没有这么高的建筑。天净云低的旷野，一座蓝色的高塔直指云霄。老乡们远远地站在铁丝网外面，站很久也不离开。心里大概在猜测中国人的这个庞然大物是用来干什么的呢？一位年长者在低声地和旁边的人说着什么，他手指比画着，一副见过大世面的得意。我猜他大概是见过沥青搅拌楼的，以他的年纪，或许见过当年法国人修建这条路时的设备，但那个年代，一体式沥青搅拌楼或许还没有诞生。

沿着螺旋式楼梯上到顶层是一个绝佳的瞭望台，朝远方眺望，往西，距此一百零六公里的地方便是二〇八的起点布古尼；往东，让你的目光一口气奔跑一百零二公里吧，那里是我们必将到达的终点锡加索。

我站在沥青搅拌楼的顶层眺望我们的公路，路还是一条红土路，土方施工即将完工。一条红土路在红色的原野上注定毫不醒目，如果不是往来的车辆暴露了它作为一条路的身份，它简直就能成功地藏身于原野中。而当我脚下的这台大机器开始工作的时候，沥青混凝土，在阳光下闪着黑色光泽的物质将摊铺在公路上。一转眼，灰头土脸的乡下丫头就将穿上黑金丝绒的礼服，盛装如贵妇。

从沥青搅拌楼安装好的那天起，老何就陷入了新的忧虑，他不忧虑这大机器的胃口，他知道这完全没有问题，沥青搅拌楼的生产能力足够提供每天不低于二十辆大型自卸车的沥青混凝土。老何隐忧的不是沥青搅拌楼的出口，而是它的入口。这个胃口出奇好的大家伙每天需要吞下碎石和沥青，经过翻肠搅肚，再吐出每一个二〇八人期盼的黑色宝贝。石子当然不成问题，十二万方碎石早已按规格像一座座小山般堆积在石子厂，只待一声令下，它们就将投身高温。它们已经等得够久了，早已厌倦了凄清的等待，上一次万众瞩目之时还是爆破的时候吧，那回忆早已黯淡，现在，它们需要新的刺激，比如在火热中和沥青相恋，永不分离；比如嵌入红土路基，化身成为一条繁忙的路，永不寂寞。

既然石子无须忧虑,那么老何的忧虑一定是沥青了。的确,是沥青。那黑色的、高黏度的有机胶凝状物质代替红土蔓延上他的心头,瘀滞不动。

我曾经描述过二〇八是一条繁忙的公路,它永远川流不息,不分昼夜。一半路面施工、一半路面通车使施工者不胜其烦。施工设备在半幅路面上像身躯庞大的人无法利索转身或掉头。逼仄和憋屈大概是机械们的共同感受,如果它们有感受的话。看着并不因为修路而减少的车流量,测量工程师小孙曾经发火说,如果可以选择,他宁愿在荒地建十条新路也不愿改建一条像二〇八这样的路。

我们盼望车流量能少一些,哪怕少一点点,给人喘息的机会。雨竟然给我们带来这样的机会,但是这机会只是一场戏弄,暴雨如注之时,施工也必然停止。而云朵一旦远走,车流量复又卷土重来,仿佛从天而降,时间把握得又准又狠,令人怀疑它们和雨有秘密的勾结。

那时,我们都没有意识到这如梭的车流其实传递着一个讯息,那是福音,证实着这个国家周边的邻国局势稳定,边境公路运行正常。要知道,马里百分之七十的进口物资通过二〇八公路运送至全国,这其中当然包含二〇八工程本身的全部施工物资。那些喘息着的、摇摇晃晃的、令我们苦恼的大货车或大油罐车,或许正满载着我们的供应商从科特迪瓦的港口运回的柴油、沥青、轮胎……

老何始终保持清醒,他从不怨艾这条公路的车水马龙,正相反,二〇八公路若是骤然安静,他将忧心如焚。

后来所有的人都明白了这个事理,我们和过往车辆和睦相处了。遇到侧翻的车辆,提供设备参与救援。那些按着高音喇叭尖叫着驶过的家伙也不那么令人生厌了。然而,就在我们小心翼翼地维护着这条大动脉的流动的时候,令老何忧心如焚的事情还是发生了。邻国科特迪瓦发生了战乱，几天之内政局动荡，边境公路不得不关闭。马里的生命之线骤然松弛，喧嚣繁忙的公路像负重久了的人，长长地喘口气，挥别沉重的机动车。牛车驴车慢慢吞吞从辅路上到干道，在公路正中间大大方方地走着。

二〇八的建设者们一时无所适从，不习惯这份安静，有巨大的不安隐匿于寂静之中。老何和总工老麦又在餐厅的大地图前指指点点。这次，他们说的词语已经不是二〇八沿线的城市和村镇，他们跳出二〇八，跳出马里，他们说着西非的沿海国家和港口城市，他们在找距离工地最近的港口。老麦说，毛里塔尼亚的供应商给出的价格低于塞内加尔的，不过，运输路线长，加上运费，成本大致相当。老何沉默一会儿，说，塞内加尔的BL公司是和我们合作过的，供应有保障，不过为了预防断货，我们最好还是和毛里塔尼亚的供应商也联络一下。

他们像两个指挥国际战役的军人，仿佛自己麾下有军舰在大西洋行驶，需要找安全合适的港湾、港口登陆，以到达战役的中心。比画了一阵子以后，老何的两根手指分别停在几内亚和科特迪瓦，他怅惘地说，但愿这两个国家的政局赶快安定下来，这是离我们最近的港口了。

我也凑在地图前，我一直喜欢看地图，也喜欢观察站在地图前的人。不论多么玩世不恭的人，一旦站在一张地图前，表情就将变得凝重。我常常在老何和老麦观看地图的时候来到餐厅，旁观他们的讨论。他们皱着眉头，额心打结，时而沉默时而交谈，也争吵。不过最后总有办法解决层出不穷的问题。在我眼里，那张占据半面墙的西非公路地图令简陋的餐厅蓬荜生辉。粗粗细细的线条连接、缠绕，像纹路缜密的网。二〇八公路是这张大网中的一根线，沿途的城市和村镇是悬在线上的小珠子。若这张地图是动态的，若是它能显示人类的活动，那么，我们都是蚂蚁吧，衔土筑路的蚂蚁。一张地图最伟大的作用大概就是让人意识到自己的渺小吧。

沥青供应公司的代理人，那个高个子的中年人，把皮包夹在腋下，在餐厅的地图前走来走去,如一只找路的蚂蚁在原野上急得焦头烂额。最后不得不舍近求远,绕道至马里西边的邻国塞内加尔的港口达喀尔登陆。而后,沿公路横贯塞内加尔,再穿越大半个马里,将沥青运输到二〇八工地。这已是目前最近的也是最安定的港口了。沥青当然不会因为长途的绕道而变质腐败,它不是肉类。老何黯然地说,每一吨沥青多支出三百七十五美元啊,六千三百四十五吨就是两百多万美元,又是豆腐盘成了肉价钱。

不过,接下来,上苍似乎为了弥补对我们的亏欠,在历尽波折之后,让远道而来的沥青格外对得起二〇八。沥青质量优异稳定,供应商信守承诺。

我们像对待金子一样珍视沥青。

司机达乌达不仅吉普车开得好,他还是驾驶沥青洒布机的好手。首次摊铺那天,达乌达穿得很体面,他从老何那里知道了电视台要来拍摄的消息,机灵的小伙子看见老何穿了一件很正式的衣服,便把平时不太舍得穿的T恤衫换上。

首次沥青摊铺选择的地点竟然还是库芒图,野燕麦荡漾的地方。不过,在当天的工作日志上,这个地方依然以K83的名字出现。库芒图、野燕麦、奔跑的阿丽莎、黄裙子被风拂动,仅仅三年的时间,怎么久远得像一个梦境呢?

老胡站在沥青洒布机上指挥工人喷洒沥青黏层。他像站在装甲车上一样威风凛凛,脸孔黑得和工人们几乎没有区别。他举起手臂,在空中停留片刻,然后手臂劈下,同时大喊一声"GO",洒布机疾驰而去,沥青黏层均匀喷出。如果工人们操作不当,黏层的厚薄不均匀造成浪费,老胡的脸就更黑,他挥起手臂只想揍人,又忍了忍,从裤兜里掏出一张纸,记上这个工人的名字,说是发工资的时候扣钱。那工人便讪讪地求情,发誓再也不犯错误。但老胡不会饶了他,他用班巴拉语吼道,这是金子,你知道吗,是金子。

二十辆大型自卸车满载着从沥青搅拌楼的大口里吐出的冒着热气的沥青混凝土,从杰杰纳驶向库芒图。摊铺机、压路机早已进入现场待命。那一天万里无云、天空辽阔,其实旱季的每一天都是万里无云、天空辽阔,我强调一下不过是为了增加仪式感。一条二〇八人奋战了三年的公路,在那一个万里无云、天空辽阔而不是其他任何一个万里无云、天空辽阔的日子里,进入施工最隆重也是最重要的沥青摊铺阶段。

场面蔚为壮观,比碎石场的爆破和安装搅拌楼更为热闹。吸引的不是一两个村庄的老乡,而是方圆几十公里的人。远处的富裕的人骑着摩托车来,半旧的摩托车突突地冒着黑烟,男人们骑,女人们坐在后座,怀里抱着娃娃;稍近的人骑着自行车来,自行车叮叮当当穿过田埂小道,狗跟着自行车奔跑;更近的人家,扶老携幼,早早占据有利地形。开始摊铺了,他们伸长脖子,静谧无声。一段黑金般的路面成形了,黑亮而坚实,在阳光下熠熠闪光。人群中爆发一阵阵响亮的鼓掌声。闭塞偏远之地,很久没有大事件惹人兴奋了吧,不知这熙熙攘攘的场面是否像当年布古尼的开工典礼一样沸腾、热烈。

我在人群中看到了当年的邻居小姑娘曼娜,三年不见,她长成了大姑娘,发育饱满,头发依然梳得漂亮,每一根小辫子的末梢上都系着塑料小花,红的、绿的、粉的。她是照着那面大镜子梳的头发吗?曼娜也看见了我,她跑过来,喊一声Madam贾,伸手揽住我的腰。

那位给我讲过蓝羽鸟传说的白须长袍长者,握住老何的手使劲摇晃,他的胡须也跟着颤抖,宽大的白长袍在风中像一面招展的旗。他絮叨着:祝贺何先生,祝贺何先生。

硬汉老何的眼睛里有莹莹的泪光在闪动。

三

厨师小陈已经记不清是第几次得疟疾了。这次格外凶险，尽管用了特效药青蒿素，但是仍然头疼欲裂、高烧、腹泻。他抱着一卷卫生纸，站在离厕所不远的地方，浑身发抖，随时准备冲进厕所。屋漏偏逢连夜雨，他的右手又被蝎子蜇了。那只蝎子不知怎么跑到他的裤袋里潜伏下来，而他浑然不知。右手伸进裤袋摸钥匙开库房的门，啊呀一声，抽出手，猛甩，已经迟了。蝎子被就地正法，随后小陈半条胳膊肿胀，抬不起来。喊司机，发动皮卡，去锡加索的大医院打针解毒。胳膊被纱布吊在胸前回来了。他一言不发，抱了一床毛毯披在身上，坐在阳光猛烈的院子里，等待着间歇性的高烧和发抖。他问老何，他会不会死在非洲？老何不言语，伸手拍小陈的肩膀，那只手在小陈的肩膀上放了很久，轻轻揉着小陈，把小陈的眼泪揉了出来。

病好伤愈之后，小陈回国了。

工程已是尾声，黑金缎带编织完毕，仅剩一点安装标识牌这样锦上添花的小活。大部分同事都回国了，院子一下子陷入安静。不是出工后的安静，也不是入睡般的安静，是被掏空了的安静。忙忙碌碌的人、早出晚归的机械一下子都没了踪影，被一只魔术之手掏走了。偏远之地，几十年一遇的喧哗远去了。不知下一次的热闹将因何而起。老何的狗虎子不适应突然而至的安静，它耷拉着耳朵，失魂落魄地找人。天天找，却不可能找到。

回国前，大家都去看路，和我们的路合影，各种姿势，比如在路的中间走、迈着方步慢慢踱、坐在路上、躺在路肩上。车辆依然很少，科特迪瓦的局势并没有稳定。

黑金缎带在原野中闪闪发亮，沥青路面在阳光下泛着湿润的光泽。

我担心四十摄氏度以上的高温会不会把我们的路晒化了呀，同事们集体嘲笑了我，他们说，你以为我们用四年的时间做了一条黑巧克力吗？幽默回到了他们身上，正常的情绪回到了不再焦虑的人们身上。曾经那么抱怨，怨遥遥无期，临着离别，又心生不舍，一转过脸，心里就是怅惘。

老何那些天忙着栽树，他不说话，只是低着头栽树。干完活，他拍拍手，看看天色，一朵云正经过他的头顶，刚好遮住正午的太阳。我们每个人都栽了一棵树，绿化公司的人说，做个木牌，写上你们的名字。我们没有做木牌，只是栽树。遗憾的是我们无法选择栽什么树，绿化公司送来什么树，我们就栽什么树，大多数是小叶榄仁，那种长得几乎一模一样的小叶榄仁树苗。或许在以后的生长中，它们会越来越不一样。

余下的几棵树苗，老何说就栽在尼埃纳的院子里吧。那是他曾经叫作"家"的地方。只要进到尼埃纳的院子里，老何就说到家了。老何把尼埃纳叫作"家"，布古尼和藏捷布古不是家，库芒图、恩古哈拉也不是，那几个地方在老何眼里都是临时驻地，哪怕住再久，也算临时。老何只把尼埃纳叫作"家"，二〇八的项目部设在这里，主要的工程设备停在这里，零配件库在这里，试验室在这里，这么说吧，尼埃纳是二〇八项目的心脏。而其他的驻地都会随时消失，就像它们当初突然冒出来一样。不过，在测量工程师小孙的工作日志上，尼埃纳也不是什么特别的地方，它依然是二百零八公里道路上的一个点，K133而已，距离起点布古尼一百三十三公里。小孙那本笔记本上都是数字，从K1直至K208，从起点直至终点。那本没有情感色彩的工作日志被存入档案，慢慢沉入时间的深处，如同尼埃纳被存入我们的记忆，也如同小叶榄仁的根须被存入大地。

老何栽好树以后就回国了，他妻子被查出重病，即将接受手术。

我定好了回国的机票，在离开前，公司来电让我去拍一张公路的照片。我想该选个角度最好的地方去看一看二〇八。从K1至K208，哪个点能全景式地反映一条路的风貌？哪颗珠子最能映照太阳的光芒？

老何在邮件中告诉我，去K199处，那里是一个缓缓上升的山坡，站在那个点上往布古尼方向望吧。你去望吧。

我去望了。果然是个最好的点。站在K199处，我简直不相信这是我们的二〇八。它蜿蜒着穿越大地，穿过田地、荒原，经过那些我叫得上名字和叫不上名字的树，也经过野燕麦地，似一根美丽的缎带，又如一条游弋的水蛇。一阵风吹过，身姿像要动起来，如舞蹈般美妙。几乎没有车辆，它那么安静。一条路过于安静是不正常的，它像遭到冷落的英雄，无用武之地。路边行走着几位衣着鲜艳的头顶包袱的婀娜妇女，恰到好处，让它不那么冷清，让它有人的温度。

这是我最后一次站在二〇八公路的一个点上凝望它了吧？在它最完美的时刻。老何一定在这里久久地凝望过，四年中，他是不是反复来过K199？可惜他在这里的时候，白色的路标线还没有画好，标识牌也没有安装到位，那个时候的二〇八还不是它最完美的时刻。现在应该是了，是它最美的时刻了，一切完毕。随后，这条路将无可避免地走向衰败，就像生命体一样，从出生开始就是在走向衰败。

我咔嚓咔嚓按动快门，一阵连拍，随后转身离去。

…………

几年以后，一幅名为《路·K199》的摄影作品在某个摄影比赛中获奖。颁奖典礼上，举办方要求拍摄者讲一讲照片的故事。

我说，二百零八公里的一条沥青公路匍匐在西非的原野上，它是一条黑金缎带，抖动这根缎带，布古尼、藏捷布古、库芒图、杰杰纳、尼埃纳、恩古哈拉、锡加索，这些村庄、小镇、城市以及它们裹挟着的一千四百多天的日子被抖落一地，像珠子在时间的无涯里滚动，我是那个追着捡拾的人。

图书在版编目（CIP）数据

人在非洲/贾志红著. -- 太原：山西经济出版社，2022.5（2024.3重印）
ISBN 978-7-5577-0978-5

Ⅰ.①人… Ⅱ.①贾… Ⅲ.①散文集—中国—当代 Ⅳ.①I267

中国版本图书馆CIP数据核字（2022）第064447号

人 在 非 洲
REN ZAI FEIZHOU

著　　者：贾志红
出 版 人：张宝东
责任编辑：李春梅
助理责编：马　睿
复　　审：解荣慧
终　　审：李慧平
插　　图：杨纪文
装帧设计：阎宏睿
内页制作：华胜文化

出 版 者：山西出版传媒集团·山西经济出版社
地　　址：太原市建设南路21号
邮　　编：030012
电　　话：0351—4922133（市场部）　0351—4922085（总编室）
E－mail：scb@sxjjcb.com（市场部）　zbs@sxjjcb.com（总编室）

经 销 者：山西出版传媒集团·山西经济出版社
承 印 者：山西出版传媒集团·山西万佳印业有限公司

开　　本：787mm×1092mm　1/16
印　　张：14.75
字　　数：184千字
印　　数：30001—40000册
版　　次：2022年5月　第1版
印　　次：2024年3月　第2次印刷
书　　号：ISBN 978-7-5577-0978-5
定　　价：58.00元